Les Bruits du souvenir

Du même auteur

Le Pacte d'Avril, Albin Michel, 2018 ; Le Livre de Poche, 2019.

La Somme de nos vies, Flammarion, 2020 ; J'ai lu, 2021.

Sophie Astrabie

Les Bruits du souvenir

Flammarion

ISBN : 978-2-0802-6450-3

Pour Brune,
Mon bruit le plus doux

PROLOGUE

Claire a tout de suite su que ça ne marcherait pas entre eux. Elle l'a su à sa manière de remplir entièrement les verres de vin lors de leur premier rendez-vous. Elle n'a jamais aimé l'efficacité. Un verre bien rempli pour ne pas avoir à se resservir tout de suite… alors qu'elle, ce qu'elle aime, c'est la répétition. Un verre qui se reremplit c'est la sensation que la soirée ne fait que commencer. La sensation que rien ne pourra jamais vraiment s'arrêter.

Claire aime la parcimonie. Elle aime même le mot parcimonie. Il racle un peu la gorge au début et puis il se radoucit sur la fin. Comme un bon vin. Et ce qu'elle aime le plus dans le vin, c'est la décision d'ouvrir une bouteille. Alors quand Antoine a rempli son verre jusqu'au bord, quand elle s'est dit qu'elle ne pourrait pas le porter à ses lèvres d'un geste désinvolte de peur de le renverser, quand elle a senti cette forme de fainéantise dans l'un des plus grands plaisirs de la vie, elle a su que ça ne marcherait jamais.

Mais elle a quand même accepté de le revoir.

Et puis ce détail, des mois plus tard alors qu'ils étaient en vacances sur la côte espagnole. Elle avait eu envie de sauter du haut de l'un des rochers. Une adrénaline furtive dans une vie de certitudes. Quand ce fut son tour à lui, il avait avancé ses pieds jusqu'au bord de la falaise puis il l'avait regardée droit dans les yeux avec son sourire viril, son sourire téméraire, celui qu'il arborait souvent pour tenter de la séduire. Elle l'attendait au milieu des vagues et tout s'est joué en une fraction de seconde.

Il s'était bouché le nez.

Il avait pris cette précaution infime dans ce moment d'abandon. Et elle sut. Elle sut qu'elle aurait dû s'enfuir à la seconde où leurs regards s'étaient croisés pour la première fois. Trois ans plus tôt.

1

Les détails. Voilà ce à quoi elle pense en observant sa mère couper du pain. Ses muscles qui se contractent tandis que son couteau bute sur la croûte, et puis la lame qui franchit enfin la barrière brune dans une forme de délivrance.

« Aaah », s'exclame-t-elle.

C'étaient ces petits contentements qui constituaient sa vie.

La veille, Sylvie était rentrée de chez le boulanger avec deux baguettes. Elle avait dit tout haut « Comme ça, on n'aura pas à y retourner », sans savoir vraiment à qui elle s'adressait. Entendre sa propre voix la rassurait. Aujourd'hui, le pain est dur. Il n'a déjà plus le goût merveilleux qu'il aurait eu la veille mais cela ne semble pas la déranger. Rien ne semble vraiment la déranger.

Si sa mère avait été un objet, elle aurait été un vélo d'appartement. Toute sa vie, elle avait pédalé dans le vide. De la sueur, beaucoup de sueur mais aucun avancement.

« Tiens, dit-elle en déposant une tranche de pain devant son assiette. Antoine ne viendra pas ?

— On s'est séparés.

— Séparés ? Mais pourquoi donc ?

— Parce qu'il s'est bouché le nez. »

Elle pose le couteau sur la table et fixe sa fille, sourcils froncés.

« Qu'est-ce que… ? Tu étais sur le point de te marier », souffle-t-elle.

Claire fait en sorte de ne pas croiser son regard. Elle n'a pas envie de voir l'incompréhension tapie au fond des yeux de sa mère. L'incompréhension de celle qui, toute sa vie pourtant, lui avait répété de surtout, surtout ne jamais se marier.

2

Antoine a appelé pour venir chercher ses affaires. D'un ton détaché, il a dit « Je passerai », et Claire a eu envie de hurler que ce n'était pas à lui de décider sous prétexte qu'il était malheureux. Au lieu de cela, elle n'avait rien dit. Un mois qu'il n'est plus là mais qu'il fait en sorte de venir chaque jour récupérer quelque chose. Un mois aussi qu'elle se demande où vivre maintenant qu'elle doit assumer seule les mille deux cent cinquante euros du loyer de leur appartement. Mille deux cent cinquante euros, trente-huit mètres carrés.

Ces chiffres la paralysent.

La veille, dans une sorte de pulsion, elle s'était mise à tout mesurer. Tout mesurer et tout compter. Quand elle avait compris qu'un pas sur le parquet coûtait plus de trente euros, elle avait aussitôt arrêté de tourner en rond. Depuis, la cheminée ou les moulures lui donnent le vertige. C'est un luxe dont elle n'a plus les moyens.

L'interphone a sonné et en une seconde il était là. Les deux pieds ancrés dans le sol, le sourire sur un côté et le regard toujours un poil condescendant. Il était là, dans son état de surconscience de lui-même. Il savait qu'il souriait en coin, il savait qu'il la regardait comme si c'était lui qui était parti, il savait qu'il était séduisant.

« Ça va ?

— Ça va.

— Le travail ?

— Ça va aussi. Toi ?

— J'ai signé un contrat avec ce client russe dont je t'avais parlé.

— Ah. Félicitations. Ça serait bien que tu prennes toutes tes affaires cette fois-ci. Maintenant… maintenant.

— Maintenant que je ne paie plus ma part du loyer ? »

Claire a acquiescé. Aussitôt, une flamme noire s'est allumée au fond des yeux d'Antoine. Sans attendre de réponse, il a pénétré à l'intérieur de l'appartement et a attrapé un livre qu'il a fourré dans son sac. Un casque audio, un vase et un pull gris. Claire n'a rien dit quand il a empoigné un cadre qui n'était pas plus à lui qu'il n'était à elle. Rien non plus quand il a retiré l'affiche d'un concert qu'ils avaient vu ensemble. Elle voulait juste qu'il parte. Vite. Au bout de quelques minutes, il est revenu la tête basse et les bras chargés d'objets.

« À la prochaine alors.

— Oui. »

Elle a poussé la porte avec douceur pour l'accompagner à partir mais au dernier moment, il a mis son pied dans l'entrebâillement.

« Fais attention à toi quand même. »

Cette fois son regard n'a plus rien de séduisant, ni même d'amical. C'est une sorte d'ambiguïté obscure dont il a toujours eu le secret. Il sourit et un frisson parcourt le dos de Claire.

3

En arrivant au collège, Claire passe par la salle des professeurs et se prépare un café. Elle les aime courts, puissants, à la limite du supportable. Elle aime cette violence le matin. Un rappel à la réalité.

Richard est déjà là. C'est toujours lui qui arrive en premier et lui, encore, qui part en dernier. En hiver, il pèle une mandarine qu'il mange en silence avant de disparaître dans son bureau. Le reste de l'année, il mange des pommes. Il n'est pas très bavard. Il n'est pas très grand non plus. Pas très beau. Pas très sociable. Pas très drôle. Richard n'est pas très en général. Mais c'est le proviseur, alors il n'est pas très ce qu'il veut. S'il avait été un objet, il aurait été un tancarville. La même chose qu'un étendoir mais dit avec un mot qui laisse tout le monde un peu penaud.

Claire rejoint sa salle de classe en marchant sur la droite du couloir. C'est ce qu'elle fait toujours, marcher à droite comme on roule à droite. Regarder par-dessus son épaule avant de s'arrêter, vérifier l'angle mort et puis se décaler pour ne pas déranger. Si c'était possible, alors sans doute que pour indiquer ses dépassements, son oreille se mettrait à clignoter.

4

La dernière heure de cours de la journée vient de se terminer et Chloé traîne au fond de la classe. Elle fait semblant de ranger méthodiquement ses affaires. Sa trousse, ses cahiers, ses livres. Parallèles les uns aux autres. Elle fronce les sourcils, plonge la main dans son sac comme s'il lui manquait quelque chose d'important. Elle surjoue toutes ses expressions pour capter l'attention de Claire.

« Ça va Chloé ? »

Elle lève la tête et prend un air faussement surpris.

« Oh oui oui madame. C'est que… j'ai quelque chose pour vous. »

Elle sort un petit paquet de la poche intérieure de son manteau.

« Tenez. Il paraît que la semaine dernière, c'était votre anniversaire », dit-elle en baissant les yeux.

Claire est prise de court. Elle pense à sa page Facebook sur laquelle elle ne va pourtant jamais. Elle se promet de la supprimer dès qu'elle rentrera chez elle.

« Vous n'ouvrez pas ?

— Si, bien sûr.

— C'est un marque-page en tissu, dit-elle en se balançant d'un pied à l'autre. Les anniversaires, c'est un peu comme les marque-pages d'une vie, non ? Comme je sais que vous aimez les livres...

— Oui c'est juste... Merci », bredouille Claire.

Chloé est ravie de son effet de surprise. Elle regarde son professeur avec ses grands yeux noisette collés à sa frange brune. Elle sourit avant de disparaître pour continuer sa courte vie, celle qu'elle vient à peine de commencer. Et soudain Claire est seule avec la sienne, cette vie aux pages cornées.

5

Assise dans son canapé, les pieds croisés sur la table basse, Claire se dit que peut-être elle pourrait rester là. Dans cet appartement. Elle saisit un papier et un crayon et commence à noter ses charges fixes, une à une, en faisant de grandes boucles aux lettres pour prendre le temps de réfléchir. À côté de chaque mot, il y a un nombre. Un nombre qui vient gonfler l'addition. Quand elle a fini de tout noter, elle divise ce chiffre par trente pour obtenir un montant journalier. Un jour, sa mère qui faisait cet exercice chaque mois, lui avait expliqué que ce montant s'appelait le reste à vivre. Ce chiffre n'est pas très gros. Mais ce n'est pas vraiment le problème. Non, le problème, c'est que ce chiffre, là, sur cette feuille de papier, ce chiffre est négatif.

6

En rentrant du travail, Claire est passée à la supérette située à quelques pas de son appartement. Sur le tapis roulant de la caisse numéro deux, elle dépose une escalope cordon-bleu et remarque aussitôt l'œil interrogateur du caissier. Julien, ce prénom qu'il n'a jamais prononcé mais qu'elle connaît parfaitement, pour l'avoir lu des centaines de fois sur le badge accroché au revers de sa veste. Julien a regardé l'escalope puis Claire avant de regarder à nouveau ce bout de viande à cinq euros trente-neuf dans sa barquette de polystyrène jaune.

« On s'est séparés. »

Il lève la tête de son tapis roulant.

« Vous êtes le premier à qui je le dis. Enfin. Ma mère d'abord. Et puis vous maintenant. »

Elle ne sait pas pourquoi elle lui dit ça. Pourquoi elle se confie comme si elle avait quatre-vingts ans et une grève de France Télévisions à affronter. Alors que, en plus, elle déteste les épanchements, cette manière de laisser une vie couler sur celle des autres.

Elle fouille dans son sac à main et sort un billet de vingt euros.

« Vous pouvez garder la monnaie. »

Julien la fixe avec cette tête qu'ont les chats perdus sur les affiches que l'on placarde sur tous les murs des villes. Mi-content, mi-inquiet. Claire lui sourit pour dissiper ce moment de gêne et aussitôt un poids se retire de ses épaules. Un inconnu est au courant de cette séparation et cela la rend plus concrète. Son histoire avec Antoine est officiellement terminée.

7

« Je crois que j'ai envie d'apprendre à parler japonais. »

Assise à la table de la cuisine, Sylvie boit son café. À chaque fois qu'elle porte la tasse à ses lèvres, ses avant-bras se décollent de la toile cirée et la cuillère frappe doucement la faïence dans une sorte de mélodie mécanique. *Scratch-ting.* Elle regarde sa fille du coin de l'œil mais Claire ne dit rien. Elle pense à toutes les choses qu'elle a voulu faire et à toutes celles, encore plus nombreuses, qu'elle n'a jamais faites.

Sa mère a passé sa vie à se faire oublier. Et puis son mari est parti et depuis, elle passe sa vie à vouloir se faire remarquer. Claire avait noté ce changement sans toutefois pouvoir se l'expliquer. Elle avait eu deux mères, voilà tout.

Sylvie calcule chaque geste, chaque posture, chaque intonation. Elle réfléchit à l'inclinaison de sa tête quand elle parle et à l'angle de son nez quand elle se tait. Au restaurant, elle demande qu'on la serve dans de grands verres pour que ses mains paraissent minuscules. Délicates. Elle évite soigneusement les réverbères qui lui donnent un teint épouvantable et garde une distance raisonnable avec les vitrines de magasins à qui elle reproche le même vice. Elle noue toujours un foulard dans ses cheveux, met des boucles d'oreilles extravagantes et porte mille teintes de rouge à lèvres différentes. Elle s'habille avec des jeans noirs qui lui serrent le corps. Elle boit toujours un verre de vin blanc en cuisinant et elle le fait suivre à chacun de ses déplacements. Parfois, quand elle ne sort pas, il s'échoue sur sa table de chevet. Souvent, c'était un lundi.

« Qu'est-ce que tu en dis ? demande-t-elle. Pour le japonais... Tu sais, j'étais plutôt douée en langues, au lycée. »

La question tire Claire de ses pensées. Elle soupire. Elle sait d'avance que cette idée n'ira pas plus loin que la tasse de café dans laquelle sa mère se noie déjà.

« Ou alors peut-être la photographie, ajoute celle-ci, songeuse. J'ai toujours voulu apprendre à faire de jolies photos.

— Il faut être persévérante pour cela. »

Sylvie pose sa tasse distraitement. Du bout de son index, elle tapote la toile cirée pour attraper les quelques miettes de pain qui restent du déjeuner. Claire voudrait se taire mais elle ne peut pas s'en empêcher.

« Tu passes ton temps à te plaindre mais tu ne fais rien pour que les choses changent. Tu commences tout, tu ne finis jamais rien. Tu n'as pas le droit de dire que tu t'ennuies, c'est trop facile. »

Elle se lève brusquement puis quitte la pièce. Assise sur une chaise en formica d'une autre époque, il y a Sylvie, sa mère. Une femme qui a passé son temps à la surface d'une vie qui n'a jamais débordé.

8

Il n'est pas huit heures et Antoine est derrière la porte d'entrée. Quand il a sonné, Claire était assise sur un tabouret de la cuisine en train de boire un thé. Elle n'a pas eu besoin d'aller vérifier, elle sait que c'est lui. Elle le sait comme on sait, à la sonnerie du téléphone, que ce sera une mauvaise nouvelle. Elle ne bouge pas. Elle attend. Il sonne une seconde fois. Claire pose sa tasse sur un chiffon pour étouffer le bruit. Elle hésite à aller vérifier. Et si c'était… Elle réfléchit mais elle n'a pas la moindre idée de qui cela pourrait être. C'est lui. C'est forcément lui. Elle préfère attendre. Soudain elle remarque son téléphone posé sur le canapé et elle sait qu'il n'est pas en mode silencieux. Elle descend précautionneusement du tabouret et avance les bras tendus, dans une forme d'extrême urgence qui la prend aux tripes. Elle parvient à désactiver le son et aussitôt, le prénom d'Antoine clignote à l'écran. Une pierre tombe au fond de son estomac et une suée froide balaie son front. Elle ne bouge plus. Il rappelle. Une fois. Deux fois. Trois fois. À la quatrième, il laisse un message. Elle ne fait toujours rien. Cinq fois, six fois, sept fois. Elle regarde les minutes défiler à la vitesse des heures. Vingt minutes depuis qu'il a sonné pour la première fois. Claire avance doucement vers la porte d'entrée et dans un effleurement de cils, vérifie dans le judas. Quand elle découvre qu'il est encore là, immobile, le regard sombre et le corps tendu, pour la première fois depuis des années, elle a peur.

« Ce n'est pas comme ça que l'on quitte les gens, Claire, lance-t-il à travers la porte. Tu es cruelle. Cruelle et égoïste ! »

Elle ne répond pas. Elle songe juste que l'amour est un danger auquel elle ne veut plus jamais se risquer.

9

Il est resté une heure. Claire a loupé sa première heure de cours et elle est sur le point de rater la deuxième. Elle court pour attraper son RER, tout en cherchant d'une main son téléphone dans son sac. Elle appelle Richard et tente de maîtriser sa respiration, bredouille une explication peu convaincante. Elle est évasive, confuse, mal à l'aise. Elle finit par parler d'une panne de réveil et elle a honte.

Il dit : « D'accord. »

Simplement d'accord. Et la vie continue.

10

Le calendrier affiche la date du jour. Jeudi 5 mars. Claire sait déjà qu'elle ne paiera pas la totalité de son loyer. Elle est cette personne. Cette personne *a priori* normale mais qui, d'une certaine manière, se trouve hors la loi. Et c'est si simple que cela en est effrayant.

11

Au moment où elle quitte son appartement, Claire croise madame Da Silva. Madame Da Silva est la concierge de l'immeuble. Elle était là avant l'arrivée de Claire mais aussi, sûrement, bien avant sa naissance. Peut-être même l'immeuble a-t-il été construit autour de sa loge. Qui sait ? Les deux femmes parlent peu, mais Claire a une affection particulière pour elle, comme pour toutes ces vies silencieuses qui pensent ne pas mériter leur place. Ce sont des gestes rapides, des regards qui fuient, des mots prononcés en silence. Mais des présences infaillibles, chaque jour de l'année. Il y a six mois, son mari est décédé et Claire lui a déposé un bouquet de fleurs devant sa porte. Elle a écrit quelques mots, sans signer, une sorte de consolation discrète. Le lendemain, une boîte métallique remplie de biscuits l'attendait sur son paillasson. La boîte était un peu rouillée mais les biscuits étaient excellents. *Ça lui a fait penser à madame Da Silva.*

Claire se demande combien de jours il lui reste avant que la vieille femme découvre qu'elle n'est plus une locataire exemplaire mais plutôt ce parasite dont il faudrait réussir à se débarrasser.

12

Depuis qu'elle s'est séparée d'Antoine, Claire s'est remise à l'écriture. C'est ce qu'elle faisait chaque soir, avant. Avant qu'ils vivent ensemble et qu'il prenne cet air triste lorsqu'elle refusait de s'asseoir à ses côtés dans le canapé. Petit à petit, elle avait fini par laisser tomber ses livres au profit de séries et de films dont elle se fichait. La plupart du temps, elle s'endormait dès les premières minutes.

Des romans, Claire en a écrit trois. Mais aucun d'eux n'a de fin.

13

Cela fait trois jours que Christine Faucher est absente. Chaque année à cette période précise, elle disparaît pendant un mois. Une sorte de rendez-vous annuel avec sa dépression. En quittant la salle des professeurs vendredi, elle n'a pas dit « à lundi » et tout le monde savait qu'elle ne reviendrait pas. Certaines choses arrivent : la disparition de Christine Faucher au mois de mars est l'une d'entre elles.

Claire est déjà dans la salle des professeurs alors que l'horloge annonce tout juste sept heures. Richard n'est pas encore arrivé et c'est ce qu'elle souhaitait : qu'il constate sa présence matinale. Soudain la porte s'ouvre mais Claire ne bouge pas. Elle tente de reconnaître la démarche, cette cadence des pas sur le carrelage si propre à chacun. Éric ? Trop rapide. Suzanne ? Trop irrégulier. Alors Yanis peut-être… Elle se retourne et se retrouve en face d'un homme qu'elle ne connaît pas.

« Bonjour, je suis Stanislas. Stanislas Dop, comme le shampoing.

— …

— Je suis le nouveau professeur d'histoire-géographie. Je remplace madame Faucher.

— Ah ! Déjà !

— Je suis matinal.

— …

— Enchanté en tout cas.

— Pardon. Bienvenue parmi nous. Je suis Claire, professeure de lettres. »

Stanislas la regarde sans rien dire. Il est plutôt grand, la peau claire, les yeux sombres. Ses cheveux décoiffés lui donnent un air négligé mais une paire de lunettes rondes cerclées de métal le pare d'un masque sérieux. Stanislas semble être tout et son contraire, en permanence. Si bien que lorsqu'il s'avance vers elle, Claire n'est pas sûre de savoir s'il part ou s'il arrive.

« Vous enseigniez dans quel établissement auparavant ?

— Je n'étais pas dans la région.

— Ah.

— Ça fait combien de temps que vous travaillez ici ? poursuit-il.

— C'est ma cinquième année.

— C'est très bien.

— Vous trouvez ? »

Il ne répond pas et Claire se racle la gorge. Au bout de quelques secondes, il se dirige vers la porte et prend la direction du bureau de Richard. Elle le regarde tourner à l'angle du couloir en se demandant ce qu'il fait là, en plein milieu d'année scolaire, avec son slogan Dop en guise de présentation.

14

À la pause de dix heures, lorsqu'elle arrive en salle des professeurs, Stanislas est déjà là, en train de boire son café. Il lève la tête et lui sourit. Au même moment, Richard entre dans la pièce. Il tient un sac plastique qui a la forme d'une bouteille ou une bouteille qui a la forme d'un sac plastique, elle n'est pas vraiment sûre.

« C'est mon anniversaire », annonce-t-il sans préambule.

Stanislas s'avance vers lui et pose une main amicale sur son bras.

« Joyeux anniversaire Richard.

— Je pensais que nous pourrions prendre une coupette en fin de journée, dit-il sans lui prêter la moindre attention.

— C'est une excellente idée, dit le nouveau en se tournant vers Claire comme s'il cherchait son approbation.

— Oui bien sûr. Très bonne idée. »

Elle se dirige vers le tableau blanc sur lequel il est d'usage d'écrire les messages à se transmettre les uns aux autres. Elle note l'information puis se tourne vers le centre de la pièce. Richard est déjà parti mais Stanislas la fixe sans bouger, les deux mains enfoncées dans les poches de son pantalon. Il n'y a pas un bruit excepté ceux que souligne ce long silence : des pas à l'étage, une discussion au bout du couloir, un coup de sifflet aux abords du gymnase. Claire se dirige vers la porte d'un pas qu'elle voudrait léger. Quand elle passe à côté de lui, elle sent son cœur battre. Deux fois d'affilée.

15

Le champagne que Richard a apporté est déjà vide mais trois nouvelles bouteilles ont fait leur apparition. Il fait chaud et la buée escalade les vitres. Fanny est en train de discuter avec Éric, au loin, près de la machine à café. Claire s'avance dans leur direction mais son parcours est stoppé par une main qui se pose sur son avant-bras.

« Je me suis dit que ce serait dommage que tu rates le meilleur. »

Stanislas lui tend une coupe qu'elle attrape sans un mot. Il lève alors son verre dans sa direction puis plonge ses lèvres dans les fines bulles. Il ne parle pas. Il est là et il ne dit plus rien. Il observe simplement Claire avec la même insistance que ce matin et elle non plus ne dit rien. Elle se contente de boire plusieurs gorgées en balayant la salle du regard. Il y a quelques mois, jamais elle ne serait venue ici.

16

À présent, Stanislas parle avec Fanny mais son regard saute de temps en temps par-dessus l'épaule de son interlocutrice pour venir se jeter sur Claire qui tente de rester concentrée sur ce que lui raconte Éric. Il parle de son couple, de leur parcours du combattant pour avoir un enfant. L'histoire est banale. Elle n'en reste pas moins triste. Avec Laura, ils entament leur deuxième fécondation *in vitro*. Ils ont tous les deux trente-sept ans et ont essayé pendant près de trois ans avant de consulter. Éric ne s'inquiétait pas. Il a toujours été un garçon lent. Il a dû redoubler la grande section de maternelle, le CM2 et la classe de troisième. Comme si chaque passage dans l'étape supérieure ne pouvait se faire dans la précipitation. Il était en paix avec cela. Il n'était pas complexé, ne se sentait pas plus bête qu'un autre. Il était juste un fruit plus long à mûrir. Et puis le verdict était tombé : asthénospermie. Il en avait ri. Même ses spermatozoïdes n'étaient pas assez rapides. Mais il savait. Il savait que tôt ou tard, ils finiraient par atteindre l'ovule. En revanche, pour Laura, les choses n'étaient pas aussi évidentes. Alors il avait accepté la procréation médicalement assistée. Pour la rassurer.

« Je suis sûr qu'on n'a pas besoin de ça ! Mais elle ne veut pas l'entendre. Je la vois se faire ses injections tous les jours… ces hormones qui la rendent malade… Si seulement ce n'était que ça. Si tu voyais à quel point elle est triste. Triste et fatiguée.

— Ce n'est qu'une question de temps, dit Claire mécaniquement.

— Je le sais bien. Mais pas elle. »

Il soupire.

« Le monde est mal fait tout de même. Il y a celles qui tombent enceintes sous pilule et il y a celles qui n'y parviennent pas, même en calculant la meilleure minute de la meilleure heure du meilleur jour. Enfin bon… c'est comme ça. Toi, comment tu vas ? Et Antoine ?

— On s'est séparés. »

17

Claire se sert une troisième coupe. Seule. Du coin de l'œil, elle aperçoit Richard, un verre vide à la main, en train de marcher dans sa direction. Elle prétend ne pas le remarquer pour ne pas avoir à discuter avec lui mais il approche. Elle s'empresse de reposer la bouteille qu'elle tient entre ses mains et fait volte-face pour déguerpir avant qu'il n'arrive jusqu'à elle. Dans sa hâte, son corps percute violemment celui d'une autre personne et son verre se renverse entièrement sur son chemisier. Stanislas se retourne. C'était son verre à elle et c'était son dos à lui. Il la regarde une seconde, imperturbable. Puis d'un geste il attrape sa coupe et d'un autre il prend sa main pour l'amener à l'extérieur de la pièce.

« J'ai une chemise de rechange dans mon sac. »

Elle le suit sans rien dire et il ne lâche pas sa main. Il entre dans une salle de classe, il n'allume pas la lumière mais elle reconnaît le bureau : c'est le sien. Il pose un sac de sport à côté de lui. La fermeture éclair s'ouvre, il extirpe une chemise ni tout à fait pliée, ni totalement froissée. Il défait les boutons un à un en silence. Quand il a terminé, il s'avance et son souffle se mélange au sien. Il est à quelques centimètres d'elle. Sans lui demander la permission, il commence à déboutonner son chemisier. Elle frissonne. Ses gestes sont rapides et fermes, sans être autoritaires. Il ne la quitte pas du regard, replace une mèche de cheveux derrière son oreille puis fait glisser son chemisier le long de ses épaules. Elle le laisse tomber sur le sol sans chercher à le retenir. Il fait un pas en avant et elle recule légèrement. Le haut de ses cuisses vient effleurer le bord du bureau. Il la soulève d'une force douce et dans ce mouvement, ses lèvres viennent se perdre au creux de son cou. Elle sent un courant électrique parcourir sa colonne vertébrale au contact de sa peau. Cette fois, sa tête se met à tourner. Elle passe sa main dans son dos, elle enveloppe son corps. Ses lèvres sont proches des siennes. Il ne l'embrasse pas mais le bas de son ventre se tord à chaque fois qu'elle croit qu'il va le faire. Elle tire sur son pull pour le presser contre elle et il se laisse faire sans montrer de résistance. Elle passe sa main dans ses cheveux, elle s'accroche à son cou. Elle entend la boucle de sa ceinture se défaire. Il la regarde, encore. Et elle se trouble. Ses doigts effleurent sa poitrine. Pour la première fois, il paraît hésiter. Alors elle lui retire son pull d'un geste rapide et le laisse avancer vers elle. Son visage s'enfouit au creux de sa nuque et elle ferme les yeux. Elle prend une grande inspiration et respire son odeur : un mélange de fraîcheur marine et de bois sec. Quand elle rouvre les yeux, elle a l'impression de vaciller. Mais elle ne le fait pas car son regard s'accroche à ces deux yeux qui la fixent dans l'entrebâillement de la porte. Deux yeux juste au-dessus de la bouche grande ouverte de Chloé, en train de faire demi-tour pour s'enfuir en courant.

18

Son téléphone vibre sous son oreiller. Elle met plusieurs secondes à comprendre que ce bruit, ce n'est pas la fraise d'un dentiste sur le point de lui arracher toutes ses dents. Elle ouvre un œil avec difficulté et remarque qu'il s'agit d'un numéro qu'elle ne connaît pas. L'heure en haut de l'écran affiche 2 h 47. L'heure des mauvaises nouvelles.

« Madame Perrin ?

— Oui ?

— L'hôpital Saint-Camille. Votre mère vient d'être admise. Vous feriez mieux de venir le plus vite possible.

— Pardon ?

— Venez. Tout de suite. »

19

Elle est allongée sur un lit à peine plus grand qu'elle. Elle ne bouge plus. Claire est arrivée trop tard. Peut-être aurait-il mieux valu qu'on ne l'appelle pas. Que l'on n'ajoute pas, à la longue liste de ses culpabilités, celle de n'avoir pas été assez rapide. D'avoir raté sa mère jusqu'au bout.

Un infarctus. À cinquante-deux ans. Elle ne savait même pas que c'était possible.

Elle a le teint gris mais son visage semble enfin apaisé. C'est ce que Claire essaie de se dire en tout cas. On s'invente toujours des histoires quand il s'agit de ses parents.

Sylvie croyait en Dieu mais de toute évidence, Lui n'a jamais cru en elle. Claire se demande si sa tristesse ne vient pas de là, finalement. De ce constat terrible qu'une vie peut se rater alors que c'est la chose la plus sérieuse au monde. Que cela n'a rien à voir avec le fait de rater un gâteau au chocolat, son permis de conduire ou bien son bac.

Elle ne sait pas ce qui l'affecte le plus : que sa mère ait raté sa vie ou bien qu'elle ait raté sa mère.

La porte s'ouvre et une femme d'une trentaine d'années, vêtue d'une blouse blanche trop grande pour elle, la rejoint.

« Vous étiez la personne à contacter en cas d'urgence. Y a-t-il quelqu'un d'autre que vous aimeriez prévenir ? Un membre de la famille, un conjoint… votre père peut-être ?

— Non. Il n'y a que moi.

— Quelqu'un va passer vous voir. En attendant, si vous le souhaitez, il y a une cafétéria au rez-de-chaussée. Peut-être devriez-vous manger quelque chose… »

Elle quitte la pièce mais Claire ne bouge pas. Elle pense à son père. Le reconnaîtrait-elle si elle le croisait dans la rue ? Il y avait bien certaines choses dont elle se souvenait, sa taille par exemple. Il avait toujours été immense. Et sans doute était-ce là qu'il puisait son pessimisme : il pleuvait toujours sur lui en premier. Il marchait vite pour ne pas être en retard. Il mettait du temps à répondre aux questions qu'on lui posait. Il était susceptible et colérique. Il ne savait pas où ranger le fromage à la fin des repas. Tous les dimanches, il allait seul à la séance de 22 h 45 voir le film de la salle une. Il comptait les étages des immeubles et lisait à voix haute, pour lui-même, le nom sur les boîtes aux lettres dans la rue. Il toussait toujours avant de décrocher le téléphone. Il repliait sa serviette quand il avait fini de manger. Il roulait trop vite, trop près, et il freinait toujours trop fort. Il hurlait quand Claire se trompait dans ses tables de multiplication, mais elle ne se souvenait pas qu'il l'ait prise ne serait-ce qu'une seule fois dans ses bras. Quand sa main s'approchait, c'était toujours trop vite et toujours trop fort. Et elle n'avait jamais freiné.

Il n'est pas sorti acheter des cigarettes parce qu'il ne fumait pas. Il n'est pas allé chercher une brique de lait parce qu'il ne rendait jamais service. Il n'est juste pas rentré, un soir parmi la multitude des soirs d'une vie. Quand sa femme a téléphoné à son bureau, elle n'a même pas eu droit à l'espoir qu'offre l'inquiétude. Il a répondu dès la première sonnerie. Il n'a pas dit *je pars*. Il n'a pas dit *je m'en vais*. Il a dit *je ne reviens pas*. Comme s'il avait toujours été question d'un aller sans retour. Il quittait sa femme ; Claire, elle, n'était pas l'objet d'une rupture. Elle n'était rien. Juste un sac de sable que l'on jette du haut d'une montgolfière pour pouvoir enfin s'envoler.

Il est parti et c'est là qu'il a fissuré le cœur de sa mère. Et sans doute est-ce là, aussi, qu'il a brisé celui de Claire.

20

Il est tout juste six heures du matin et cela fait plus d'une heure que Claire regarde le plafond de sa chambre. Elle avait cinq ans lors de ses premières insomnies. Elle venait d'apprendre l'existence de la Révolution française et l'idée que des Français puissent s'entretuer la mettait dans des états pas possibles. Son père avait d'abord ri puis rapidement il s'était agacé de ses enfantillages. Elle n'allait pas les empêcher de dormir à cause de son imagination, tout de même ! Alors sa mère avait cessé de se lever la nuit et elle avait continué d'imaginer le facteur en train d'étrangler la boulangère.

Elle se tourne sur le côté et fixe à présent le mur de la chambre.

Hier, sa mère est morte. Elle a beau répéter cette phrase, elle n'arrive pas à y croire. Dans sa vie, elle s'est si peu confrontée à l'irrémédiabilité. Elle essaie de se remémorer les épisodes marquants de leur relation mais, chaque fois, le souvenir lui échappe.

Un message de Richard s'affiche sur son téléphone. Depuis le décès de sa mère, Claire n'est pas retournée au collège. Elle hésite à effacer le message sans le lire mais elle ne sait pas faire ce genre de chose. Elle ne sait pas être une mauvaise élève.

« Mes sincères condoléances Claire. Prends soin de toi. À ton retour, il faudra que l'on parle. »

Elle pense aussitôt à la fête d'anniversaire, à Stanislas et à Chloé dans l'entrebâillement de la porte. Elle relit plusieurs fois la dernière phrase, qui semble clignoter au rythme des battements de son cœur. Cette histoire avait dû prendre des proportions inquiétantes pour qu'il ne puisse pas retenir ces quelques mots dans un tel contexte. Elle s'habille à toute vitesse pour sortir prendre l'air mais au moment de franchir la porte elle tombe nez à nez avec madame Da Silva en train de passer un chiffon sur la rampe de l'escalier. Dès que leurs regards se croisent, la concierge penche sa tête sur le côté.

« Vous voulez qu'on aille boire un café ? »

21

C'est la première fois que Claire entre dans la loge. Derrière cette porte-fenêtre, cachée par d'épais rideaux au crochet, elle découvre une maison de poupée. Une table ronde en bois vernis recouverte d'une plaque en verre, un fauteuil en velours vert, presque gris, quelques magazines empilés à même le sol, un abat-jour rouge qui diffuse une couleur opaque, un évier avec une bouilloire et quelques tasses, un poste de télévision cubique comme il ne s'en trouve plus et des dizaines, des dizaines d'autres objets. Des assiettes sur le mur, un téléphone fixe à cadran circulaire, des cartes postales sur la porte du réfrigérateur, un flacon de parfum pratiquement vide, un crucifix au-dessus de la porte, un ventilateur vert céladon près de la fenêtre, un fer à repasser d'une autre époque, des boîtes, beaucoup de boîtes.

« Thé, café… tisane ?

— Oui. »

Madame Da Silva hoche la tête. Elle se presse pour faire chauffer de l'eau qu'elle verse dans une théière en métal cabossé. Sur la pointe des pieds, elle se hisse jusqu'à une étagère et attrape un long pot en verre duquel elle extirpe des écorces séchées d'orange et de citron vert. Elle en dépose délicatement deux zestes dans la théière. Elle saisit un moulin à poivre qu'elle ouvre pour en retirer trois grains, qu'elle ajoute à son mélange. Une cuillère de miel, une autre d'huile d'olive, une dernière d'une poudre brune, elle remue plusieurs secondes avant de servir une tasse à Claire. Elle lui fait signe de s'asseoir et s'installe en face d'elle sans un mot. À la première gorgée, Claire est prise d'une toux qui lui brûle la gorge et lui arrache quelques larmes.

« Voilà », dit la concierge sur un ton satisfait.

À son tour, elle porte sa tasse à ses lèvres et la boit comme du petit-lait. Elle ferme les yeux lentement, renverse sa tête en arrière et ne prononce plus un mot. Ce silence rappelle à Claire son enfance et la met aussitôt mal à l'aise.

« Ça fait longtemps que vous êtes ici ?

— Depuis toujours. Je suis née dans cette loge.

— Ah…

— Soixante-quatre ans », précise-t-elle.

Petite, plutôt rondelette avec de grands yeux noirs et de longs cheveux gris qu'elle remonte dans un chignon lâche, madame Da Silva fait plus que son âge. Elle porte un gilet gris qui lui arrive sous les fesses et dont plusieurs mailles ont sauté au fil des années. Sur un chemisier en coton beige, plusieurs colliers en or se superposent : une croix, un médaillon, une simple chaîne. Une jupe noire lui coupe les mollets, ce qui n'affine pas sa silhouette, mais surtout l'oblige à multiplier ses pas lorsqu'elle marche.

« Je ne vois plus monsieur Maurin.

— On s'est séparés. »

Elle a un léger mouvement de tête et l'expression sur son visage est difficile à déchiffrer. Claire est pourtant convaincue qu'elle a un avis sur la question.

« Ma mère est décédée hier. Et je pense que je vais perdre mon travail. »

Le visage de madame Da Silva se relâche une seconde sous l'effet de la surprise. Puis ses rides refont leur apparition.

« Je suis désolée. »

Claire détourne le regard. Une boule se forme au fond de sa gorge et un poids comprime sa poitrine. Elle sait qu'elle devrait se sentir plus triste qu'elle ne l'est. Surtout, elle devrait se sentir plus triste que coupable, et ce n'est pas le cas. Elle pense à sa mère et à cette promesse que la vie ne lui a pas faite. À cet amour manqué qui lui manquera désormais pour toujours. L'amour d'une mère. L'amour spontané. Pas l'amour que l'on tente de rafistoler. Pas l'amour que l'on compense. L'amour qui ne se réfléchit pas. Claire n'aura jamais eu rien d'autre que de l'amour maladroit.

Madame Da Silva se racle la gorge. Elle semble vouloir dire quelque chose.

« Les propriétaires de votre appartement possèdent tout l'immeuble. Savez-vous ce qu'il y a de pire que les gens qui n'ont pas d'argent ? »

Claire secoue la tête.

« Ceux qui n'en ont pas besoin. »

Elle marque une pause avant de reprendre.

« Je ne sais pas ce qu'ils vont faire, mais ils ne vont certainement pas rester les bras croisés. Et ils n'ont pas toujours des méthodes très légales. S'ils doivent changer les serrures, alors ils le feront. Je sais que ce n'est pas ce que vous avez envie d'entendre. Surtout en ce moment. Mais la vie appuie parfois sur la tête de ceux qui sont déjà sous l'eau. »

22

L'immeuble dans lequel a vécu Sylvie ces dix dernières années est une sorte de barre grise de plusieurs étages qui s'élève de la terre jusqu'au ciel. Plus elle le regarde, plus Claire se dit qu'au jeu de la marelle, sa mère n'avait jamais dû dépasser la première case.

Elle prend une grande inspiration et monte les quelques marches qui mènent au hall d'entrée. Une porte d'ascenseur marron métallique lui fait face. Sur le côté, une quinzaine de boîtes aux lettres, toutes identiques, recouvre le mur. Elle ouvre celle au nom de sa mère et ramasse le courrier, principalement des prospectus publicitaires qu'elle refusait de ne pas recevoir. À la fin des repas, elle aimait les feuilleter d'un air qui se voulait nonchalant. Mais quand Claire revenait la semaine suivante, les promotions étaient toutes là, triées et aimantées contre la porte du frigidaire.

Ses pieds s'enfoncent dans la moquette qui recouvre le sol du couloir. Elle introduit la clé dans la serrure et pousse doucement la porte. Aussitôt une émotion particulière l'envahit : c'est la première fois qu'elle entre seule dans cet appartement.

La veille, elle a tapé les mots « vider appartement après décès » sur Internet et elle a appelé le premier numéro qui s'est affiché sur la page du moteur de recherche. À quatorze heures, une entreprise est censée venir chercher toutes les affaires. Mais pour l'instant il est tout juste neuf heures et Claire a la matinée devant elle pour trier ce qu'elle souhaite garder.

Elle s'assied à la table de la cuisine et se fait couler un café. La décoration de l'appartement ressemble à celle des hôtels situés en bord d'autoroute, l'idée du voyage en moins. Son regard se pose sur un cadre, encore recouvert d'un film plastique, à l'intérieur duquel sourient deux inconnus. Des Suédois sans aucun doute. Dans un coin de la pièce se trouve un fauteuil usé par les gestes répétitifs d'une vie solitaire. Personne, jamais, n'est venu contrecarrer ses habitudes. Le reste de l'espace est occupé par des meubles en bois sombre qui étaient là avant que sa mère ne s'installe ici et qu'elle n'a pas pris la peine de changer.

Claire pose sa tasse de café dans l'évier et se dirige vers la chambre. Le lit n'est pas fait et ce constat lui tord le ventre. Sa mère était peut-être là quand elle a senti cette pesanteur au centre de sa poitrine et cette fatigue violente la saisir tout entière. D'un geste, elle retire tous les draps, les roule en boule et les fourre dans un grand sac qu'elle s'empresse de descendre dans le local à poubelles. À son retour, elle ouvre les fenêtres en grand pour aérer. L'idée de respirer l'oxygène qui a pu manquer à sa mère la paralyse.

Elle a apporté une valise de quatre-vingt-six centimètres qu'elle pose sur le lit. Elle s'est promis de ne garder rien d'autre que ce que cette valise pouvait contenir. Le reste, elle s'en débarrasse. Elle ouvre la porte du grand placard qui longe le lit. Il est disproportionné dans cette pièce minuscule, mais il a au moins le mérite de camoufler un pan de l'horrible tapisserie. Une tapisserie bleue, parsemée de grosses fleurs roses.

Claire prend la pile de vêtements qui se trouve en face d'elle et, sans réfléchir, la jette dans un sac-poubelle. Elle reconnaît la manche d'un sweat violet, rose et vert émeraude qui dépasse du tas à ses pieds. Sa mère le portait sur une photo prise il y a plus de vingt ans. Une photo sur laquelle elle sourit. Elle sourit parce qu'elle n'a pas été quittée et que son cœur est encore entier, mais elle ne sait pas que c'est la dernière fois qu'elle sourit ainsi.

C'était il y a des années mais Claire se souvient parfaitement de cette soirée. De ce 31 décembre, le dernier qu'elle passait en famille. Un réveillon dans la salle des fêtes d'un petit village qui avait vu grandir ses parents mais dont elle ne se rappelait plus le nom. Elle n'y est jamais retournée après ce soir-là. Ce soir où elle avait marché à travers la salle, en évitant soigneusement de poser les pieds sur les contours des carreaux du carrelage. Où elle avait regardé les gens heureux danser sur Émile et Images. Où elle avait plongé ses lèvres dans un jus de pomme pétillant qui lui avait fait tourner la tête. Elle se souvient de tout. De la nuit qui s'étire, et des gens heureux, et de sa solitude à ce moment-là. Sans doute pressentait-elle que la vie serait toujours cet étrange mélange de sentiments contradictoires. Que la vie était un 31 décembre permanent, une chose qui s'arrête et une autre qui commence.

Elle retire le sweat tricolore du sac-poubelle et le fourre dans la valise.

Une commode se trouve de l'autre côté de la pièce. Claire ouvre le premier tiroir et y découvre un coffret à bijoux quasiment vide à l'exception d'une alliance en or jaune que sa mère ne portait plus depuis des années. Elle hésite une seconde à s'en débarrasser mais se ravise au dernier moment et la glisse le long de son annulaire gauche. Elle jette les culottes, les chaussettes, les collants. Les bonnets, les écharpes, les gants, les foulards. Au fond du dernier tiroir, elle aperçoit un carnet en cuir usé. Ses doigts effleurent la couverture brune, elle s'apprête à l'ouvrir mais se ravise au dernier moment. Plus tard.

C'est à ce moment précis que l'interphone sonne. Claire regarde l'heure sur la porte du four et remarque qu'il n'est pas midi. Ils sont en avance. Elle n'a pas fini de tout trier et c'est sans doute mieux ainsi. Elle avait prévu de ne rien garder. Elle décroche le combiné.

« Bonjour, j'ai un colis pour vous.

— …

— Allô ? Vous êtes là ? Vous m'entendez ?

— Oui.

— C'est le facteur. J'ai un colis pour vous, il n'entre pas dans votre boîte aux lettres. Vous pouvez m'ouvrir ? »

23

Le colis est au centre de la table. C'est une boîte à chaussure grossièrement fermée par de larges bandes de ruban adhésif mais sur laquelle figure bien le nom de sa mère en lettres capitales. Sylvie Perrin. Claire l'ouvre et son cœur se serre aussitôt. À l'intérieur, au milieu de plusieurs pages de papier journal froissées, elle découvre un appareil photo argentique. Aussitôt, les relents de leur dernière conversation la saisissent tout entière. Cet amas de reproches, de colère et d'agressivité. Claire avait été méchante. Et c'était la dernière fois qu'elle adressait la parole à sa mère.

24

« Tu passes ton temps à te plaindre mais tu ne fais rien pour que les choses changent. » Cette phrase tournait en boucle dans la tête de Claire.

Sans doute qu'après son départ, sa mère s'était approchée de la fenêtre et l'avait regardée partir comme elle le faisait toujours. Elle avait dû se dire qu'elle n'était bonne à rien. Pousser un soupir, se ressaisir, prendre son ordinateur et rechercher un appareil photo à acheter. Être surprise par le prix de ces choses, être perdue parmi toutes les nouvelles fonctionnalités. Ne pas comprendre un mot sur deux. Se raviser, éteindre son ordinateur et aller fumer une cigarette à la fenêtre. Mais continuer d'entendre la voix de sa fille en boucle dans sa tête. Écraser sa cigarette, revenir sur ses pas, rallumer son ordinateur. Taper « appareil photo » sur un moteur de recherche. Trouver ça toujours hors de prix. Ajouter le mot « occasion ». Se dire que le numérique, elle n'y arrivera pas. Qu'elle n'est pas bien sûre de comprendre comment ces choses-là se développent, quand il n'y a pas de pellicule à déposer chez un photographe. Compléter avec le mot « argentique ». Regarder le profil du vendeur et remarquer peut-être un point commun entre eux qui la rassure. Peut-être ont-ils le même âge. Peut-être connaît-elle l'endroit où il habite. Elle écrit un court message puis appuie sur « envoyer ». Il répond dans la minute. Il est gentil et il ne fait pas de fautes d'orthographe. Elle a toujours eu ce petit côté snob avec l'orthographe. Elle se décide à passer commande, retient sa respiration en entrant les codes de sa carte bleue sur Internet. Elle ne le fait jamais. Elle n'aime pas l'idée. Elle a entendu tellement d'histoires de piratage. Et puis déjà que son banquier lui retire vingt euros chaque fois qu'elle a le moindre centime de découvert... Elle ne préfère pas tenter le diable. Il ne manque que les trois derniers chiffres. Ceux qui se trouvent au dos de sa Visa. Elle hésite. Elle est à deux doigts de renoncer mais elle pense à sa fille, encore. À ses mots et à sa condescendance. Elle ne se dit pas qu'elle exagère. Ni qu'elle est méchante. Elle pense plutôt que sa fille a raison. Que c'est vrai, elle n'est bonne à rien. Alors elle a envie de la surprendre. Elle a envie qu'elle voie ce qu'elle est prête à faire pour ne plus jamais déceler cette déception méprisante au fond de ses yeux. Du bout de son index, elle tape les trois derniers chiffres et appuie sur valider.

Et elle attend. Elle attend cet appareil photo qu'elle ne recevra jamais.

25

L'appartement est vide. Trois hommes ont sonné à quatorze heures pile et ont tout emporté en moins d'une heure. Des croque-morts du souvenir en quelque sorte. Le canapé, le vieux fauteuil, le buffet, les cartons qu'elle avait préparés et puis les sacs. Des dizaines de sacs-poubelles.

Au milieu de la pièce vide, il y a une grosse valise noire sur ses quatre roulettes. Elle est à peine remplie. Claire s'assied par terre et ramène ses genoux sous son menton. Les murs sont vides, il ne reste plus rien. Les cadres ont laissé place à des rectangles décolorés.

Un des hommes a demandé s'il pouvait prendre les ampoules pour chez lui et elle a répondu oui sans réfléchir. Dans ce trois-pièces, il n'y aura plus de lumière et ce lieu n'existera bientôt plus. Il n'y aura plus de « chez sa mère ». Et c'est sans doute cela, le vrai problème d'un deuil. Ne plus localiser. Penser à l'autre mais ne l'imaginer nulle part.

Claire attrape l'appareil photo, qui est toujours au fond de la boîte à chaussures. Elle voudrait prendre une photo de cette journée, de cet endroit. Immortaliser le décès de sa mère. Mais une fois l'objet entre ses mains, elle se souvient qu'une pellicule est nécessaire pour qu'il fonctionne. Elle pousse tout de même le levier d'armement et le chiffre deux s'affiche en haut de l'appareil. Elle le porte à ses yeux, vise, et appuie. Un léger « clic » résonne dans la pièce. Une pellicule se trouve à l'intérieur.

Claire se relève, enfile son manteau et traîne la valise à l'extérieur de l'immeuble. D'en bas, du trottoir où elle lève toujours la tête pour jeter un dernier regard à sa mère, elle prend une ultime photo. La dernière d'une pellicule. La fenêtre vide d'une mère qui n'y apparaîtra plus.

26

Claire est rentrée chez elle et a commencé à ranger son appartement. Dans un carton, elle dépose les dernières affaires d'Antoine. Tout le reste, elle le jette. Elle jette, elle n'arrête pas de jeter, et chaque fois qu'elle jette, un poids se retire de ses épaules.

Elle met la main sur l'appareil photo et pendant plusieurs secondes elle reste suspendue à cet objet. Jusqu'à présent, elle n'a pas osé entreprendre la moindre manipulation par peur de perdre les photos. Elle n'a jamais eu ce genre d'objet entre les mains, même enfant, lorsqu'il n'y avait rien d'autre pour photographier. Sa mère ne prenait pas de photos. Elle ne semblait pas avoir conscience du temps qui passe et des souvenirs qui s'envolent. Ou alors elle ne voyait pas l'intérêt de les garder.

27

Un bruit de sonnette retentit quand elle pousse la porte du photographe. Le magasin est vide et elle doit attendre quelques secondes avant qu'un homme ne surgisse de l'arrière-boutique. Il est grand, mince, légèrement voûté, avec un visage long et de grands yeux noirs. Ses lèvres sont deux traits horizontaux, ses mains ressemblent à deux grosses araignées et sa tête paraît se trouver là, par hasard, au milieu de deux oreilles.

« Que puis-je faire pour vous ?

— J'ai une pellicule photo à faire développer. Je… je n'ai pas osé ouvrir… j'avais peur de…

— Je peux ? »

Elle acquiesce sans rien dire. Il prend doucement l'appareil photo entre les mains et l'observe avec attention. Il effleure l'objectif, passe doucement son doigt sur la matière granuleuse qui recouvre le boîtier, pousse le levier d'armement. Puis tout à coup ses gestes s'accélèrent. Il tourne l'appareil photo, appuie sur un bouton situé en dessous du boîtier, le retourne à nouveau, rembobine la manivelle dans le sens des aiguilles d'une montre puis tire cette même manivelle vers le haut, ouvre le boîtier et sort la pellicule. Une seconde s'est écoulée.

« C'est un bel appareil que vous avez. Vous voulez que je vous installe une nouvelle pellicule ?

— Oui, merci. »

Il place la pellicule utilisée dans un petit boîtier noir de forme cylindrique qu'il referme d'un couvercle gris et fait glisser le tout dans un sachet en papier sur lequel il note les coordonnées de Claire. Il disparaît puis revient une minute plus tard avec un autre boîtier noir qu'il ouvre devant ses yeux. Il étire le film, le place avec dextérité à l'intérieur de l'appareil photo, referme et joue avec le levier pour faire avancer le film.

« Voilà », conclut-il.

Mais ses mains continuent de toucher l'appareil comme s'il ne les maîtrisait pas. Le déclencheur, le sélecteur de sensibilité, l'objectif. Il retire doucement le cache et un bout de papier s'en échappe. Il lève les yeux vers Claire et l'interroge en silence. Elle hausse les épaules, elle est aussi surprise que lui. Il lui tend le bout de papier sans un mot et continue d'analyser l'appareil.

« Les photos seront prêtes demain matin. »

Elle le remercie puis quitte la boutique. Une fois à l'extérieur, elle sort le bout de papier de sa poche et le déplie.

« Chère madame,

Voici mon appareil photo. Je suis heureux d'apprendre qu'il va se retrouver entre vos mains. Celles d'une ancienne habitante de Marelle ! Tout de même, la vie est pleine de surprises. »

28

Les rideaux de la loge de madame Da Silva sont tirés mais Claire entend à travers la porte qu'elle parle en portugais. Elle doit être au téléphone. Madame Da Silva ne parle portugais qu'au téléphone. Claire se demande quelle est cette vie qui se joue dans une autre langue et si les sentiments sont les mêmes quand ils sont dits différemment. Est-ce qu'on aime plus fort quand les « r » roulent ? Est-ce que les mots manquent aussi dans les langues avec plus de vocabulaire ? Elle pense à cela en posant un pied dans l'ascenseur lorsqu'une voix l'appelle au loin. Elle tourne la tête et voit que la concierge fait de grands signes désarticulés au-dessus de sa tête et hâte le pas dans sa direction. Entre deux essoufflements, elle articule difficilement.

« Il est passé.

— Qui donc ?

— Monsieur Maurin. Antoine. Il est passé.

— Il vous a dit quelque chose ?

— Non. »

Plusieurs secondes s'écoulent avant que madame Da Silva reprenne la parole.

« Je lui ai dit que vous n'habitiez plus ici. »

Claire est surprise mais elle ne dit rien. La concierge continue de la fixer en silence.

« Je… Merci. »

29

Claire a toujours le bout de papier au creux de sa main quand elle pousse la porte de son appartement. Elle ne l'a pas lâché depuis son départ de chez le photographe.

Marelle.

C'est le village dans lequel elle a passé son réveillon il y a plus de vingt ans. Le village dans lequel ses parents ont grandi.

Tout lui revient à présent.

Les heures de voiture interminables, les maisons en pierres grises et les toits en ardoise, la cheminée près de laquelle elle s'asseyait pour lire *Les Malheurs de Sophie*. Elle se souvient de la nature tout autour du village, des collines couvertes d'arbres, des ruisseaux sinueux, du potager au fond du jardin. Elle se souvient de son enfance et, pour une fois, c'est doux. Elle passait ses vacances avec sa grand-mère qui s'appelait Louise mais que tout le monde appelait Lisou. Ensemble elles allaient chercher les œufs dans le poulailler, elles faisaient des tartes avec les fraises du jardin et de la confiture avec les figues des arbres qui se trouvaient à chaque coin de rue. Lisou enfilait ses bottes en caoutchouc, prenait de longs roseaux pour guider les canards jusque dans leurs abris, et Claire hurlait des directives à ses anatidés. Il y avait aussi ce four en pierre dans lequel cuisaient des fouaces. Elle mangeait la pâte crue à la cuillère. C'était ce qu'elle préférait. Le début des choses. Et même les choses qui n'avaient pas encore commencé.

Elle se souvient des draps qui avaient déjà l'odeur des souvenirs. L'édredon qui faisait un bruit de crème fouettée quand sa grand-mère le déposait sur elle. Lisou la bordait jusqu'au cou, l'embrassait sur le front et lui murmurait de jolies choses. Des choses auxquelles elle s'était accrochée pendant des années.

Claire repense à sa grand-mère qu'elle n'a plus vue depuis ses six ans parce que sa mère ne voulait plus retourner là-bas, dans ce village qui lui rappelait que l'homme qui était parti, était un jour resté.

Elle repense à son enfance, ce rêve dont on finit toujours par se réveiller. Et elle se rappelle à quel point elle a toujours eu un sommeil agité.

30

Depuis plusieurs jours, quand Claire ouvre les yeux le matin, elle entend son cœur battre. Son cœur bat une, puis deux fois d'affilée. Coup sur coup.

« Avez-vous des antécédents ? »

L'homme est grand, il a les cheveux blancs et un air plutôt sympathique. Des antécédents ? Oui, évidemment. Sa vie n'a pas commencé dans ce cabinet de cardiologie. Il y a eu cette chute de la balançoire lorsqu'elle avait quatre ans. Son premier souvenir. Ses vacances à la mer avec ses parents à observer les bateaux quitter le port. La bouteille de jus de pomme qui se brise en mille morceaux sur le carrelage d'un supermarché. Et puis l'école. Beaucoup d'écoles. L'école dans laquelle on se réfugie. L'école comme le nord d'une boussole, même une fois devenue adulte.

« Madame ?

— Pas d'antécédents.

— Qu'en est-il du cœur de votre père ? de votre mère ?

— Froid. Et tiède. »

Le médecin la regarde en haussant un sourcil.

« Êtes-vous stressée ? angoissée ?

— Oui. Évidemment.

— Vous faites quoi dans la vie ?

— Je suis professeure de français. »

Il hoche la tête en silence.

« Classe difficile ?

— Pas spécialement. »

Il la fixe quelques secondes supplémentaires, perplexe.

« Vos résultats sont normaux, madame. Nous pouvons faire d'autres examens si vous le souhaitez, mais sachez que le cœur ne bat pas toujours de manière régulière. Ce n'est pas toujours le cœur qui se dérègle. Parfois, c'est le silence autour qui fait que nous l'entendons. »

31

Une lettre se trouve sur son paillasson. Il y a quelque chose d'étrange dans les lettres sur les paillassons. C'est une forme d'intrusion mais bien élevée. Claire ne reconnaît pas l'écriture ; en même temps, personne ne lui a écrit de lettre depuis des années. Son père lui envoyait des cartes postales pour chacun de ses anniversaires, un peu comme s'il était parti en vacances et qu'il pensait à elle entre un sorbet et un bain de soleil. Mais elle sait que ce n'est pas lui. Son devoir paternel s'est arrêté à sa majorité.

Elle repense à la mise en garde de madame Da Silva et suppose qu'il s'agit d'un mot de ses propriétaires. Peut-être la première étape d'une forme d'intimidation. Elle se baisse pour ramasser la lettre et remarque aussitôt que quelque chose se trouve sous le papier. Elle n'attend pas d'être chez elle pour déchirer l'enveloppe. À l'intérieur se trouve une clé qui ressemble à un jouet mais qui n'en est pas un. C'est juste une clé d'une autre époque, une époque où les choses semblaient moins sérieuses. Il y a un mot aussi, écrit à l'encre violette : « Je n'ai pas le permis, ni d'endroit où aller. C'est une vieille voiture mais mon mari en a toujours pris grand soin. Sentez-vous libre. Héléna. »

Il y a une adresse avec un numéro de place de parking ainsi qu'une carte grise. Claire relit les derniers mots plusieurs fois. « Sentez-vous libre. » Elle fourre la lettre dans son sac et prend la direction de la boutique du photographe.

32

Quand elle pousse la porte du magasin, l'homme est derrière le comptoir en train de fixer son ordinateur. Il lève la tête et ne met pas plus d'une seconde à la reconnaître.

« J'ai vos photos, dit-il en se retournant pour attraper un sachet posé sur une étagère.

— Je vous dois combien ?

— Seize euros. »

Elle tend sa carte de crédit, le remercie et quitte la boutique sans se retourner. Elle marche d'un pas rapide en tenant la pochette serrée contre sa poitrine. Elle essaie de deviner le nombre de photos qui se trouvent à l'intérieur. Seize euros, se répète-t-elle pour se rassurer. Il y a forcément des photos pour seize euros. Elle s'assoit à la terrasse d'un café et pose la pochette devant elle. Elle commande un thé vert et lève le nez vers le ciel bleu. Une brise légère vient caresser son visage. Délicatement, elle décolle le rabat de l'enveloppe et sort le tas de photos qu'elle pose sur la table. Elle reconnaît aussitôt la première, celle qu'elle a prise de la fenêtre de l'immeuble de sa mère. Elle est surprise, l'image est belle : un je-ne-sais-quoi artistique dans ce rayon de soleil qui tape sur la vitre dans un reflet orangé. La deuxième photo en revanche, celle de l'intérieur de l'appartement, montre une pièce sombre, encore plus minuscule qu'elle ne l'est en réalité. C'est là que sa mère a vécu les dix dernières années de sa vie. Dans ce trou lugubre.

Les autres photographies contrastent avec les deux premières de la pile. Elles sont lumineuses, pleines de vie, parfaitement cadrées. Il y a une certaine géométrie dans les plans et les proportions ne semblent pas avoir été laissées au hasard. Sur l'une des photos, il y a le portrait d'un homme qui la fascine sans raison particulière. Il est derrière son comptoir, les poings plantés dans le marbre et les épaules remontées de chaque côté de son visage. Les manches de sa chemise ont roulé jusqu'à ses coudes et une moustache grisonnante déborde sur sa bouche. Il a une carrure d'homme qui a travaillé toute sa vie dans les champs, un physique abrupt, sévère mais un regard bordé de rides qui dégage une extrême douceur.

Claire passe à nouveau les photos une à une. Plus lentement cette fois. L'une d'elles glisse de ses doigts et se dépose à ses pieds, telle une feuille d'automne. Elle se baisse pour la ramasser mais une fois devant ses yeux, elle lui échappe à nouveau. Par surprise cette fois. Cette maison, sur cette photo. Juste devant elle. C'est celle de sa grand-mère.

33

Son téléphone vibre sur la table mais elle ne décroche pas. C'est Richard. Elle ne sait pas quoi lui dire, et de toute façon elle n'aurait sans doute pas envie de le lui dire. Elle fixe l'écran lumineux posé devant elle et ne bouge pas. À la troisième sonnerie, prise d'une certaine frénésie, elle se redresse, saisit son portable et l'éteint. Puis elle ouvre la partie dans laquelle se trouve la carte SIM, la retire et se lève pour quitter la terrasse du bar où elle était assise. Elle fait quelques pas et jette la puce dans la première poubelle sur sa route. Elle marche encore plusieurs mètres puis s'arrête devant une boutique lumineuse dont la vitrine expose tout un tas d'objets électroniques. Téléphones, ordinateurs, tablettes, consoles de jeux. Elle pousse la porte en verre recouverte d'autocollants. À l'intérieur, un homme range des boîtes en carton sur des étagères déjà pleines. Il a la peau caramel, de longs cheveux noir de jais, et des yeux bruns cachés sous d'épais sourcils foncés.

« Colis ? demande-t-il aussitôt.

— Je souhaite vendre mon téléphone. »

L'homme arrête aussitôt ce qu'il est en train de faire et s'approche de Claire, qui lui tend son smartphone. Il tourne l'objet plusieurs fois entre ses mains, observe l'écran, l'état de la coque, appuie sur quelques boutons sans succès. Il lève les yeux vers elle.

« Il est éteint », dit-elle avant qu'il ait le temps de parler.

Il appuie longuement sur un bouton latéral et l'écran s'allume aussitôt.

« Batterie ?

— Elle est bonne. Le téléphone n'a que six mois. »

Il la fixe quelques secondes avant de se repencher sur l'appareil. L'écran demande le code de sécurité. Le vendeur tend à nouveau l'objet et, du bout des doigts, elle compose les six chiffres qui débloquent les fonctionnalités.

« 80 euros.

— D'accord. »

L'homme est surpris qu'elle accepte son prix sans négocier. Il dodeline de la tête puis se dirige vers la caisse, frustré par son manque d'ambition.

« Je voudrais aussi acheter un téléphone. Un jetable. De ceux qu'on recharge par carte prépayée. »

Il se retourne, attrape un boîtier rectangulaire noir et le pose sur le comptoir. Un écran d'à peine quelques centimètres, dix touches de chiffres, un bouton vert pour décrocher, un bouton rouge pour raccrocher, une touche centrale pour tout le reste, soit pas grand-chose.

« Vous allumez et ça fonctionne. Carte SIM prépayée incluse. Soixante minutes de communication et cent SMS ou MMS. Une fois que c'est terminé, vous rachetez une carte et vous la rechargez. C'est 29 euros.

— C'est parfait. Je le prends. »

Le vendeur lui tend l'argent qu'il lui doit et Claire quitte la boutique avec le sentiment étrange d'être devenue inaccessible. Personne n'a son nouveau numéro. Elle est injoignable. Madame Da Silva avait écrit « Sentez-vous libre » et c'est exactement le sentiment qui l'habite, à cette particulière seconde de son existence.

34

Son appartement est vide. En trois jours, elle a vendu la plupart de ses meubles et s'est débarrassée de tous ses objets. Il ne reste qu'un matelas à même le sol et un fauteuil qu'un couple est censé venir chercher en début d'après-midi. Elle a aussi vidé sa boîte mail et a jeté la plupart de ses documents. Même ceux qu'il vaut mieux garder.

Elle a croisé madame Da Silva à plusieurs reprises sans jamais aborder le sujet de la voiture. Elle a toujours les clés dans son sac, avec la pochette de photos et son téléphone qui ne sonne plus. Sa vie d'avant s'efface doucement.

Il ne lui reste plus qu'un simple sac de voyage en tissu. Elle se dit que c'est étrange de ne plus rien posséder. D'accepter enfin de jouer le seul rôle que la vie nous offre : celui d'un voyageur.

35

Claire arrive devant la porte d'un salon de coiffure dans lequel elle n'est jamais allée auparavant. Elle l'a choisi parce qu'il s'appelle Mélanie Coiffure et qu'elle fera toujours plus confiance à une coiffeuse qui s'appelle Mélanie plutôt qu'à une personne qui trouve que Pach' Hair est une bonne idée de nom de commerce. Elle avait lu quelque part que le nom le plus répandu pour un salon de coiffure était Créa Tif, et avait vu dans cette statistique une forme d'impasse pour l'humanité.

Elle pousse la porte du salon et une jeune femme, grande, svelte, habillée d'un legging noir, d'un tee-shirt léopard et d'une paire de chaussures à talons compensés s'avance vers elle. Mélanie sans doute. Claire remarque que la longueur de ses cheveux n'est pas la même à droite qu'à gauche et que des nuances auburn apparaissent au niveau des racines.

« Vous avez rendez-vous ?

— Non. »

La jeune femme arrête de tourner les pages de son agenda.

« Ce serait pour quoi ?

— Une coloration.

— Quel type ?

— Peu importe. »

Elle fronce les sourcils.

« Je peux ? »

Claire hoche la tête et une main avance en direction de ses cheveux.

« C'est dommage. »

Elle dit « c'est dommage » mais Claire sait que ce n'est que pour la forme. Elle repère aussitôt une pointe d'excitation au fond des yeux de la coiffeuse et remarque que ses gestes trahissent l'impatience qui la gagne.

« Pas de coupe ?

— Si. »

Mélanie attend les instructions de sa cliente tout en la guidant vers le bac à shampoing. Claire s'assoit, renverse sa tête dans la cuvette en porcelaine blanche et ferme les yeux. Avant de se laisser complètement aller, elle prononce cette phrase.

« Faites en sorte que ma propre mère ne puisse pas me reconnaître. »

36

Claire a traversé Paris pour prendre un café loin de chez elle. Elle préfère ne croiser personne, même si elle doute qu'on puisse la reconnaître. Elle passe sa main dans ses cheveux courts. Les quelques mèches qui entrent dans son champ de vision sont brunes. Ses cheveux ne sont plus une prise et c'est bien ce qu'elle voulait : ne plus avoir de point d'attache.

Assise, seule, un livre posé en face d'elle, Claire écoute les conversations des autres clients. Dans une demi-heure, elle a rendez-vous dans une boutique à Saint-Ouen, près du boulevard des Maréchaux. Un peu plus tôt ce matin, elle est entrée dans l'un des magasins qui bordent le marché aux puces et, d'une manière assez cliché, elle a demandé où elle pouvait se procurer de faux papiers. Si l'homme vendait de faux sacs et de fausses baskets, alors il pouvait tout aussi bien vendre de fausses cartes d'identité. En tout cas, c'est ce qu'elle s'était dit. Le vendeur, un jeune homme d'une trentaine d'années, n'a pas semblé surpris. Il a pris un stylo et a noté une adresse sur un bout de papier qu'il lui a tendu en prononçant ces deux mots d'une voix neutre : dix heures.

37

Il est neuf heures cinquante-neuf. Claire pousse la porte d'une boutique de cartes postales. L'intérieur est sombre et exigu. Au milieu de la pièce pourtant, se trouve une grande table en bois brut sur laquelle trônent des dizaines de boîtes en fer remplies d'images cartonnées. Une femme pliée en deux examine l'une d'elles à l'aide d'une loupe. Elle porte un bandana rouge dans ses cheveux et une salopette en jean bleue sur un tee-shirt blanc qui laisse entrevoir des tatouages fleuris sur ses avant-bras.

« 1910 ou 1970… murmure-t-elle. Ça change beaucoup de choses tout de même…

— Bonjour. »

La jeune femme lève la tête et la dévisage d'un air méfiant.

« Bonjour, vous désirez un renseignement ?

— Je… je ne suis pas là pour les cartes postales.

— Je vois, dit-elle en haussant un sourcil. Suivez-moi. »

Elle pose sa loupe et disparaît derrière un rideau de perles multicolores. Claire la suit et pénètre dans une pièce qui n'en est pas vraiment une. C'est un placard à balais éclairé par une faible lumière bleue. La femme tire sur une planche en bois plaquée contre un mur et une table se forme à la perpendiculaire.

« Il te frappe ? »

Elle met quelques secondes à comprendre ce qu'elle veut dire. Soudain, elle se sent coupable d'être ici, de prendre la place de quelqu'un qui en aurait vraiment besoin, et elle ne sait plus ce qu'elle doit répondre. Alors elle hoche la tête dans un mouvement ambigu.

« Bon, je me doute que tu t'es renseignée, mais je vais quand même te rappeler les règles du jeu. Dans ce pays, la loi ne protège pas les femmes. Donc peu importent les raisons qui te poussent à changer d'identité, si tu te fais attraper, ce sera jusqu'à cinq ans de prison et 75 000 € d'amende. Si tu tombes, tu tombes seule, OK ? Si tu m'entraînes avec toi, tu entraînes aussi les trente femmes à qui je viens en aide chaque année. C'est compris ?

— Oui.

— Bien. Il y a un enfant ?

— Pardon ?

— Il n'y a que toi ? insiste-t-elle.

— Oui.

— Tu sais déjà quel nom et quel prénom tu veux porter ?

— Oui. »

La femme sort un crayon à papier de la poche de sa salopette et s'apprête à noter sur une feuille.

« Je t'écoute.

— Marie Gauthier.

— Une date de naissance ? Le plus simple, c'est de faire plus un pour l'année, plus deux pour le mois et plus trois plus le jour. Ou moins un, moins deux, moins trois. À toi de voir.

— Le 6 juin 1990.

— Bien. Tu es donc née à Strasbourg. C'est bon pour toi ?

— Oui.

— Tu as des photos aux normes ? »

Claire fouille dans son sac et sort quatre photos d'identité prises la veille en sortant de chez le coiffeur.

« Parfait, dit-elle en prenant une paire de ciseaux pour en découper une. J'ai mon propre matériel et je fais ça moi-même. Sans intermédiaire. En deux jours c'est bouclé. Il y a la carte d'identité, mais aussi tout un tas d'autres papiers utiles pour ouvrir un compte en banque, louer un appartement, trouver un travail. Pour la Sécurité sociale, j'ai un contact dans les bureaux qui s'occupe de faire les modifications sur le dossier. Elle efface et recrée. Le prix, c'est 100 euros. C'est ce que ça me coûte à la fabrication. Mais si tu ne peux pas payer, on trouvera une solution.

— Je peux payer. »

Elle tend deux billets de cinquante que la jeune femme saisit et glisse en un mouvement à l'intérieur de sa chaussure. Lorsqu'elle se relève, elle plante ses yeux dans ceux de Claire.

« Quand tu seras bien installée et que tu te sentiras en sécurité, tu m'enverras une carte postale. »

38

Il n'est pas vraiment tard mais la nuit est déjà là, comme si elle avait voulu prendre un peu d'avance. Claire marche en direction de son appartement en écoutant le son de ses pas. Parfois, elle laisse son talon racler le béton et elle aime bien ce rythme qui se crée et qui l'entraîne comme une mélodie. Elle replace son bonnet sur sa tête et veille à ce qu'aucune mèche ne dépasse. Elle préfère rester discrète dans son quartier.

Elle rentre chez elle, le pas lourd, l'esprit léger. Ça ou l'inverse, qui est tout aussi vrai. Elle n'a jamais ressenti cette forme d'évidence auparavant, celle d'avoir pris la bonne décision. Une sorte d'apaisement l'enveloppe quand elle cherche ses clés au fond de son sac pour les introduire dans la serrure de la grande porte cochère. Et c'est la première fois.

Elle est sur le point d'avoir une autre pensée positive, un peu dans le prolongement de celle qui vient de la traverser, mais elle n'en a pas le temps. Elle n'en a pas le temps car une voix grave s'élève derrière elle, une voix qui la fige, qui la glace, qui l'éteint alors qu'elle venait juste de s'allumer. Une voix d'homme qu'elle reconnaît dès l'inspiration qui précède les mots.

« Je savais que la vieille se foutait de moi. »

Antoine est là. Les mains dans les poches et la colère dans les yeux. Il a un sourire au coin des lèvres, quelque chose qui ressemble à une contracture du visage. Claire sent la peur serrer sa poitrine, et aussitôt elle se dit que ce n'est pas juste d'éprouver cela. Ça la révolte cette peur, cette vulnérabilité féminine, ce déséquilibre entre elle et lui. Il ne sentira jamais ce qu'elle ressent à cet instant précis, et elle pourrait le tuer pour ce constat.

« C'est toi qui lui a demandé de dire ça ? De dire que tu étais partie ? »

Elle secoue la tête.

« J'ai aussi reçu ton putain de colis. Mes affaires. Par la Poste. La Poste !

— …

— Claire, bordel, dis quelque chose ! »

Mais aucun son ne sort de sa bouche. Un éclair fend alors la pupille légèrement dilatée d'Antoine. En l'espace d'une seconde sa main crispée vient se plaquer violemment contre la bouche de Claire.

« Tu ne veux pas parler, c'est ça ? Même ça, tu ne veux plus me le donner ? »

Il attend sa réponse tout en l'empêchant de la formuler. Il appuie plus fort et Claire sent ses dents s'enfoncer doucement dans sa lèvre inférieure. La peau qui se gerce, qui se fend, qui libère une goutte de sang. Du sang qui se mélange à sa salive et qui glisse au fond de sa gorge dans un goût métallique qui rassure et qui inquiète. Elle s'efforce de ne pas réagir, elle se dit que c'est ce qu'il recherche et elle ne veut rien lui donner. Mais Antoine ne relâche pas la pression, au contraire. Il insiste dans son geste. Il maintient, il use. Son autre main caresse la joue de Claire puis descend le long de son cou. La caresse se change en étreinte, une étreinte de plus en plus puissante. Elle a du mal à respirer, des larmes naissent dans ses yeux et la panique l'envahit. Elle est au milieu de la mer, elle se noie, on lui appuie sur la tête. On lui bouche le nez. Elle n'arrive plus à réfléchir, elle ne peut plus imposer sa posture de femme fière. C'est l'instinct qui décide. Celui qui est censé la garder en vie mais qui ne peut rien contre les évidences. Elle se débat mais il la plaque contre la porte. Sa tête heurte alors le bois. Elle a juste le temps de reprendre sa respiration que déjà, les mains d'Antoine s'enroulent à nouveau autour de son cou.

« Tu n'as pas le droit de me faire ça. »

Contre toute attente, ce sont ses mots à lui. Elle n'a plus assez d'air pour noter l'ironie de la phrase qu'il vient de prononcer. Elle se demande si elle va mourir là, à l'aube de cette vie qu'elle avait décidée. Si elle va venir grossir le nombre de ces femmes tuées sous les coups de leurs ex-compagnons. Elle ressent de la colère, mais surtout de la honte. Elle n'est pas en train de perdre la vie, elle se la fait prendre. Elle n'a même plus assez d'air pour suffoquer. Sa vue se trouble et elle a envie de fermer les yeux. Elle est fatiguée, terriblement fatiguée. Elle a même l'impression de tomber en arrière mais peut-être cette idée n'en est-elle pas vraiment une car tout à coup son corps heurte violemment le sol. Elle n'ose plus bouger. Antoine a fait un pas en arrière. Ses yeux sont à nouveau vides. Il semble même effrayé par ce qui vient de se produire. Il passe plusieurs fois sa main sur sa courte barbe et la fixe sans oser faire le moindre mouvement. Soudain, le visage de madame Da Silva apparaît à l'envers au-dessus d'elle. Elle s'est baissée sur Claire et a plongé ses yeux dans les siens. Elle lui touche doucement le front, attrape furtivement son poignet. C'est elle qui vient d'ouvrir la porte contre laquelle elle était plaquée.

Une fois qu'elle s'est assurée que Claire respire encore, elle se tourne vers Antoine. D'une voix à la fois basse et puissante, elle lui lance :

« Je vous avais dit qu'elle ne vivait plus ici. Maintenant, allez-vous-en ou j'appelle la police. »

39

« C'était la première fois ? »

Claire est assise dans la loge de madame Da Silva. Elle a dans les mains une tasse de ce chaud mélange qu'elle lui avait déjà préparé la dernière fois. Elle n'a pas envie de répondre et Héléna n'insiste pas. Elle a du mal à comprendre ce qu'il vient de se produire. Un peu comme si cet épisode était extérieur à sa propre vie. Ce n'était pas elle et ce n'était pas lui. C'était un couple dans un film.

La première fois ? À vrai dire, Claire n'en sait rien. À quel point les choses sont-elles inédites lorsqu'elles n'ont jamais cessé de se dégrader ?

Elle regarde cette femme qui lui fait penser à une boîte de biscuits cabossée et elle se demande ce qu'il se serait passé si elle n'était pas intervenue.

« Vous voulez quelque chose à manger ? J'ai un bout de tarte dans le four.

— Non merci. Je crois que je vais rentrer me coucher. »

Madame Da Silva acquiesce en silence et la raccompagne jusqu'à la porte. Au moment où elle s'apprête à pivoter vers le hall d'entrée, la concierge pose doucement sa main sur son avant bras.

« Vous savez, les pires ennemis sont ceux qui connaissent le chemin pour vous atteindre. Partez. »

40

En entrant dans son appartement, elle dépose le sac dans lequel se trouvent les achats de la journée. Une carte routière, une boussole et un sac de couchage grand froid au cas où elle ne parviendrait pas à utiliser les deux premiers.

Elle pense aux adieux qu'elle n'aura pas à faire. Ces dernières années, elle s'était éloignée de ses amis pour se concentrer sur son couple. Il y avait Gaëlle, qu'Antoine ne supportait pas et qu'elle devait se contenter de voir seule. Mathias, qu'il soupçonnait être secrètement amoureux d'elle, bien qu'il soit en couple depuis près de dix ans. Sabrina aussi. Elle ne sait plus pourquoi elle avait arrêté de voir Sabrina. Sans doute parce que Antoine préférait toujours qu'ils restent tous les deux. Et que c'était ce qui la rendait heureuse au début. Quand la passion nourrit encore tous les besoins.

41

Il est un peu moins de six heures quand elle ferme la porte de son appartement. Elle n'a dormi que quelques heures mais ces quelques heures l'ont remplie d'une énergie nouvelle. Elle descend les cinq étages de son immeuble et dépose les clés sous le paillasson de madame Da Silva, accompagnées d'un mot pour la remercier.

Quand elle pose un pied à l'extérieur de chez elle, elle ne peut se retenir de balayer les rues autour d'elle d'un regard inquiet. Mais à cette heure-ci, tout est calme. Elle se met alors en route et accélère le pas. La veille, elle a vérifié que la voiture était bien à l'emplacement indiqué par Héléna. Il ne lui avait fallu que quelques minutes pour repérer la Peugeot 309 grise au milieu des autres automobiles alignées sur le parking. Cette voiture rectangulaire parmi toutes celles aux courbes arrondies. Serait-elle capable de parcourir les centaines de kilomètres qui la séparaient de sa destination ?

Elle place ses sacs sur la banquette arrière et s'installe au volant. La carte et la boussole sont à côté d'elle, sur le siège passager. Elle effectue quelques réglages. Le rétroviseur, le siège. Elle repère les essuie-glaces, les phares et les clignotants. La voiture doit avoir au moins une trentaine d'années, mais madame Da Silva n'a pas menti : tout a parfaitement été entretenu. Elle enfonce la clé dans la serrure et fait une première rotation. Tous les voyants s'allument avant de s'éteindre un à un. Quand l'aiguille de la jauge se stabilise sur le troisième trait en partant du bas, Claire tourne la clé et le moteur démarre du premier coup. Elle jette un dernier regard dans le rétroviseur, à l'urne en céramique accrochée par une ceinture de sécurité, et puis elle part.

42

Au bout de trois heures, Claire s'est arrêtée sur une aire d'autoroute. Le ciel est bleu et le soleil commence à prendre place au centre de cette toile unie. Elle se sent heureuse d'être là où elle est. Seule. Un mardi matin de mars. Depuis qu'elle travaille, il ne lui est jamais arrivé d'être en vacances en dehors des périodes scolaires. Elle a toujours été au milieu de la foule, dans des queues interminables, en face d'hôtels qui affichent complet, à la porte de restaurants qu'il faut réserver, sur les routes noires de monde selon Bison Futé. Elle a toujours vécu sa vie en pleine saison. Alors qu'elle, ce qu'elle a toujours désiré, c'est la sensation des saisons vides.

Un groupe de retraités vient de franchir la porte tel un troupeau de moutons et se dirige ensemble vers les toilettes. Claire repère celui qui parle trop fort et qu'elle imagine faire des blagues graveleuses dans l'allée centrale du bus à destination des châteaux de la Loire. Les femmes, elles, se font discrètes. Elles rient en mettant leurs mains devant la bouche.

Elle sort une photo de la pochette et l'observe en détail. C'est cette photo qui lui a fait prendre sa décision. La maison de sa grand-mère. Elle se demande qui vit là, désormais. Si ce sont les mêmes personnes depuis dix ans, depuis le jour où elle a appris le décès de Lisou. À l'époque, l'annonce ne l'avait pas particulièrement bouleversée. Elle ne voyait plus sa grand-mère depuis des années, et son quotidien était bien trop rempli de nouveautés pour s'émouvoir des souvenirs. Elle avait vingt ans et une vie devant elle : la sienne.

Sa mère n'avait pas mis beaucoup de formes dans cette annonce. Elle lui avait envoyé un message, un soir, alors qu'elle venait de rejoindre des amis à une soirée étudiante. Quatre mots pour mettre fin à une vie. Mamie Lisou est morte. Claire n'avait même pas su de quoi.

Claire avait alors saisi la première bouteille qu'elle avait trouvée et s'était versé un verre d'un alcool pur qu'elle avait bu d'une traite avant de se noyer dans la foule des invités. Elle avait dansé toute la nuit, ses longs cheveux humides collés sur son visage et sa jupe remontée sur ses cuisses. Elle avait embrassé un garçon qu'elle ne connaissait pas, parce qu'il lui avait dit qu'elle ressemblait à un personnage de roman. Elle avait trouvé cela plus subtil qu'une actrice de cinéma. Plus honnête aussi.

Cette période est si lointaine qu'elle semble presque appartenir à une autre vie.

À présent Claire se trouve dans cette France que tout le monde connaît mais que personne n'habite. Cette France du journal télévisé de Jean-Pierre Pernaut que d'autres appellent la diagonale du vide et où elle se sent bien. Le vide partout. Derrière, devant, sur les côtés. Le vide comme destination.

C'est ici, assise sur une table de pique-nique au milieu des arbres d'une aire d'autoroute, qu'elle choisit de détruire sa vie d'avant. Claire regarde de courtes flammes sortir du briquet et dévorer sa carte d'identité. Elle souffle sur le plastique qui s'enroule comme une vague. Elle respire cette odeur qu'elle déteste. Et puis elle observe son nom qui disparaît. Claire Perrin n'existe plus et elle n'en est pas particulièrement triste.

Marie

1

Il est un peu plus de treize heures quand Marie gare sa voiture à l'ombre des peupliers. L'air est doux et les arbres ont commencé à revêtir leurs nouvelles feuilles. Elle respire à pleins poumons et une odeur d'herbes, de fleurs et de terre effleure ses narines. Elle ne se souvient pas d'avoir déjà senti le printemps de cette façon. Dans sa vie d'avant, tout avait la même odeur. L'hiver, l'été. L'intérieur, l'extérieur. La viande, le poisson. Tout se mélangeait, alors qu'ici tout s'harmonise.

Elle arrive au cœur d'une petite place sur laquelle se trouvent quelques tables en plastique rouge, dispersées à l'ombre de grands platanes sur les pavés irréguliers. Une fine nappe en papier blanc flotte à la faveur d'une brise légère. L'air est frais mais le soleil chauffe suffisamment pour qu'elle s'installe là, sur cette terrasse qui n'en est pas vraiment une. Elle jette un regard à la devanture sur laquelle, en grandes lettres majuscules, est écrit « Chez Francis La Misère. Bar convivial ». Au bout de quelques minutes, un homme d'une cinquantaine d'années arrive vers elle. Un homme charpenté qui n'a rien de miséreux, surtout pas sa moustache, et que Marie reconnaît aussitôt. Il a toujours son regard pénétrant et son air peu commode, celui qu'elle avait déjà remarqué sur la photo. Il pose une corbeille à pain sur la table, un pichet d'eau et, dans un hochement de tête, lance :

« Je vous écoute.

— Je voudrais le plat du jour s'il vous plaît.

— Quelque chose à boire ?

— Un verre de vin blanc. »

Il est sur le point de faire demi-tour quand Marie l'arrête.

« C'est vous Francis ?

— C'est moi.

— Je cherche un endroit où passer la nuit. »

Il la toise quelques secondes, comme s'il devait décider dans quelle catégorie la ranger.

« Il y a l'hôtel Gaïa un peu plus haut sur votre gauche. Vous ne pourrez pas le louper. »

Il fait demi-tour et se dirige vers l'intérieur du restaurant. Mais au bout de quelques mètres il s'arrête, reste figé là quelques secondes puis finit par se retourner :

« Il est tenu par Juliette. Vous pouvez y aller de ma part. »

2

Elle arrive devant une grande maison carrée de trois étages. Quelques marches mènent à une jolie terrasse dissimulée sous une épaisse glycine en fleur. À l'arrière, deux grandes vitres sur lesquelles on peut lire « hôtel » dans une élégante écriture dorée ouvrent sur une salle de restaurant. Marie monte le petit escalier de pierre et pousse la porte d'entrée. Un bar en bois massif est planté au centre de la pièce, telle une coque de bateau au milieu de l'océan. Une femme lève la tête. Elle est grande et élancée, avec de longs cheveux blancs aux reflets violets, un rouge à lèvres sombre, de longs cils recourbés, un trait noir qui souligne ses yeux et une grande paire de lunettes qui lui mange la moitié du visage. Sa peau mate est lisse. Elle n'a pas trente ans.

« Bonjour. Je souhaiterais une chambre pour quelques jours. Je viens de la part de Francis. »

Le regard de la jeune femme s'attarde une seconde avant de saisir un épais cahier bleu à la couverture matelassée. Elle feuillette quelques pages, passe son index sur plusieurs lignes, penche la tête sur le côté.

« J'ai la 4 de libre. Elle est au deuxième étage. Un lit double et une salle de bains avec une baignoire. Vous voulez la voir ? »

Marie acquiesce et suit Juliette dans l'escalier en bois qui craque à chacun de leurs pas. Au deuxième étage, elles avancent ensemble dans un couloir au papier peint jauni qui mène à trois portes. La gérante glisse la clé dans une serrure qui claque à chaque tour et invite sa cliente à passer devant. Un grand lit occupe pratiquement toute la pièce éclairée par un lustre en verre fumé. Un crucifix est planté au milieu de la tapisserie aux fleurs marron, juste au-dessus de la tête de lit. Le reste de l'espace est pris par une armoire massive, un fauteuil qui semble avoir été confectionné dans un ancien rideau et un imposant bureau en bois d'ébène.

« La salle de bains est sur votre droite. »

Marie tire une porte coulissante et découvre une pièce entièrement carrelée dans des teintes saumon. Une petite baignoire, un lavabo et un bidet s'entassent dans ces quelques mètres carrés.

« Cela vous convient ? »

Marie est sur le point de répondre que oui, cette chambre lui convient parfaitement, après tout, être d'accord fait partie de ses principales qualités, mais au dernier moment elle se ravise.

« Vous n'avez rien de plus… petit ? »

3

La chambre se situe sous les toits. Elle est petite et biscornue mais Marie l'aime à la seconde où elle pose un pied sur le parquet. La pièce est lumineuse. Elle a la même vue que la chambre qui vient de lui être présentée mais avec un étage supplémentaire. Avec plus de hauteur, plus de perspective. Un canapé-lit se trouve sur la gauche, dans une alcôve qui offre quelques rangements. Sur la droite, un petit bureau et une chaise en bois occupent une partie de l'espace. Près de la fenêtre, un évier en acier blanc est cloué au mur et une cabine de douche de la taille d'un placard est dissimulé sous une voûte. De l'autre côté, parfaitement symétrique, se trouve une plaque chauffante posée sur un minuscule réfrigérateur. Marie ouvre la fenêtre en grand et un rayon de soleil vient s'écraser sur le plancher. Elle prend une grande inspiration et un sentiment violent la saisit tout entière. Elle ne se souvient pas s'être jamais sentie aussi heureuse.

4

Elle ouvre sa valise sur le canapé-lit et commence à ranger ses vêtements sur la petite étagère. Trois pulls, deux pantalons, quelques tee-shirts et une veste en jean. Elle pose son ordinateur sur le bureau et jette un œil par la fenêtre. Un cycliste passe à toute vitesse avant de disparaître de son champ de vision. Elle reste immobile quelques secondes avant de s'asseoir sur le rebord du lit. Tout à coup, une fatigue immense s'abat sur elle. Elle se couche sans avoir pris la peine de retirer ses vêtements et se recroqueville en position fœtale, ses genoux jusque sous son menton. Elle croise ses mains sur son ventre qui s'arrondit au rythme de sa respiration. Soudain, une larme s'échappe de ses yeux et glisse le long de sa joue. Aussitôt, des dizaines et des dizaines d'autres larmes déferlent et viennent s'écraser sur le drap, comme si sa vie était un cours d'eau retenu par un barrage qui après plusieurs tempêtes avait fini par céder.

5

Marie avait repéré la boutique dès son arrivée. Une échoppe comme on en trouve dans tous les villages touristiques de France, avec son lot d'objets inutiles. Quand elle était petite, elle adorait flâner au milieu de ce désordre organisé. Elle était fascinée par toutes ces couleurs, ces ressorts, ces bruits. Cette vie. Elle avait toujours aimé les objets. Leur constance. Leur immuabilité. Leur histoire, aussi.

Un jour sa grand-mère lui avait donné de l'argent pour qu'elle s'achète ce qui lui ferait plaisir. Elle avait alors passé des heures au milieu des étagères à chercher la meilleure manière de dépenser ces quelques pièces. Ces vingt francs lui donnaient l'impression que la boutique n'était pas qu'un simple musée. Pour une fois, elle allait pouvoir repartir avec une œuvre.

À la fin des vacances, quand ses parents étaient venus la chercher, elle leur avait tendu cet objet enveloppé d'un joli papier rouge. C'était sa mère qui avait déballé le cadeau. Elle n'avait pas eu le temps de le regarder que son père le lui avait pris des mains.

« Une boule à neige ? Tu n'as pas de manière plus utile de dépenser l'argent qu'on te donne ? »

Il avait haussé les épaules et lui avait rendu l'objet avant d'attraper sa valise pour la ranger dans le coffre de la voiture. Il avait dit cela d'une voix calme, sans vraiment réfléchir à la portée de ses mots, et c'est cela qui continuait de la blesser plus de vingt ans après. Ce manque de délicatesse. Sa mère avait souri. Elle avait pris cet air qu'elle prenait toujours pour excuser son père. « Tu sais bien comment il est. » Oui, elle savait. Mais elle espérait encore.

Sa grand-mère l'avait embrassée dans un grand sourire chargé de peine. Au moment de partir, elle l'avait retenue auprès d'elle pour lui glisser ces mots au creux de l'oreille : « Acheter quelque chose d'inutile, c'est ce qu'il y a de plus beau. Tu n'achètes pas pour répondre à un besoin. Tu n'achètes pas en te disant que la personne pourra l'utiliser pour telle ou telle raison. Tu l'achètes pour dire à l'autre : j'étais là et j'ai pensé à toi. Je te rapporte un bout de mon temps, celui que j'ai passé à choisir cet objet pour toi. J'étais loin mais tu étais avec moi. Et cet objet, c'est aussi un souvenir de soi-même, pour l'autre. » Elle avait alors pris la boule à neige et l'avait glissée dans sa poche en souriant. « Je la garde avec moi. »

Marie attrape une carte postale sur un présentoir et se dirige vers la caisse. Au moment de payer, elle repense à cette phrase qu'Héléna lui a dite quelques jours plus tôt. « Je viens d'ailleurs et pourtant je ne suis jamais allée nulle part. » Elle demande au caissier de patienter un instant et court chercher une seconde carte. Sur l'une, elle écrira qu'elle est loin et en sécurité. Sur l'autre, qu'elle est partie et qu'elle est déjà ailleurs.

Ailleurs. On est si vite ailleurs.

6

Il est un peu plus de dix-neuf heures quand Marie rejoint la petite place sur laquelle s'étend la terrasse de Francis. Le carnet de sa mère est posé sur ses genoux mais elle n'ose pas l'ouvrir. Pourquoi fouiller dans le passé alors qu'elle vient de tirer un trait définitif sur sa vie d'avant ? Est-elle seulement encore la fille de sa mère ?

Elle observe les autres clients de la terrasse. Un couple de retraités, un père avec deux enfants, trois jeunes adolescents… L'air est chaud et elle retire discrètement ses chaussures pour poser ses pieds nus sur le sol. Au loin, elle aperçoit Francis qui discute avec un homme. Leurs regards se croisent et il abandonne aussitôt sa conversation pour venir prendre sa commande. Il ne sourit toujours pas mais sa voix se fait plus amicale.

« Vous avez trouvé un endroit où dormir ?

— Oui, chez Juliette, comme vous me l'aviez conseillé. Merci. »

Il hausse les épaules.

« Vous voulez manger ? On a une omelette aux cèpes ce soir. J'en ai trouvé presque deux kilos ce week-end.

— Avec plaisir.

— Allez. »

Francis s'en va comme il est venu et Marie pose le carnet à la couverture brune sur la table. Elle patiente quelques secondes avant de l'ouvrir délicatement. Une écriture ronde et régulière recouvre la première page. On dirait celle d'une petite fille et Marie imagine sa mère, préservée de la vie qui l'attend. À cette pensée son cœur se serre, car inévitablement un adulte qui disparaît emporte avec lui l'enfant qu'il a été.

* *
*

Juillet 1985

Je me souviens du jour où je l'ai rencontrée. Je me souviens de ses longues jambes interminables moulées dans une mini-jupe rose fluo, de ses cheveux ondulés rassemblés dans une haute queue de cheval et de sa veste en jean ouverte sur un justaucorps noir. Je me souviens de la cigarette qu'elle portait à ses lèvres comme si elle avait toujours fumé et de son sourire qui creusait une fossette au milieu de sa joue. La droite.

Je me souviens de chaque détail.

De sa manière de toucher ses bracelets chaque fois qu'elle parlait. De ses yeux noirs, de sa bouche rouge, de sa peau dorée. De son rire décomplexé, sonore et chantant. Un rire qu'elle éparpillait un peu partout, comme s'il s'agissait d'une ponctuation. Un rire virgule, un rire qui fend l'air et retient le temps.

Elle avait dix-sept ans, j'en avais seize mais une vie nous séparait.

C'était l'été et elle montait derrière les motos des garçons du village quand moi je traînais encore mes sandales dans les rues du Cap d'Agde, ma main au creux de celle de ma mère.

Et puis un jour elle a décidé que nous serions amies. C'était un 14 juillet. L'orchestre jouait un morceau sur la place de l'église et elle est venue s'asseoir à côté de moi. Elle a dit « J'aime bien ton tee-shirt » et elle a souri, mais j'ai bien vu que son mascara avait coulé. Elle m'a proposé une bière et j'ai dit oui sans réfléchir. Je n'en avais jamais bu de ma vie et j'ai cru m'étouffer dès la première gorgée mais elle a prétendu ne rien remarquer.

« Tu pars en vacances ?

— Pas cette année. Et toi ? »

Elle a secoué la tête tout en tirant une nouvelle taffe sur sa cigarette.

« Demain, je passe te chercher et on ira bronzer à la rivière. Je connais un endroit. »

Elle s'est levée d'un bond, m'a souri et puis elle a disparu.

Depuis ce jour, depuis qu'elle est entrée dans ma vie, plus rien n'a jamais été pareil.

* *
*

Marie remarque qu'une photo est glissée entre les pages. Deux jeunes filles, bras dessus bras dessous, une paire de lunettes de soleil aux verres rosés sur le nez. Elles sont toutes les deux longilignes, avec un short court et un haut de maillot en forme de triangle. La photo a cette teinte sépia qui laisse penser que le passé est un éternel crépuscule. Marie reconnaît sa mère mais, en face d'elle, il y a en réalité une inconnue qu'elle n'a jamais rencontrée.

7

Marie glisse la clé dans la serrure et pénètre à l'intérieur de sa chambre. Elle allume une bougie puis déplie le canapé-lit sur lequel elle se couche en diagonale. De cette position, elle voit la lune presque ronde dans le coin droit de la fenêtre et cette vision la rassure. Petite, elle était convaincue que la lune la suivait partout où elle allait, telle une veilleuse universelle. Une mère de substitution en quelque sorte. Et puis un jour elle avait compris que bien qu'elle fût toujours présente, elle demeurait insaisissable.

Marie a posé le carnet sur une étagère, à quelques centimètres d'elle. Elle n'en a lu que la première page mais elle a déjà l'impression de s'être plongée dans le passé. Les choses se sont enchaînées si vite : l'appareil photo, le carnet, la voiture. Elle pourrait presque y voir un signe divin. Une main qui se tend pour l'accompagner vers une destination qui ne serait rien d'autre que la découverte d'une mère qui lui a si souvent échappé.

Sa mère. Qui était-elle ?

Une femme qui pouvait passer des journées entières, les pieds nus croisés sur l'accoudoir d'un fauteuil trop usé, à tirer sur sa fine cigarette mentholée. Une femme qui attendait le soir. Qui attendait l'obscurité comme une libération, ou peut-être juste comme une autorisation : celle d'être enfin elle-même. Parfois, quand le jour déclinait, elle lâchait ses cheveux, ses longs cheveux bruns qui s'échouaient en cascade sur ses épaules et ce geste annonçait que la soirée se passerait sans elle. Elle s'éclipsait dans la salle de bains, appliquait du noir autour de ses yeux, embrassait sa petite fille du bout des lèvres pour ne pas perdre de son rouge et puis elle partait. Elle traversait une brume de parfum en même temps qu'elle passait le pas de la porte et Claire la regardait partir. Elle restait alors seule, avec l'odeur d'une mère qui ne lui appartenait plus.

Un jour, plus tard, bien plus tard, Claire lui avait demandé si « tout ça » c'était par peur de disparaître. Sylvie l'avait regardée et, sans même prendre la peine de réfléchir, elle lui avait répondu : « Non. Tout ça, c'est à cause de l'incertitude d'exister. »

8

Elle roule toutes vitres ouvertes en suivant le trajet qu'elle a repéré avant de partir. Les routes sont étroites et sinueuses. La Peugeot 309 zigzague au milieu de cette campagne vallonnée d'où s'élève le chant de quelques grillons. La radio ne fonctionne plus mais le compteur affiche vingt et un degrés à l'extérieur quand elle se gare à l'orée d'un petit bois, au milieu de la campagne. Un chemin de terre descend en contrebas. Elle ne marche que quelques minutes avant d'entendre un léger bruissement qui l'encourage à accélérer le pas.

Le chemin de terre vient s'échouer au bord d'une fine rivière transparente où quelques cailloux créent des obstacles mélodieux. Elle retire ses chaussures. L'eau est fraîche et elle a l'impression que son mollet est pris dans un étau. Mais elle ne bouge pas. Elle attend que son corps s'habitue. L'habitude, le plus puissant des anesthésiants. Déjà elle ne ressent plus rien. Elle avance lentement. Au loin, le bruit de l'eau lui laisse imaginer que le débit s'accélère, alors elle continue d'avancer.

Une petite cascade dévale un chemin de feuilles et plonge dans un bassin aux reflets dorés. Sur le bord de la rive, une petite plage s'est formée au fil des années. Marie y dépose une serviette et se couche là, le bras tendu vers l'étang et une main glissant doucement à la surface de l'eau. Elle ferme les yeux et imagine que c'est ici que sa mère et son amie venaient bronzer l'été, dans la langueur de ce temps infini qu'est l'adolescence.

Elle pourrait s'endormir là, seule, bercée par l'eau qui roule sur les galets. Personne ne sait où elle se trouve et cette situation lui paraît inédite. Elle attrape le sac dans lequel elle a fourré le carnet de sa mère et l'ouvre à la deuxième date.

* *
*

Août 1985

Une centaine de mètres après la sortie du village, sur la route qui mène à Rodez, il y a un camping. Plusieurs emplacements de tentes, trois ou quatre mobil-homes et une dizaine de caravanes s'organisent sur trois hectares. L'été, des vacanciers viennent passer quelques jours dans la région. Parfois plus, cela dépend. Il y a des couples de retraités, des familles venues des quatre coins de la France et aussi des étrangers. Souvent des Allemands.

C'est là qu'elle travaille depuis la fin de l'année scolaire. Elle gère les réservations, accueille les clients, résout les problèmes de la vie courante. Elle se déplace dans les allées comme si la terre lui appartenait. Elle répare un évier qui fuit, change une ampoule grillée, discute en anglais avec les étrangers. Elle mélange les mots, parle avec les mains, mime des expressions avec les yeux et tout le monde la comprend. Elle a toutes les légitimités du monde, elle est désinvolte mais jamais insolente, elle est franche, directe, parfois brutale mais je n'ai jamais vu personne lui faire le moindre reproche.

Samedi, une famille allemande est arrivée. Un couple et trois garçons de quatorze, seize et dix-huit ans. Chez eux, tout semble suivre un rythme précis et cadencé. J'étais là quand ils ont garé leur camion vert bouteille et installé l'auvent sur l'emplacement numéro neuf. J'étais là aussi quand l'aîné, Henry, a posé ses yeux sur elle et que pendant une seconde son monde de jeune homme a oublié qu'il fallait tourner. Elle leur a lancé quelques mots en allemand parce qu'elle s'était mis en tête d'apprendre toutes les langues et que de manière générale elle cherchait toujours à apprendre ce qui lui permettrait un jour de s'enfuir.

Au milieu du camping, il y a un lac sur lequel s'avance un ponton en bois. C'est là que je la rejoins presque tous les soirs. Elle me raconte sa journée, je lui raconte la mienne et on imagine notre vie plus tard, quand on sera grandes. Dès le premier soir, Henry était là. Grand, calme, sûr de lui. Elle m'annonce :

« Henry vit à Berlin. »

Je crois que c'est de cela qu'elle est tombée amoureuse. De Berlin. D'une ville, d'un pays, d'une langue. Des kilomètres surtout. De cette distance. Henry a dix-huit ans et étudie le français à l'université. Il parle avec un léger accent, une voix d'homme, calme et souriante.

Pour ma part, je préfère l'amour aux garçons. Je préfère imaginer des histoires mais surtout, surtout ne pas les vivre : tout cela me paraît trop impressionnant. Alors en silence, j'observe ce qui est en train de naître sous mes yeux et cette histoire nourrit mes rêves.

Le dernier soir, elle m'a demandé si je pouvais les laisser seuls. C'était un vendredi. Le lendemain, Henry et toute sa famille quittaient le camping et retournaient en Allemagne.

9

Juliette est assise sur la petite terrasse de l'hôtel. Elle porte un jean clair taille haute dans lequel elle semble avoir fourré à la va-vite une chemise en soie mauve. Une ceinture jaune coupe sa silhouette en deux et un foulard vert retient en l'air ses cheveux nacrés. Elle a les jambes croisées et une paire d'espadrilles rouges bat la cadence avec entrain. Avant de la rejoindre, Marie l'observe une seconde. Elle a l'impression de se trouver devant un feu d'artifice au moment du bouquet final. Juliette porte trop de couleurs, trop de matières, trop de couches. À moins que ce ne soit elle qui n'en porte pas assez.

Dès qu'elle le remarque, la jeune femme sourit et Marie s'avance vers elle.

« Vous vous plaisez ici ? Hors saison c'est un peu calme…

— Le calme ne me dérange pas. »

Le silence retombe. Marie aimerait être plus bavarde mais elle ne sait pas vraiment quoi dire.

Elle préfère prendre son temps, observer le monde qui l'entoure. Apprendre. Apprendre les autres et s'apprendre elle-même, comme on apprend un poème. Par cœur.

« Cela fait longtemps que vous gérez cet hôtel ? »

Cette question lui a échappé. Un mélange de politesse, de convenance et de curiosité.

« Deux ans, en avril. Avant cela, j'étais vendeuse dans une boutique de prêt-à-porter à Toulouse. Un jour j'ai lu une annonce dans un journal, au sujet d'un hôtel qui ne trouvait pas de repreneur. Alors j'ai appelé et je suis venue m'installer ici. »

Elle plonge ses lèvres dans la mousse de son cappuccino et son regard se perd au loin. Marie a peur que Juliette lui pose une question. Elle sent que ce serait la suite logique de la conversation, alors pour éviter qu'elle ne le fasse, elle dit la première chose qui lui passe par la tête.

« Vous savez où je pourrais acheter des vêtements ?

— Des vêtements ? Il faudra aller jusqu'à Rodez pour ça. Vous ne trouverez rien ici. »

Marie remercie Juliette et quitte l'hôtel. Elle a envie d'une tenue inédite, d'habits qu'elle pourrait enfiler comme une nouvelle peau. Un pull rouge par exemple. Antoine lui a toujours dit que le rouge ne lui allait pas du tout.

10

Le jour se lève et entre doucement dans la chambre. Il n'y a pas de bruit si ce n'est le chant d'un coq qui s'élève quelque part au loin. Du bout des doigts, Marie attrape son ordinateur et se dit que peut-être elle pourrait commencer à l'écrire, ce roman. Elle relève l'écran, presse longtemps la touche de démarrage, patiente quelques secondes mais rien ne se passe. Elle branche la batterie à une prise et réitère sa tentative. Rien. L'écran reste noir. Elle a ce réflexe étrange de secouer son portable et elle entend aussitôt un léger bruit métallique résonner à l'intérieur de l'appareil. Une pièce a dû se casser pendant son trajet en voiture. Elle pousse un long soupir et d'un geste rabat l'écran de son ordinateur.

Elle s'étire dans son lit et hésite à poursuivre sa nuit, mais au même moment un bruit sourd l'arrache à ses pensées. Quelque chose vient de tomber, un étage plus bas.

Elle enfile un jean et un tee-shirt puis sort de sa chambre. Elle descend l'escalier et remarque qu'au premier étage un faisceau de lumière glisse sous une porte entrouverte. Elle s'avance sans bruit et aperçoit Juliette de dos, en bleu de travail.

« Vous faites des travaux ? »

La gérante se retourne, surprise.

« Oui. C'est calme en ce moment. Je peux me permettre de fermer une chambre. »

Marie ne dit rien. Elle regarde la chambre d'une vingtaine de mètres carrés dans le style des années 1960. Toujours ce papier peint chargé et ces meubles massifs qui semblent étreindre la pièce.

« Ce n'est pas ce que je préfère faire mais je ne supporte plus cette ambiance étouffante.

— Je peux m'en charger si vous voulez.

— Vous en charger ? »

Elle a prononcé cette phrase sans réfléchir, car c'est ce dont elle avait envie. Arracher cette tapisserie, se salir les mains, avoir mal au dos et à la nuque sous la tension de l'effort. Voir quelque chose de moche disparaître sous son contrôle et quelque chose de beau naître sous son impulsion.

« Oui, m'en charger. J'étais très manuelle. Avant. »

Juliette l'observe quelques secondes. Sans doute se demande-t-elle qui est cette fille et ce qu'elle fait là, seule, en plein milieu du mois de mars. Elle l'observe puis pose son éponge, sa spatule et son seau d'eau à côté de son échelle.

Elle dit d'accord. Simplement d'accord.

11

Au volant de sa voiture, Marie a roulé avec ce sentiment immense de liberté. Elle est entrée dans un magasin de bricolage où elle a acheté tout ce dont elle avait besoin pour les travaux. Elle n'y connaissait rien ; elle a demandé conseil à la vendeuse, qui s'appelait Agata et qui lui a dit tout ce qu'elle achèterait « si elle était elle ». L'expression lui a plu alors elle l'a répétée. « Oui, que feriez-vous si vous étiez moi ? Agata a ri dans un accent italien ou espagnol. Marie s'est dit qu'elle pouvait tout aussi bien être polonaise. Après tout, que savait-elle des autres ?

« Avez-vous des bleus de travail ?

— Oui bien sûr.

— D'une autre couleur c'est possible ? Je n'aime pas le bleu. »

Agata a souri et l'a invitée à la suivre.

De retour à l'hôtel, Marie déplace les meubles au centre de la pièce puis pose une bâche en plastique par-dessus pour les protéger. Elle commence alors par retirer le papier peint à l'aide d'une grosse éponge imbibée d'eau et d'une spatule. Elle asperge généreusement tous les pans du mur. Quand elle arrive au bout de la pièce, elle revient sur ses pas, monte sur une échelle et passe la spatule dans la rainure pour décoller délicatement la tapisserie.

Elle effectue ses gestes, un à un, de manière répétitive. Elle ne pense à rien, juste à ce papier qui se décolle et qui échoue à ses pieds comme une crème onctueuse. Quand elle aura fini, il faudra lessiver les murs, retirer la colle et les restes de papier, pour que rien ne reste de ce qui a un jour existé.

Marie s'arrête une seconde et regarde le travail qu'elle vient d'abattre. Les mains enfoncées dans les poches de son bleu de travail d'un rouge flamboyant.

12

Il est tout juste sept heures et Marie est déjà assise à son bureau. La veille, elle est retournée dans la boutique à souvenirs et y a acheté un carnet pour remplacer son ordinateur. Un beau carnet à la couverture en tissu vert et aux pages couleur crème. Dans l'angle, en bas à droite, elle a fait marquer à chaud ses initiales. Deux fines lettres : M. G. C'était ce que proposait la boutique : de la personnalisation. Marie fait tourner son stylo entre ses doigts et se balance sur sa chaise, sans parvenir à se lancer. Comme si chaque mot était une décision qu'il n'était pas possible de prendre. De quoi pourrait-elle parler ?

Le carnet en cuir brun de sa mère est posé à côté d'elle. Elle hésite à le parcourir pour y trouver des idées, une simple impulsion. L'écriture des autres lui a toujours fait cet effet-là. Une sorte de mélodie sur laquelle il suffirait de se calquer. Elle hésite. Cela fait déjà dix longues minutes qu'elle est devant cette page sur laquelle elle n'a inscrit que la date. Alors, du bout des doigts, Marie ouvre le carnet et recommence à lire.

* *
*

Octobre 1985

Elle est venue me trouver à la pause de quinze heures et elle a voulu me traîner jusqu'au bassin de la rivière. Je lui ai dit que je n'avais pas fini, qu'il me restait encore deux heures de cours, qu'en plus c'étaient des mathématiques et que, franchement, je ne pouvais pas me permettre de les manquer. Mais elle ne m'écoutait pas. Elle marchait d'un pas rapide, la mâchoire serrée, tirant nerveusement sur les manches de son pull. Je ne l'avais jamais vue comme ça. Si vulnérable. Si peu sûre d'elle. Si jeune. Alors je l'ai suivie, sans poser de questions.

Elle s'était fait prêter une mobylette, m'a dit « monte », et je suis montée. On a roulé sans un mot et puis on s'est assises au bord de l'eau, il devait faire douze degrés tout au plus mais elle semblait totalement déconnectée de la réalité. Elle s'est levée, a retiré ses chaussures pour plonger ses orteils dans l'eau glacée. Elle a fait quelques pas et puis elle s'est retournée pour planter ses yeux dans les miens.

« Je suis enceinte. »

Au début je pensais qu'elle n'était pas sérieuse, qu'elle conjuguait mal sa phrase, que ce qu'elle voulait dire en réalité, c'était « quand je serai enceinte », elle qui adorait se projeter dans une vie d'adulte, une vie loin de la sienne... Mais il y avait dans ses yeux ce regard d'enfant, de petite fille perdue, et j'ai su. J'ai su que tout ce qui était en train de se passer, c'était la vraie vie.

« Je n'ai pas dix-huit ans... Mon père... mon père va me tuer !

— Ça fait combien de temps ? »

Elle a rougi et j'ai compris qu'il n'y avait eu qu'une seule possibilité. Henry. J'ai essayé de compter dans ma tête mais elle ne m'en a pas laissé le temps.

« Dix semaines.

— Je crois... je crois que tu n'es pas obligée d'avoir l'accord de tes parents si tu voulais... Il faut juste que tu sois accompagnée d'une personne majeure. Celle de ton choix.

— Comment tu sais ça ?

— Une infirmière est passée en classe en début d'année. Il y a un planning familial à Rodez. Je peux me renseigner et demain, on appelle d'une cabine téléphonique pour prendre rendez-vous. »

Elle m'a regardée et j'ai vu ses yeux se noyer d'un chagrin immense. Elle avait beau prétendre que cela avait déjà eu lieu, c'était aujourd'hui que, définitivement, elle quittait l'enfance.

Marie referme le carnet. Elle se sent bizarre. Perturbée. Un peu déçue aussi, c'est vrai. Depuis le début de sa lecture, il est toujours question de cette fille et non de sa mère. Elle pousse un long soupir et prend son carnet à elle, au joli tissu vert. Sans réfléchir, elle commence à écrire.

13

Quand elle l'avait trouvé, le carnet de sa mère était dans une boîte, sous un tas de vieilles photos, de feuilles et d'enveloppes. Il y avait aussi une fiole, presque vide, dans laquelle un liquide jaune adhérait légèrement au verre. Marie avait hésité à s'en débarrasser avant de finalement se raviser. En fouillant dans sa valise ce matin, elle vient de remettre la main dessus. Elle l'ouvre avec lenteur et le bouchon craque légèrement. Elle le porte à ses narines et le respire plusieurs fois. Ce n'est pas une odeur qui s'en échappe. C'est un sentiment. L'enfance. L'enfance et les draps froids des lits que l'on occupe peu souvent, l'humidité des chambres aérées la veille et puis l'été qui s'étire indéfiniment. L'enfance chez sa grand-mère, quand ce qui est vieux aujourd'hui l'était déjà avant. L'odeur d'un passé que l'on saisit le temps d'une respiration. Marie referme le flacon, respire dans son coude pour retrouver une odeur neutre et puis elle l'ouvre à nouveau et replonge dans cette époque qui paraît appartenir à une autre vie. C'était donc elle, cette enfant serrée dans un lit par des draps qui sentaient la citronnelle. Elle pense à cette petite fille qu'elle reconnaît à peine et elle est émue. Elle aurait tant aimé la rencontrer. Alors elle respire à nouveau parce qu'à chaque respiration, d'une certaine manière, elle part à sa recherche.

Pourquoi est-elle si convaincue qu'elle n'est qu'une déviation de l'adulte qu'elle aurait dû devenir ?

Marie pense à son père et elle ne trouve pas cela agréable. Elle traque le souvenir, n'importe lequel. Quelque chose qui pourrait surgir de quelque part pour la rassurer. Lui dire qu'elle a été aimée, même violemment.

Tout à coup, elle se souvient. Une gifle. Immense, démesurée. Une gifle qui part de derrière l'épaule et qui s'écrase sur la joue. Une gifle assourdissante qui ne laisse que le feu sur un visage cramoisi par la honte, bien plus encore que par la douleur. Elle se souvient du silence qui a suivi, celui qui s'est installé dans son tympan et puis dans sa bouche qu'elle n'a pas autorisée à crier. La minute d'avant, elle sautillait, heureuse d'être entre ses deux parents. Et puis la gifle s'était abattue lâchement sur son visage. Elle se souvient des larmes qui avaient débordé, celles qu'elle n'avait pas voulu laisser couler mais qui avaient coulé quand même. Ces larmes qu'elle avait effacé d'un revers de main, dans un geste volontairement violent. Le dépit et l'impuissance.

Il lui avait alors dit cette phrase. Cette explication qui arrivait après la tempête.

« Va ramasser le papier que tu viens de jeter par terre. »

Elle revoit sa mère qui assiste à la scène et qui n'a pas l'air de comprendre ce qu'il vient de se passer. Elle perçoit un regard noir, le seul qu'elle osera jamais lancer à son mari, puis elle l'entend prononcer cette phrase : « Tu n'as pas le droit de faire ça à ma fille. »

Soudain l'amour rare lui revient.

Elle porte encore le flacon à son nez et cette fois elle ne le sent pas. Elle le renifle.

14

Depuis qu'elle est arrivée, Marie repousse ce moment. Elle attend tellement de ces retrouvailles qu'elle sait déjà qu'elle sera déçue. Pourtant, si elle a pris la route jusqu'ici, c'est pour cette maison. Pour se rapprocher au plus près de ce qu'elle connaît du bonheur. Alors ce matin, après son petit-déjeuner, elle a pris son courage à deux mains et a marché en direction de la grande bâtisse en pierres grises. À son arrivée, elle constate que les volets sont ouverts. Des volets bordeaux, une autre couleur que celle qu'elle a connue enfant mais bien la même que celle figurant sur la photo. Changer de couleur, c'est sans doute la meilleure façon de s'approprier les choses. Ou bien d'effacer leur histoire.

Marie tend le cou pour observer discrètement l'endroit à travers la grille du portail mais elle n'a pas le temps de faire un demi-cercle que son regard croise celui d'une femme assise sur un long fauteuil en toile et en aluminium, un journal posé sur les genoux.

« Vous cherchez quelqu'un ? »

Claire se dit qu'avec un peu de chance, la dame ne la voit peut-être plus, maintenant que ses joues ont pris la même couleur que les volets.

« Je peux vous aider ? répète-t-elle.

— Ma grand-mère a vécu dans cette maison. Elle est décédée il y a dix ans. Vous l'avez peut-être connue.

— Non, c'est sa fille qui m'a vendu la maison. Votre mère peut-être.

— Oui. Elle était fille unique.

— Vous voulez entrer ? »

Marie hoche la tête, pousse la grille et avance dans le jardin. Elle a l'impression qu'à chaque pas le présent se dépose sur le passé pour l'effacer automatiquement. Le jardin paraît plus petit que dans ses souvenirs mais elle se dit que c'est normal. Quand on grandit, tout rapetisse autour de soi. Une sorte d'équilibre du monde, sans doute. Si on prend plus de place, alors il faut bien que certaines choses en prennent moins.

Le potager n'existe plus et le puits est couvert de mousse. Elle constate que le figuier a été arraché et cette pensée la meurtrit plus qu'elle n'aurait imaginé. Son regard continue de parcourir l'espace, se laissant parfois accrocher par des détails qui la retiennent dans le passé.

« Vous savez, je suis née ici. Dans ce village. Mes parents sont nés ici et mes grands-parents sont nés ici, à une époque où tout le monde naissait à la maison. »

Marie se tourne vers la propriétaire des lieux.

« J'ai vécu dans beaucoup de villes. En France surtout, mais aussi en Angleterre et en Espagne. Mais pendant toutes ces années, quand on me demandait d'où je venais, je répondais toujours Marelle. Cela ne m'a jamais paru bizarre jusqu'au jour où, en voyage, mon frère a répondu Paris. Vous imaginez ma surprise. Je croyais vraiment qu'on venait du même endroit ! Mais moi, à chaque fois que j'entends "Vous êtes d'où ?", je comprends : " Vous êtes d'où, au fond de vous ?" Alors je pense à Marelle. Partout où je suis allée, je savais que c'était temporaire. L'endroit d'où je viens, lui, ne changera jamais. Quand je me suis rendu compte que je ne pouvais plus vivre à Paris avec ma retraite, je ne savais pas où aller. C'est étrange, non ? La peur, sans doute, de quitter l'effervescence de ma vie et de revenir là où j'étais née. De me dire que mon landeau est ce qui se rapproche le plus de mon tombeau. »

Elle s'arrête un instant puis éclate de rire.

« C'est d'un glauque ! Mais vous savez, certains animaux, les animaux sauvages surtout, se cachent lorsqu'ils sentent la menace de la mort approcher. Peut-être est-ce un peu ça, finalement, l'instinct de survie. Revenir à l'abri de son enfance. »

15

Marie repense à Danielle, cette femme qui habite à présent la maison de sa grand-mère. Petite, presque minuscule. Plutôt ronde, la peau mate criblée de rides comme si elle ne s'était pas contentée de vivre sa vie. Comme si elle avait plutôt choisi de l'affronter. Elle remarque à présent que son portrait se trouvait aussi dans l'enveloppe, parmi les photos de Marelle, et elle pense alors à tout ce que le cliché ne disait pas. La voix rocailleuse de celle qui a dû fumer pendant des années. Le ton confiant, le débit rapide, l'accent chantant. La capacité de devenir intime en quelques secondes même avec ceux qui ne le veulent pas. La sensation aussi que Danielle a dû passer plus de temps à danser et à boire du champagne qu'à dormir dans son lit. Qu'elle a choisi la vie intense, celle que l'on regrette plus tard mais jamais sur le moment. Cette femme a aujourd'hui soixante-quinze ans. Elle a vendu son T2 parisien pour acheter cette maison dans le village de son enfance et vivre loin de la crainte des fins de mois difficiles.

Si Danielle était un objet, elle serait une boule à neige. Quelque chose de beau mais une chose sur laquelle Marie devine qu'il n'a jamais vraiment cessé de neiger.

16

Quand elle a vu le regard de Marie se perdre quelque part au milieu des fenêtres, Danielle s'est empressée de lui dire qu'elle n'avait presque pas touché à l'étage. Elle vivait au rez-de-chaussée depuis des années. Elle aurait dû y songer plus tôt, à ses escaliers qu'elle ne tarderait pas à ne plus pouvoir monter. Mais elle n'avait jamais été une personne qui pense à l'avenir. Sa vie devait s'arrêter à soixante ans de toute façon, c'est ce qu'elle répétait depuis toujours, elle le criait même, debout sur les comptoirs de bar après deux heures du matin. Alors imaginer qu'elle puisse un jour souffrir d'arthrose... Mais la vieillesse était arrivée comme un soir d'été. Comme un coucher de soleil que l'on regarde disparaître sur l'océan à une vitesse vertigineuse, alors que l'on sait parfaitement que son allure a toujours été la même. Même lorsqu'il se trouvait au zénith.

« Laissez-moi le temps de faire un peu de ménage, lui a-t-elle dit. Je pourrai vous faire visiter mercredi. »

17

Marie a le carnet de sa mère devant les yeux. Elle caresse la couverture et, comme à chaque fois, un léger vertige la saisit au niveau du ventre. Elle fait volontairement durer la lecture pour éprouver pleinement cette sensation unique qu'est le manque. Marie a toujours beaucoup valorisé ce sentiment. Le plein a besoin du vide, comme la présence a besoin de l'absence. Elle sait que la fin de ce carnet sera la fin d'une ultime découverte, et qu'après ces pages il n'y aura plus rien à apprendre. Sa mère disparaîtra à nouveau. Ce sera un second deuil, définitif cette fois, et elle n'est pas prête à l'affronter.

Elle hésite entre lire le carnet à la couverture brune ou bien écrire dans celui à la couverture verte. Il y aura toujours, dans toutes les existences, ce dilemme d'une vie passée en spectateur ou bien en acteur.

* *
*

Octobre 1985

Je me souviens parfaitement de cette date. C'était le jour de la Sainte-Bienvenue.

Je l'avais accompagnée à Rodez où elle devait retrouver une cousine, une fille qu'elle n'avait dû voir que deux ou trois fois dans sa vie mais qui avait accepté d'être là, sans trop poser de questions. Elle avait vingt et un ans et c'était tout ce qui comptait. La majorité. Avoir la liberté de ne pas être condamnée seule pour un acte commis à deux.

Le rendez-vous n'était fixé qu'en milieu d'après-midi mais elle avait voulu prendre le bus dès le matin, à sept heures. Faire comme si elle partait de chez elle pour se rendre en cours. Ne pas dévier du quotidien, ne pas inscrire cet événement dans sa vie. Un jour comme un autre devait être sur le point de commencer.

Le protocole mis en place faisait qu'elle devait d'abord rencontrer un médecin pour s'assurer qu'elle comprenait bien ce qui était en train de se passer. Vérifier qu'elle tenait le coup psychologiquement. Si tout se passait bien, elle pourrait revenir rapidement pour un deuxième rendez-vous au cours duquel elle confirmerait son choix. Non, elle ne voulait pas garder cet enfant, même après réflexion. Les délais ne jouaient pas en sa faveur et elle avait bon espoir que tout cela se fasse en très peu de temps. Peut-être serait-elle très convaincante comme elle savait l'être. Peut-être le fait d'être mineure serait-ce le meilleur des arguments.

Pendant tout le trajet, son visage se crispait à intervalles réguliers et quelques gouttes perlaient même le long de ses tempes. Elle était si pâle… J'imaginais que l'idée de l'intervention devait l'inquiéter et j'essayais de la rassurer comme je pouvais, mais rien n'y faisait. Plus les heures passaient et plus la douleur semblait intolérable. À la sortie du bus, elle a titubé sur quelques mètres et puis elle a vomi. Je commençais à penser que ce qui se passait n'était pas normal, que quelque chose clochait, mais j'étais trop intimidée pour oser briser le silence entre nous.

On a finalement poussé la porte du centre avec deux heures d'avance. À bout de forces. Je la tenais par le bras et son corps… son corps, était une enveloppe sans vie. J'avais peur de la lâcher, qu'elle s'écroule sur le carrelage et qu'elle ne se relève jamais. Je l'ai accompagnée jusqu'à une chaise dans un coin de la pièce et je me suis occupée de tous les papiers avec sa cousine qui venait juste d'arriver. Elle tenait le stylo, je soufflais les réponses. De temps en temps, je jetais des coups d'œil dans sa direction, immobile statue de cire. Personne ne paraissait s'inquiéter de son sort. Les blouses blanches passaient à toute vitesse devant elle sans la voir et mon cœur pesait chaque seconde un peu plus au creux de ma poitrine.

Quand j'ai eu fini de remplir toutes les fiches de renseignement, je suis revenue m'asseoir à côté d'elle et nous avons attendu. Les deux heures les plus longues de ma vie.

Enfin, ce fut son tour. Sa cousine a fait un signe de la main pour dire qu'elle était là et qu'elle était d'accord du haut de ses vingt et un ans, puis elle s'est replongée dans un magazine d'actualités vieux de trois ans.

Elle a disparu dans le couloir d'un pas chancelant. Elle tenait à peine debout.

Le rendez-vous durait depuis une éternité. Quelles questions pouvait-on poser à une jeune fille célibataire qui souhaitait avorter ? Si elle est sûre ? Si elle est vraiment sûre ? Si elle est vraiment vraiment sûre ? Je trépignais sur place, rongée d'angoisse. À un moment, des personnes en blouse blanche ont traversé la salle d'attente en courant et sont entrées sans frapper dans la pièce dans laquelle elle se trouvait. C'est là que j'ai paniqué. Beaucoup de choses peuvent s'expliquer dans la vie. Mais entrer sans frapper dans une salle d'examens médicaux, ce n'est jamais bon signe.

Une minute plus tard, elle sortait de la pièce, allongée sur un brancard poussé par une horde de médecin aux visages tendus. À nouveau, elle a disparu.

* *
*

Élodie, la cousine, vient me voir. Elle fait tourner sa montre autour de son poignet en regardant ses pieds d'un air distrait.

« Je vais pas pouvoir rester… j'ai rendez-vous avec une copine pour acheter des fringues.

— OK.

— Bon ben, salut. »

Elle part sans se retourner et elle me laisse seule avec mon angoisse. La secrétaire n'a pas pu me renseigner. Elle ne sait pas ce qu'il se passe. Elle a un peu pitié de me voir comme ça, alors elle tente quelque chose qui produit l'effet inverse.

« Le médecin qui l'accompagne est un très bon chirurgien. »

* *
*

Il fait presque nuit et je ne sais pas ce que je vais pouvoir dire à ma mère. Il y a une cabine téléphonique contre le mur de la salle d'attente, mais je repousse le moment de décrocher ce téléphone. Un médecin finit par arriver. Il jette un œil autour de lui et son regard se pose sur moi. Il me demande si je suis Élodie, la cousine, et je dis oui, sans réfléchir. Je retiens mon souffle, je sais que c'est une mauvaise nouvelle. Tout le monde sait que c'est une mauvaise nouvelle. Mais les mauvaises nouvelles ne s'annoncent pas dans une salle d'attente, alors il dit : « Suivez-moi. »

« Votre cousine a fait une GEU tardive qui a entraîné une rupture de trompe avec une hémorragie que nous n'avons pas réussi à contrôler. Nous n'avons pas eu d'autre choix que de procéder à une hystérectomie d'hémostase pour contrôler les saignements. Son utérus était en forme de T, ce qui nous fait suspecter une exposition à un œstrogène de synthèse, le DES. Nous lui poserons la question à son réveil. Sachez que c'était le seul moyen de sauver la vie de votre cousine et que nous avons réussi. Elle va bien. »

Je ne comprends rien à ce qu'il me dit, ça se voit et il ne cherche pas à me l'expliquer. J'ai seize ans, je n'ai jamais embrassé de garçon, je viens tout juste d'avoir mes premières règles, et tout ça, tous ces mots, pour moi, ça ne veut rien dire. Une GEU ? Une hystérectomie ? De quoi me parle-t-on ? Je me sens dans un brouillard opaque. Mon seul phare, c'est cette phrase à laquelle je me raccroche : « Elle va bien. »

« Vous pouvez la voir si vous le souhaitez », dit-il avant de tourner les talons.

Je le regarde s'éloigner d'un pas rapide avec l'étrange sensation qu'il ne souhaite pas s'éterniser.

Quand je pousse la porte de la chambre, je la découvre allongée sur le lit, endormie dans un demi-sommeil. Quand je m'approche, elle ouvre légèrement les yeux et sourit. La souffrance physique semble avoir disparu mais c'est comme si une autre forme de douleur avait pris place. Plus tenace.

« Il n'y a plus de bébé », lâche-t-elle sans préambule.

Je lui prends la main et tente de sourire avec douceur.

« Il n'y aura plus jamais de bébé, continue-t-elle.

— Mais si, voyons. Il faut juste que tu te remettes. De toute façon, on a le temps.

— Le médecin ne t'a pas expliqué ? C'était une grossesse extra-utérine. Imagine si nous n'étions pas venues aujourd'hui... »

Je ne comprends toujours pas ce qu'elle me dit, alors je tente une de ces formules qui comblent les vides.

« Ça arrive...

— Tu ne comprends pas. Ils ont dû... ils ont dû faire une ablation de mon utérus.

— Une ablation de...

— Le docteur, me coupe-t-elle, le docteur a passé la sonde de l'échographe sur mon ventre… et ce qu'il a vu, ce n'était pas normal. Mon ventre était vide. Il a d'abord dit que je n'étais pas enceinte. Que j'avais dû mal comprendre. Mais j'avais encore le test dans mon sac alors je l'ai sorti et je lui ai mis sous le nez. C'est à ce moment-là que j'ai commencé à me sentir vraiment mal. Ma vue s'est brouillée et je me suis évanouie. »

Elle me parlait mais les mots se perdaient sur leur chemin. Je ne comprenais pas ou bien je ne voulais pas comprendre, mais le résultat était le même. Alors elle a repris, une nouvelle fois, comme si j'avais six ans.

« Il n'y aura plus jamais de bébé. C'est comme un oiseau qui essaierait de pondre sur une branche. Il n'y a plus de nid. L'œuf se cassera à chaque fois. »

Elle souriait mais son sourire, c'était sa tristesse qu'elle tentait de renverser.

« Tu comprends ? On peut retourner le problème dans tous les sens, ça ne changera rien. Je n'ai plus d'utérus. Je n'aurai jamais d'enfant. »

Elle a tourné la tête et elle a fixé un point sur le plafond. Pendant un long moment elle est restée silencieuse et puis une larme s'est échappée du coin de son œil pour venir mourir sur les draps de son lit. Elle a repris d'une voix fragile, sans quitter le plafond des yeux.

« Mais moi, des enfants… j'en voulais quatre. »

18

Il y a ce petit chemin derrière la maison de sa grand-mère. Il longe un peu la route, traverse longtemps la forêt et plonge tout entier dans la rivière. Parfois il monte, parfois il descend. Entre les deux, il hésite. À six ans, Claire le parcourait avec sa grand-mère pour aller chercher de l'eau ferrugineuse à une source secrète dont tout le monde connaissait l'existence. Elle a un souvenir immense de ce chemin, de ses pieds qui avancent sous l'impulsion de l'instinct, au milieu de cette nature qui chante.

À l'époque, et toute sa vie durant, elle avait presque été heureuse. Presque. Elle sait bien aujourd'hui que lorsqu'on est presque, on n'est pas. Et cette nuance nous permet de toucher du doigt toutes ces choses qui nous échappent en permanence. Et de nous en contenter.

Cette fois, c'est différent.

Marie ne sait plus très bien si elle est très heureuse ou bien très libre. Et c'est peut-être tout à fait la même chose en fin de compte. Peut-être est-il possible de reconnaître le bonheur au fait qu'il n'est pas presque. Mais exactement. Et sur ce petit chemin, sur les pas de son enfance, sous le soleil du printemps, c'est le bonheur exactement.

Marie s'assoit au milieu de la forêt et elle ne fait rien. Elle écoute les bruits qui l'entourent. Un oiseau chante et elle ne saurait dire s'il s'agit d'une mésange, d'une grive ou d'un pinson. Sa grand-mère, elle, aurait su. Elle connaissait les oiseaux et cette faculté lui avait toujours semblé tout à fait à part. Connaître les oiseaux, c'est comprendre quelque chose du monde, quelque chose qui s'oublie et qui s'envole, et rien n'est plus précieux que les choses qui s'oublient.

Sa grand-mère connaissait chaque détail de la nature. Ses atouts, ses secrets. Elle comprenait ce qui est simple à comprendre si l'on prend la peine d'ouvrir les yeux. Un jour, elle lui a même expliqué les différentes strates de la Terre, ces couches qui donnent les informations sur ce qu'il s'est passé ici, année après année, et qui font que les choses sont ce qu'elles sont aujourd'hui. Rien ne s'efface. Tout s'accumule. Il y a la surface et, dessous, toute l'histoire.

* *
*

Mai 1988

Les mois et les années ont passé et nous n'avons plus jamais abordé le sujet. Elle a relevé la tête et puis elle a repris sa vie comme si de rien n'était. Les regards des garçons se posaient toujours sur elle mais ils n'avaient nulle part où s'accrocher. Elle ne leur laissait aucune prise. Elle prétendait qu'aucun ne lui plaisait mais je savais bien que ce n'était pas la vraie raison. La vraie raison, c'était qu'elle avait peur d'aimer et que le vide à l'intérieur de son ventre devienne insupportable.

Quand un garçon devenait trop insistant, elle se contentait de l'orienter vers moi. C'était gênant, mais que pouvais-je dire ? Rien. Pendant des années je n'ai rencontré que des garçons déçus et désorientés. Ça m'était égal, j'aurais tout fait pour la rendre heureuse. Mais il n'y avait rien à faire…

Elle, si brillante, a raté son bac et on est restées ensemble un an de plus. Et puis la période du lycée a pris fin. Comme chaque été, elle travaillait au camping de l'Étang. Quant à moi, pour la première fois, j'étais réceptionniste à l'hôtel Gaillard. À la rentrée, elle s'est inscrite à un BTS Communication à Rodez et je suis partie à la fac à Toulouse. Au début, on se retrouvait tous les week-ends, et puis un week-end sur deux, et puis… et puis j'ai rencontré Gaétan. Gaétan qui m'aimait. Gaétan qui ne me voyait pas comme la deuxième marche du podium. Alors j'ai commencé à penser que ça serait sans doute mieux s'il ne la rencontrait jamais.

Pour nos six mois de relation, Gaétan est venu à Marelle, à la maison. Je m'étais assurée qu'elle ne serait pas là et je n'avais prévenu personne, si ce n'est ma mère. C'était le début des beaux jours et nous sommes allés dîner dehors en terrasse. Il faisait doux, les arbres fleurissaient et j'étais heureuse. Intensément heureuse. Le serveur nous a installés en bout de table, à côté d'un couple de retraités, sur des chaises qui laissent nos jambes se balancer. Je me souviens de ça, de nos jambes qui se balançaient et du serveur qui prenait son carnet pour tirer un trait. D'un côté il avait marqué « couple » et de l'autre il avait marqué « vieux ». Un jour nous serions les autres, mais en attendant nous étions deux. Il a remonté ses lunettes rouges et remis son bob vichy puis il nous a parlé de ses plats comme s'il nous enviait terriblement d'être sur le point de les déguster. Il a commencé à être débordé parce qu'il vivait dans l'instant présent et que l'instant présent dans un restaurant, c'est toujours celui qui vient de se terminer. Alors il nous a offert des crevettes pour l'attente et puis il nous a servi du vin et on ne savait plus lequel du verre ou de la bouteille était le plus rempli. Et puis on a tout commandé. Du jambon fumé, du rocamadour au miel, une cassolette de coquillages, du magret de canard aux abricots. Dans cet ordre-là, parce que c'était si bon que nous n'avons pas cessé d'avoir envie. Il nous a apporté et rapporté du pain qu'il piochait sur les autres tables parce que vraiment, avec cette sauce, il ne fallait pas hésiter. À chaque fois il disait : « Pain coupé n'a point de maître », et chaque fois on riait parce que plus la soirée avançait, moins on comprenait le sens de cette expression. Il ne nous a pas changé une seule fois les assiettes et c'était bien, cette impression de ne jamais passer à autre chose. Il était marrant ce garçon, avec sa grande moustache qui dépassait de son visage. Quand il se trouvait à côté de nous, il nous disait que là « on était dans le vrai ». Et ce n'était pas plus vrai qu'à un autre moment, mais c'était loin d'être faux. Parce que, vraiment, nous étions.

Avant de partir, je suis allée aux toilettes et c'est là que je l'ai vue. Derrière la caisse. J'ai voulu faire demi-tour mais il était trop tard. Elle venait de lever la tête et elle me regardait droit dans les yeux. Elle a d'abord été surprise puis heureuse. Parce que c'était un réflexe, parce que c'était ce que mon visage lui inspirait. La joie. Et puis elle a compris que j'étais là et que je ne lui avais rien dit. Elle a compris que je mangeais et qu'elle travaillait.

« Tu es rentrée ?

— Oui, sur un coup de tête. Ça s'est décidé à la dernière minute. »

Elle fit mine de me croire.

« Tu… tu travailles ici ?

— Oui. C'est mon deuxième week-end. Depuis que Francis a repris le bar, en fait. Je lui file un coup de main. Je prépare les boissons, je tiens la caisse, j'envoie les plats en cuisine… ça arrondit les fins de mois.

— D'accord. Bon…

— Tu es avec le garçon ?

— Le garçon ?

— Celui qui vient de payer.

— Oui. C'est Gaétan.

— Il a l'air très amoureux. »

Elle souriait mais je voyais bien qu'elle était triste. J'ai senti une boule au creux de ma gorge mais je n'ai rien dit. Je n'ai rien dit jusqu'à ce qu'elle me demande de lui présenter Gaétan, le lendemain. Aujourd'hui encore, je m'entends lui répondre ce mensonge :

« On part tôt. On n'aura pas le temps. »

19

Marie sort de la boulangerie et s'assoit sur un banc. Elle a entre les mains une boîte ronde en plastique rose dans laquelle se trouve un rouleau de chewing-gum au goût qui n'existe pas dans la nature. Et c'est bien cela le problème. Marie le déroule et coupe un long morceau qu'elle fourre dans sa bouche. Elle le mâche quelques secondes puis coupe un nouveau morceau qui vient donner du goût au précédent déjà fade. Elle sait que quand elle l'aura fini, son estomac sera dans le même état que le rouleau : au bout. Oui mais voilà, ce goût, c'est celui de l'enfance interdite, et quel plaisir, oui vraiment quel plaisir de se l'offrir un jour. Quel plaisir de mâcher le goût du « non » à la boulangerie.

Quand elle était petite, Marie avait un petit sac dans lequel elle rangeait tout un tas d'objets qu'elle ramassait autour d'elle. Un porte-carte, une boussole, des pommes de pin. Un rouge à lèvres, un carnet, un joli mouchoir. Et puis une boîte de cachous qui se trouvait dans le sac de sa mère parce que sa mère l'avait elle-même prise dans celui de la sienne.

Le sac de Marie, ses trésors. Les siens, ceux de sa mère, ce qu'elle était et ce qu'elle voyait d'elle. Le résultat d'une addition qui avait commencé longtemps, bien longtemps avant sa naissance.

Les strates de la Terre.

20

Une chambre au deuxième étage s'est libérée et Juliette a proposé à Marie de venir la voir. La chambre est comme toutes les autres, avec son papier peint d'un autre temps, ses appliques murales dorées et ses lourds rideaux aux formes géométriques. Près de l'entrée cependant, un cadre est accroché. Marie s'avance et remarque une photographie en noir et blanc à l'intérieur. Elle reconnaît aussitôt l'hôtel et note qu'une date est inscrite en bas à droite. 1946. Sur la façade, un écriteau affiche le nom du lieu. Marie s'approche et plisse légèrement les yeux pour déchiffrer les lettres.

« Hôtel Gaillard », souffle-t-elle.

Marie pense à sa mère qui a peut-être travaillé ici, il y a plus de trente ans. Elle est troublée de se trouver là, dans ce monde qui lui rappelle qui elle est alors qu'elle s'en éloigne un peu plus chaque jour.

« C'est le nom de famille des propriétaires. L'hôtel s'appelait comme ça avant. J'ai juste coupé quelques lettres. Gaïa. C'est plus moderne. »

Marie acquiesce.

« C'est la plus grande chambre, poursuit Juliette. J'ai envie de quelque chose de très coloré. De la couleur partout, des mélanges un peu fous. Et puis des motifs. Beaucoup de motifs. Du papier peint avec des feuilles et des pêches, par exemple, sur ce grand mur. Tous les autres seraient vert kaki. Mais un kaki pêchu, pas quelque chose de doux. Je ne veux pas de pastel, ni de nuance. Je veux de l'intense. Je veux de vraies couleurs. »

Marie l'observe quelques secondes. Juliette paraît si simple, si légère. Si heureuse. Toutes ces couleurs qu'elle porte, ces mouvements de mains lorsqu'elle parle, son rire bruyant et généreux. Même ses éternuements sont libres. Marie, elle, n'éternue pas. Elle retient cette réaction naturelle, ce mécanisme de défense censé expulser les microbes de l'organisme. Elle garde les parasites, même si à chaque fois elle a l'impression que son cerveau explose.

Marie regarde Juliette qui passe la main sur la tapisserie, décolle un coin du papier peint, se déplace d'un pas léger jusqu'à la salle de bains, mime une expression de stupeur en pointant du doigt le bidet. Elle rit, encore. Et Marie ne comprend pas comment cette femme qui a presque le même âge qu'elle peut être si différente. Et si ce n'était qu'une façade ? Peut-être la personnalité de cette jeune femme qui se trouve devant elle est-elle plus complexe qu'elle n'y paraît.

Mais peut-être aussi que les choses sont telles qu'elles semblent être. Légères. Et si Marie pense autrement, si à ce moment précis elle pense à ses cours de grec à l'université et au fait que le mot Gaïa est tout sauf moderne, c'est uniquement à cause d'elle et de son histoire.

* *
*

Septembre 1988

Je ne suis pas rentrée de l'été. Je m'en veux d'avoir laissé ma mère seule, mais j'avais envie de vivre ma vie. Pas l'ombre de celle d'une autre. J'ai quitté ma résidence étudiante à la fin des partiels et j'ai posé mes valises chez Gaétan. Je suis amoureuse, c'est la première fois et tout me paraît si incroyable, si intense.

J'ai réussi mes examens mais ce n'est pas le plus important. Le plus important, c'est que j'ai été admise à l'Institut d'études politiques de Toulouse et que mon rêve de devenir journaliste prend enfin forme. En juillet, j'ai été embauchée en stage à la rédaction du journal *La Dépêche*. Pour un salaire dérisoire, je rédige l'horoscope et je prépare des cafés. La vie est injuste mais ça va, parce que Mercure est dans le signe du Lion, ce qui fait que l'être aimé comblera tous mes petits désagréments.

Ce week-end, Gaétan rentre dans sa famille alors je me suis décidée à prendre le train moi aussi. Ma mère est venue me chercher à la gare de Rodez. Je la remarque aussitôt sur le quai, avec sa robe à fleurs, ses sandales et son chapeau en paille cerclé d'un ruban fuchsia. Elle tend le cou pour essayer de m'apercevoir et je la trouve émouvante avec sa tenue des grandes occasions. Quand elle me reconnaît, elle a un léger sursaut suivi de plusieurs pas sur place. Elle semble se retenir de courir dans ma direction et je pense à tout cet amour qui doit étouffer à l'intérieur d'elle depuis des semaines. Elle m'attend, ouvre ses bras et m'entoure comme si j'avais à nouveau cinq ans.

« Tu as fait bon voyage ? Ce n'était pas trop long ? »

J'ai eu trop chaud et je me sens faible de n'avoir rien mangé depuis plusieurs heures mais je ne dis rien pour éviter une salve de questions inquiètes.

« Je suis contente d'être là.

— Moi aussi ma chérie. C'était trop long. »

Nous montons dans sa 205 rouge et nous filons à travers la campagne. Sa conduite a toujours été sportive. Elle joue avec le levier de vitesse, repasse en seconde quand elle s'apprête à doubler cette fourgonnette qui ne veut pas avancer et le moteur vrombit, on dirait même qu'il va exploser. Les pieds nus de ma mère pianotent sur les pédales : elle a enlevé ses chaussures et les a posées sur la plage arrière. La conduite, c'est son truc à elle. Son émancipation. Son combat de femme pour la liberté. Elle a eu son permis à vingt-sept ans, économisant chaque centime pour pouvoir se payer ce bout de papier rose, quand son frère s'était vu offrir l'examen par son père le jour de ses dix-huit ans.

Dans un énième virage, je lui dis de ralentir. Mon estomac se contracte, je sens une boule au fond de ma gorge.

« Arrête-toi. »

Cette fois, je le lui ordonne et elle s'exécute après avoir jeté un coup d'œil rapide dans le rétroviseur. J'ouvre la portière à la volée et vomis aussitôt dans le fossé.

« Tu roules trop vite !

— Pardon mon ange. Je ne suis plus habituée à avoir un passager, tu sais. »

Lorsque nous arrivons à la maison, je me sens encore faible. Elle me tend une tomate rouge.

« Tiens, du jardin. Elles sont excellentes. Tu ne dois pas en avoir d'aussi bonnes à Toulouse. »

Je l'attrape et plante mes dents dans cette peau lisse et brillante jusqu'à sentir la chair juteuse sous mon palais. Croquer dans une tomate, c'est toute mon enfance.

« Je vais chez monsieur Langlois chercher le rôti pour ce soir. Tu as besoin de quelque chose ?

— Non, c'est bon. Merci. »

La porte claque. Je fais quelques pas pieds nus dans le jardin et me couche sur l'herbe fraîche, à l'ombre du figuier. Je fixe le ciel bleu à travers le feuillage et prends une grande inspiration. Une deuxième grande inspiration. À la troisième, je me lève, me précipite dans un coin du jardin et vomis la tomate que je viens à peine de terminer.

21

Dès le mercredi, Marie retourne chez Danielle. Elle a apporté un demi-poulet rôti et quelques pommes de terre cuites dans la graisse pour le déjeuner. De son transat, Danielle se redresse tel un animal qui aurait humé sa proie.

« Oh, un poulet de chez Langlois ! Il ne fallait pas, mais qu'est-ce que vous avez bien fait ! Suivez-moi. »

Elle marche vers la cuisine d'un pas décidé, ouvre plusieurs placards qu'elle ne referme pas et finit par en sortir un plat en verre qu'elle place au centre de la table. Elle y dépose la volaille, tourne les boutons du four et enclenche la chaleur tournante.

« Voilà. Cent quarante degrés, juste de quoi le garder au chaud. Vous voulez monter ? »

22

Marie appréhende. Elle a l'impression que c'est une rencontre avec une amie du lycée et que l'une des deux va forcément être déçue. Elle espère que ce sera l'autre. Elle monte l'escalier lentement, marche après marche, pour laisser le temps à Danielle de faire une pause. Elle pose ses doigts sur la tapisserie et les laisse glisser le temps de cette lente ascension. Elle faisait déjà ce geste, enfant.

Une fois en haut, Danielle reprend son souffle. Elle voudrait rire pour dédramatiser la situation mais elle n'a pas assez d'air pour cela. Elle articule difficilement un « fais comme chez toi » et ce « comme » bouleverse Marie mais elle ne dit rien. Cette maison n'est plus la sienne depuis une éternité.

Elle reconnaît la salle de bains et plus particulièrement le grand miroir à trois faces qui lui permettait de s'observer comme elle ne le faisait nulle part ailleurs. Quand elle était petite, elle s'enfermait presque tout entière entre les pans pour se regarder. Elle se voyait de profil et même de dos. C'était une sensation étrange, celle d'être une inconnue pour elle-même, de sortir de son corps. Elle s'observait sous toutes les coutures. C'était donc à cela qu'elle ressemblait ? C'était donc cela que voyaient les autres ? Elle n'en revenait pas.

Danielle l'invite à continuer. Là une chambre, là une seconde chambre et puis ici la pièce à jouets. Marie s'arrête. La pièce à jouets ? Elle ne connaît pas cette pièce. Danielle poursuit. Oh pas grand-chose, juste un coffre avec quelques poupées. Il faudrait qu'elle s'en débarrasse mais elle n'en a pas le courage. Marie demande si elle peut la voir, cette pièce. Bien sûr, dit Danielle tout en ouvrant une porte entièrement tapissée qui se fond dans le mur. Marie trouve cela bizarre. Elle était certes petite à l'époque mais cette pièce ne lui dit vraiment rien. Elle réfléchit. Elle refait le chemin mental de ses souvenirs. La salle de bains sur la droite, une chambre, une seconde chambre et puis une commode et puis… Elle se fige. Il y avait un meuble juste là, devant cette porte. Elle n'avait jamais remarqué ce fin trait rectangulaire qui se dessinait sur la tapisserie, cette porte secrète. Elle dit : « C'est étrange » et Danielle acquiesce. « Oui, ça se faisait à l'époque. Tapisser les portes. Tapisser tout, même ! dit-elle en riant. La frénésie du papier peint. » Elle pose sa main sur la poignée, ouvre et invite Marie à entrer. La pièce n'est pas grande. « Il y avait un petit lit aussi, reprend-elle mais j'ai réussi à le donner. Voilà le coffre. » Marie s'avance. Il s'agit d'un coffre en bois brut rectangulaire. « Je peux ? — Oui bien sûr. » Elle l'ouvre avec appréhension. À l'intérieur quatre poupées qu'elle n'a jamais vues. Des poupées de sa génération, avec les yeux qui se ferment quand on les allonge et le plastique qui sent la vanille. « Elles sont à vous ? » demande Danielle. « Non, répond Marie. Non, je n'ai jamais eu de poupées. » Elle se tait mais, dans sa tête, la discussion continue. *Je n'ai jamais eu de poupées. Les poupées, c'était pour les filles et moi, je ne voulais pas être une fille. Une fille, c'est répétitif. Une fille, ça épouse un homme, ça prend un autre nom et puis ça s'efface.*

23

Dans sa vie d'avant, Marie portait le nom de sa mère. Pourquoi, elle ne l'avait jamais vraiment su. Elle avait déjà posé la question sans jamais obtenir de réponse, et elle avait préféré ne pas insister. Il faut dire que les choses lui allaient bien ainsi. Le nom de son père, cet inconnu qui l'avait giflée avant de tourner les talons, elle n'en voulait pas.

Ses parents s'étaient mariés pourtant, un an après sa naissance, lors d'une cérémonie discrète qui n'avait laissé aucune image. Ils étaient allés au restaurant avec leurs témoins et quelques membres de la famille et puis ils s'étaient dit au revoir sur le parking de l'établissement, sa mère dans une robe bleu ciel et son père dans un costume qu'il mettait pour aller travailler.

Marie les avait imaginés à bord de leur voiture de l'époque, coincés dans les bouchons pour rentrer chez eux. À leur arrivée, peut-être avaient-ils pris un café. Et puis son père avait sûrement allumé la télé et sa mère remis sa robe sur un cintre. Chaque fois qu'elle pensait à ses parents, les images étaient silencieuses et la douleur intacte.

Sylvie avait porté le nom de cet homme pendant quelques années, d'abord timidement et puis de plus en plus normalement. Un jour, il était parti mais le nom était resté. Sylvie ne savait pas quoi faire de cette identité qui n'était pas la sienne mais qu'il n'était pas non plus si simple d'effacer. Alors elle l'avait gardé. Elle l'avait gardé jusqu'au jour où elle avait voulu prendre une carte à la bibliothèque municipale et qu'elle n'avait pas réussi à mettre la main sur une facture à son nom pour prouver son adresse. Marie se souvient de cette journée, de la colère de sa mère au milieu des factures de gaz et d'électricité, de sa manière de hurler au téléphone que c'était une honte, qu'elle payait avec son argent et qu'elle voulait des reçus avec son nom et son prénom dessus. L'interlocuteur lui avait dit que c'était comme ça et que son mari devrait lui faire une attestation d'hébergement. « Une attestation d'hébergement ? avait-elle répété. Pour mon domicile ? » Elle était devenue blanche et puis elle avait raccroché.

C'est ce jour-là qu'elle avait recommencé à mettre du rouge à lèvres.

* *
*

Septembre 1988

Je marche en direction de chez Francis. Cela va faire trois mois que je n'ai pas eu mes règles. Trois mois. Comment ai-je pu ne pas m'en rendre compte ?

Quand j'arrive devant le bar, elle est là. Elle tient un plateau d'une main et débarrasse une table de l'autre. Je pense qu'elle est toujours aussi belle et que ses gestes sont toujours aussi harmonieux. Elle est touchante dans sa manière d'être au monde, dans son indépendance à l'égard des autres, dans sa liberté, même à travers la contrainte d'un boulot d'été. Il ne lui faut que quelques secondes pour lever la tête, comme si elle avait senti ma présence. Elle me regarde sans ciller mais ne sourit pas.

« On peut prendre un verre ? Je veux dire, à la fin de ton service. »

Elle regarde l'heure à son poignet.

« Je peux finir dans trente minutes.

— Je t'attends. »

Elle hoche la tête et disparaît. Je décide de marcher pour essayer de m'aérer l'esprit. À vingt-deux heures pile, je suis à nouveau devant chez Francis. Elle a retiré son tablier et s'avance vers moi avec un sac à dos sur l'épaule.

« J'ai pris une bouteille et de quoi grignoter. On va à la rivière ? »

Je la suis en silence. Elle se dirige vers une mobylette bleu ciel sur laquelle elle s'installe.

Elle insère une clé, donne plusieurs coups de pédale et le moteur finit enfin par démarrer.

« Tiens. Prends mon casque », dit-elle en se tournant vers moi.

Je monte à l'arrière et nous partons aussitôt. Je laisse mon corps suivre les mouvements sinueux de la route et se pencher avant les virages dans un réflexe qui n'appartient qu'à la mémoire.

Une fois arrivées sur le chemin qui mène au bord de l'eau, on ne s'adresse pas la parole jusqu'à notre petite plage. Elle ouvre son sac à dos, installe une nappe à même le sol et pose une bouteille de vin, une baguette, une planche en bois et de la saucisse sèche. Elle enfonce le tire-bouchon dans le liège, tourne, tire, débouche puis verse le liquide bordeaux dans deux verres à pied avant de m'en tendre un.

Il fait nuit mais l'air est chaud. Les criquets chantent encore dans la pénombre de cette soirée estivale. Je trempe mes lèvres dans le vin rouge mais l'odeur me dégoûte aussitôt.

« Tu as passé un bon été ? »

C'est la seule phrase que j'ai trouvée pour rompre le silence.

« Oui. J'ai réussi à mettre pas mal d'argent de côté. Je vais en avoir besoin cette année.

— Ah bon ?

— J'ai été acceptée à l'École des beaux-arts. À Paris.

— Oh c'est génial ! Félicitations !

— Mon dossier scolaire n'était pas terrible... mais apparemment ils ont beaucoup aimé mon " book". »

Elle sourit fièrement et une fossette creuse sa joue droite. J'ai l'impression de ne pas avoir vu ce sourire depuis des années.

« Tu te rends compte ? Je me casse enfin d'ici ! »

Je ris, et la distance qui s'était installée entre nous s'efface comme par magie. Elle regarde au loin ; elle a l'air d'être ailleurs.

« Bien sûr, il faudra que je trouve un petit boulot une fois là-bas. J'ai pu mettre de côté pour les premiers mois mais bon... Paris... c'est autre chose. Tu verrais le prix des loyers ! Heureusement j'ai déjà trouvé une chambre de bonne, à Saint-Germain-des-Prés. Une cliente au début de l'été. C'est dingue quand même tu ne trouves pas ? Pour une fois dans ma vie, les planètes s'alignent.

— Ce ne sont pas les planètes, c'est toi. Toi et ce que tu dégages. Toi et ton travail. »

Elle hausse les épaules et prend une nouvelle gorgée de vin.

« Philippe me suit.

— Philippe ? »

Elle baisse légèrement les yeux.

« Un garçon que j'ai rencontré cette année. Son oncle possède un restaurant à Paris. Il dit qu'il pourra travailler là-bas les premiers temps. Le temps de trouver un vrai boulot.

— C'est bien, je suis contente pour toi.

— Et toi ?

— Moi... je suis admise à Sciences po Toulouse.

— Bravo ! Tu vas les écrire, tes articles, alors ! Madame la journaliste... »

Elle s'incline légèrement, mimant une révérence, puis elle se relève d'un saut en riant.

« Et... et je crois que je suis enceinte. »

* *
*

À la minute où j'ai prononcé cette phrase, la soirée a pris une tournure différente. Elle m'a regardée et j'ai senti un flot de sentiments contradictoires déferler sur son visage. Elle était à la fois contente, envieuse, inquiète et triste.

Je me suis sentie bête et maladroite, mais je n'avais personne d'autre à qui me confier. C'était la même situation que trois ans plus tôt, sauf que tout était différent. J'étais majeure et elle était stérile. Quand je lui ai dit que je ne voulais pas le garder, j'ai senti que je lui faisais subir le pire embarras qui soit. Mais elle a simplement dit : « Je comprends. Je t'accompagnerai si tu veux. »

Elle a pris une gorgée de vin et puis elle m'a dit :

« Tu lui en as parlé ? »

Elle n'a pas prononcé son prénom mais je savais qu'il était question de Gaétan.

« Non.

— Bien, c'est mieux je pense. Ce genre de décisions, on ne les prend que pour soi. »

Le silence est retombé. Il y avait le ruisseau, les insectes, quelques bruits au loin.

« Ça fait combien de temps ?

— Je... je ne sais pas trop. Trois mois peut-être... »

Elle eut un air grave.

« Tu te souviens des délais. »

Je n'ai rien répondu. Oui je me souvenais des délais mais j'étais encore sous le coup de la nouvelle et je n'y avais pas pensé.

« On ferait mieux d'y aller dès demain », annonça-t-elle pour mettre fin à la discussion.

24

Toute la journée, Marie a pensé à Antoine. Elle ne sait pas pourquoi, il était une ombre flottante sur chacune de ses pensées. Elle ne sait pas pourquoi, et puis elle remarque la date du jour affichée à la réception de l'hôtel : 30 mars. Son anniversaire.

Un an plus tôt, elle avait voulu le surprendre en organisant une soirée entre amis. Elle avait passé des mois à tout préparer. Profitant de son absence pour appeler à droite à gauche. Se redressant imperceptiblement à chaque fois que l'écran de son téléphone s'allumait. Se faisant livrer de la décoration chez sa mère pour éviter d'éveiller ses soupçons.

Mais il était devenu suspicieux *quand même.*

Il regardait par-dessus son épaule, la fixait en silence, souriait en lui demandant naïvement ce qu'elle mijotait. Et puis ça avait été plus fort que lui : il avait commencé à penser que son anniversaire avait bon dos, que c'était la parfaite excuse pour qu'il la laisse faire ce qu'elle voulait. Il serrait les dents, souriait toujours, mais son regard n'était plus le même. Sous couvert de son anniversaire qui approchait, pensait-elle vraiment qu'il accepterait de passer pour un con ? Il était de plus en plus tendu. Et puis il avait explosé. Il lui avait arraché son téléphone des mains et il avait cherché une preuve que tout ce qu'il avait inventé était vrai. Décidément, elle n'était qu'une traînée. Elle était peut-être maligne, mais lui était persévérant. Il avait fini par trouver quelque chose, même si ce n'était pas exactement ce qu'il cherchait. Il ne s'était pas senti idiot, ni coupable. Après tout, il avait raison. Claire dissimulait bien quelque chose. Il avait répété cette phrase plusieurs fois, jusqu'au moment où il avait éteint la lumière pour se glisser dans le lit : « Tu vois, tu ne peux rien me cacher. »

Ce jour-là, en l'observant, elle s'était dit qu'il pourrait tuer quelqu'un et qu'elle n'en serait pas surprise. Elle avait pensé à ces reportages qu'on voit à la télévision, juste après une tragédie sordide, quand les voisins finissent toujours par affirmer, l'air sonné, que « c'était quelqu'un sans histoire... On n'aurait pas pu imaginer ».

Marie, elle, avait imaginé. Plus d'une fois même. Ce n'est pas qu'il était colérique, ni même violent. Non, c'était pire que ça. Il avait de l'orgueil.

Il se vexait pour un détail, une attitude, un manque de considération. Il avait cette angoisse permanente que l'on puisse se moquer de lui. Parfois, quand il faisait quelque chose, n'importe quoi, il jetait un coup d'œil furtif autour de lui pour vérifier s'il était regardé. Il aimait être l'image de ce qu'il considérait comme idéal, quitte à s'éloigner de ce qu'il était vraiment. Il était bien habillé, bien rasé, bien coiffé. Il était sportif, intelligent, bien élevé. Tout le monde l'appréciait. Au début, Marie l'avait trouvé touchant. Elle avait aimé cette persévérance à la séduire, tout comme son ouverture d'esprit qui le faisait s'intéresser à des sujets qui la passionnaient elle. Il avait lu *Anna Karénine* parce qu'elle lui avait dit que c'était dans ce livre que se trouvait l'*incipit* le plus réussi de la littérature. Il avait englouti près de neuf cent pages pour ces quinze premiers mots. Et il y avait de ça en lui. Surpasser les attentes. Flirter avec une sorte d'excellence même dans les domaines les plus aléatoires, comme celui de l'amour.

Marie avait été comblée, avant de glisser doucement dans une attention oppressante. Pouvait-on vraiment se plaindre d'être trop aimée ? Non, bien sûr. Alors Marie avait été comblée. L'amour d'un homme, elle en avait terriblement manqué. Alors tant pis si c'était maladroit. De toute façon, l'amour maladroit, c'était la seule forme d'amour qu'elle connaissait.

* *
*

Septembre 1988
« Date de vos dernières règles ?
— Je… je ne sais pas. »

La gynécologue lève un sourcil.

« Bon. On va regarder ça. Installez-vous sur la table d'examen. Vous pouvez retirer votre tee-shirt et ouvrir le bouton de votre pantalon. »

Elle étale un gel froid et visqueux sur mon ventre puis elle passe la sonde, les yeux rivés sur l'écran noir, sans me regarder une seule fois. Au moment où je crois apercevoir quelque chose, une forme blanche, je détourne aussitôt les yeux. Tout le reste de l'examen, je me contente de la fixer elle, et de deviner ce qu'il se passe à travers les expressions de son visage.

Mais il ne se passe rien. Cette femme a les émotions d'une porte.

Au bout d'une dizaine de minutes, elle repose la sonde et me tend un mouchoir pour essuyer le liquide transparent encore présent sur mon ventre. Elle me regarde, le visage fermé et les traits tirés, vide de la moindre expression.

« Vous n'avez pas remarqué les signes de cette grossesse ? »

Je sens une pierre tomber au fond de mon estomac. J'étais dans un tel déni que j'espérais encore m'être trompée. Que le test soit un faux positif, que ma mère conduise vraiment comme un chauffard et que ma puberté fasse une dernière tentative pour me surprendre au niveau de ma poitrine.

« C'était la fin de l'année scolaire… J'étais fatiguée mais il y avait les partiels, le concours pour Sciences po… cela me semblait plutôt normal. Ce n'est que depuis ce week-end, depuis que je suis ici, le changement d'environnement peut-être. J'ai remarqué que je n'avais pas eu mes règles depuis un moment…

— Depuis quatorze semaines exactement. Vous êtes enceinte de douze semaines. Même en prenant une marge d'erreur de cinq jours, vous êtes hors délai de plus d'une semaine.

— Ah.

— Ce que je suis en train de vous dire, mademoiselle, c'est que vous ne pouvez plus avorter. Pas dans ce pays en tout cas. »

Elle me regarde et j'ai cette pensée affreuse. Je me demande pourquoi moi. Pourquoi j'ai un utérus et pourquoi les choses fonctionnent si bien. Je ne veux pas d'enfant maintenant, et je ne suis même pas sûre d'en vouloir un jour. La question ne se pose pas. Aujourd'hui, l'enfant, c'est moi.

Je pense à l'année qui m'attend, à tous les sacrifices que j'ai dû faire pour intégrer ce cursus, à ma relation avec Gaétan, à la probabilité que cette nouvelle le fasse fuir. Il ne restera pas, j'en suis sûre. Les hommes ne restent pas.

« Vous comprenez ce que je viens de vous dire ?

— Oui.

— En Espagne, l'intervention sera à votre charge. Autour de 4 000, 5 000 francs. Sinon, il reste la possibilité d'accoucher sous X. C'est-à-dire que votre bébé naîtra mais ne connaîtra jamais votre identité. Il sera placé directement dans une autre famille. Tenez, voici un fascicule. Vous le lisez et vous décidez. »

Ses phrases sont sèches et pragmatiques, comme si elle m'en voulait de ne pas avoir fait attention.

Je ne bouge pas. J'en suis incapable. Je fixe ce bout de papier qui doit me convaincre de garder ou non l'enfant qui s'est installé au creux de mon ventre.

« Mademoiselle ?

— On n'est pas à deux minutes, si ? Sinon vous pouvez être serveuse si vous aimez tant débarrasser les tables. Allez viens, on ne reste pas là. »

Elle me tire doucement la main et m'aide à me relever. Une fois dehors, elle me tend son casque.

« Je peux te prêter de l'argent si tu veux. Tu me rembourseras quand tu pourras, ce n'est pas un problème. »

Je pense aux boulots qu'elle accumule depuis qu'elle est adolescente. Cet argent qu'elle garde précieusement pour pouvoir un jour s'enfuir d'ici. Cet argent qu'elle me propose pour anéantir le rêve auquel elle n'a plus droit. Je pense à tout ça et je vois son regard qui ne me quitte pas, qui est triste pour moi avant d'être triste pour elle. Et je pense surtout que par égoïsme j'ai abandonné la personne la plus généreuse au monde.

25

Dans sa combinaison rouge, Marie termine de poncer le parquet. La machine passe sur chaque lame et ce qui est sombre devient tout à coup clair. L'effort est fatigant, ses mains tremblent, ses muscles sont tendus, son dos est courbé mais elle contemple l'obscurité disparaître et elle a l'impression d'avoir le pouvoir du vent sur les nuages.

C'est la chambre la moins lumineuse de l'hôtel alors elle a suggéré de l'éclaircir de cette manière. De changer le café en miel. Elle lui a montré les machines, lui a expliqué la technique, les avantages, les inconvénients, les différents coûts, et c'est à ce moment-là que Juliette a décidé de ne plus poser de questions. Elle lui laissait carte blanche. De toute évidence, Marie savait ce qu'elle faisait et elle, elle appréciait de prendre un peu de recul sur cet hôtel qui la nourrissait autant qu'il l'avalait depuis presque deux ans.

Deux ans qu'elle avait quitté sa vie d'avant. Son magasin où elle vendait des pantalons noirs, des chemises blanches et des robes grises à des clientes qui n'avaient pas le temps d'assortir les couleurs. Avant c'était une boutique de vêtements pour enfants, mais le magasin avait été vendu et Juliette avec. Quand le repreneur avait acheté le local, il lui avait demandé si elle était intéressée à l'idée de « poursuivre l'aventure avec sa nouvelle marque ». Juliette avait dit oui. De toute évidence, ils n'avaient pas la même définition du mot aventure.

Elle n'a jamais su ce qu'elle voulait faire de sa vie. Ses professeurs lui avaient pourtant posé la question à maintes reprises : « Qu'est-ce que tu vas bien pouvoir faire de ta vie, ma pauvre Juliette ? Inlassablement Juliette répondait la même chose : astronaute. Ce n'était pas du tout vrai, elle n'avait aucune envie d'aller dans les étoiles et encore moins sur la Lune, mais les quelques secondes qui leur fallait pour se remettre d'une telle idée lui permettaient de tourner les talons. Juliette ne savait pas répondre à cette question car elle n'avait jamais imaginé faire quoi que ce fût. Elle voulait avoir mille vies et des vies toutes plus différentes les unes que les autres. Des vies qui se suivent, se chevauchent mais ne se ressemblent pas.

Quand Juliette regarde Marie, elle se demande si pour elle c'est la même chose. Que faisait-elle avant ? Avant qu'elle ne débarque seule dans ce minuscule village aveyronnais par une après-midi de mars, avec un simple sac à dos ? À quoi ressemblait sa vie ? Elle repense à cette pièce de Jean Anouilh qu'elle a étudiée au collège. Un soldat amnésique que deux familles réclament et qui choisit l'identité qui lui convient le mieux. *Le Voyageur sans bagage*. Elle se dit que c'est peut-être ce qu'est Marie. Une rescapée de guerre.

Juliette monte à l'étage, pousse la porte de la chambre dans laquelle Marie finit de poncer le parquet et, quand la machine s'arrête, elle lance :

« Ça te dit que l'on mange ensemble ce soir ? »

26

Assise à une table en plastique Miko, Marie observe Juliette. Ses longs cheveux blancs aux reflets violets, sa peau mate et son rouge à lèvres bordeaux. Ses immenses lunettes, sa veste à carreaux jaunes sur un tee-shirt blanc et ses sabots vernis qu'elle balance sous la table du bout des pieds. Elle a cette audace de la différence. Cette allure que l'on croise parfois dans la rue et que l'on rêve d'imiter tout en sachant pertinemment que ce n'est pas possible. L'extravagance. Juliette ressemble à une définition. On ne voit qu'elle et Marie a le sentiment que sa présence est un leurre pratique pour elle, qui ne veut pas se faire remarquer.

Elle lève la main, fait un signe à Francis, et sa main qui se lève, c'est un oiseau qui s'envole. Elle lit sur ses lèvres qu'elle commande deux plats du jour sans la consulter, accompagnés de deux verres de vin. Et Marie ne dit rien. Elle se laisse faire. Elle a tout à coup le sentiment brutal d'être un peu fade. Elle repense à ce jour où, enfant, elle a croisé un collègue de son père dans la rue. Les deux hommes avaient discuté de longues minutes et l'attention de Marie s'était échappée ailleurs. Plus haut dans les nuages. Elle avait compris qu'ils parlaient d'elle mais elle n'écoutait pas vraiment. Consciemment distraite. Elle n'écoutait pas jusqu'à ce que son père prononce cette phrase qui l'avait brutalement foudroyée au sol. « Oh tu sais. C'est une gamine comme plein d'autres. »

La maladresse, ce mal que l'on adresse à ceux qu'on ne parvient pas à aimer. Marie ne sait pas combien de fois il avait essayé. Mais son père avait échoué à chacune d'entre elles.

Juliette se met à parler. Ses mains dansent sur la musique de ses paroles.

« J'aime bien prendre le plat du jour. Le plat du jour, c'est une manière de s'ancrer dans le présent. Tu ne trouves pas ? Ce n'est pas le plat que l'on prend à chaque fois que l'on va au restaurant. Ce n'est pas le burger frites ou l'entrecôte. Ce n'est pas une fois au milieu d'autres fois toutes semblables. C'est la fois. Prendre le plat du jour, c'est détacher tous les jours de la semaine, du mois, de l'année et se dire que ça en est un de particulier. »

Marie sourit. Elle a aimé Juliette à la seconde où elles se sont rencontrées. Elle l'a aimée comme on aime les rêves inaccessibles, les destinations que l'on n'atteindra jamais et la paire de bottines derrière une vitrine. Celle qu'elle aurait dû être finalement si, enfant, personne ne l'en avait empêchée. Marie sourit encore quand elle prononce cette phrase sans même s'en apercevoir.

« Le plat du jour, c'est l'enfance. On ne décide rien. C'est à prendre ou à laisser. »

27

« Alors il a suffi d'une annonce dans un journal ? »
Juliette hausse les épaules.

— Ça aurait pu être tout autre chose. Parfois on cherche des excuses, et parfois des raisons. »

Elle mâche son morceau de viande et ses yeux roulent d'un côté puis d'un autre, comme deux billes qui ne parviendraient pas à faire un tour complet. Elle dit : « C'est excellent, tu ne trouves pas ? » et sa fourchette pique à nouveau dans son assiette sans attendre de réponse. Elle boit une gorgée de vin, mord goulûment dans un morceau de pain, elle a l'appétit qui donne faim.

« J'ai grandi ici. Dans un hameau, à trois kilomètres. C'était minuscule mais ça m'allait. Je crois que, de manière générale, les choses me vont. Ce n'est pas que je m'en fiche. C'est plutôt que je sais être heureuse partout. Ma mère sortait toujours avec un parapluie. Pourtant il ne pleuvait pas plus sur elle que sur une autre. De toute évidence, ce dont elle avait peur, c'était d'être mouillée. Alors elle sortait avec son parapluie en se disant que peut-être… Ça fait longtemps que j'ai arrêté de vivre en me disant que peut-être. Je préfère vivre en me disant que tant pis. Je suis partie parce qu'il n'y avait pas de travail ici. C'était comme ça et c'était très bien. Quelques années plus tard, mon père est décédé et j'ai dû m'occuper de gérer la vente de la ferme. Je n'avais jamais envisagé d'acheter un hôtel, mais au même moment je suis tombée sur cette annonce dans le journal et je me suis dit : "Pourquoi pas ?" Après tout, je n'avais jamais envisagé être vendeuse non plus. J'ai démissionné et je suis revenue. »

Elle pose ses deux couverts, s'essuie le coin des lèvres et plonge ses yeux dans ceux de Marie.

« Et toi ? Que fais-tu ici ?

— J'écris un livre. »

Marie baisse les yeux et Juliette penche la tête sur le côté. Elle ressemble à une chouette avec ses grandes lunettes qui lui mangent la moitié du visage et ses cheveux plaqués sur sa tête. Marie n'a pas envie d'en dire plus, alors elle regarde au loin pour changer de sujet. Mais changer de sujet pour lequel ? Elle n'en a pas la moindre idée. Au bout de quelques secondes, elle finit par reprendre.

« J'écris une histoire parce que je ne sais pas quoi faire de la vérité. »

* *
*

Septembre 1988

C'est un bruit sec qui me réveille. J'ouvre un œil et le son se répète. J'ai à peine le temps de me souvenir où je suis, de reconnaître ce lit dans lequel je suis allongée, qu'un autre claquement se fait entendre. Il est à peine plus de sept heures et quelqu'un jette des cailloux contre les volets de la chambre de mon enfance. Je passe la tête à travers la fenêtre et je la découvre, en bas, les mains posées sur les hanches.

« Tu dors ? dit-elle en souriant.

— J'arrive. »

J'enfile un pull et je la rejoins. Elle ne me laisse pas le temps de lui demander ce qu'elle fait là.

« On marche ?

Je ne dis rien et me contente de la suivre.

« Voilà, j'ai bien réfléchi. Si tu souhaites aller en Espagne, je t'accompagnerai.

— Merci. »

Elle prend une grande inspiration.

« En revanche, si tu ne souhaites pas aller en Espagne, j'aimerais garder cet enfant.

Je m'arrête de marcher et elle plonge ses yeux dans les miens en silence. Elle attend une réaction que je suis incapable de lui donner.

« Une telle situation ne se présentera pas deux fois dans ma vie. C'est maintenant. Je ne veux pas me battre pour avoir un enfant. Je ne veux pas vivre l'ascenseur émotionnel d'une procédure d'adoption. Je ne veux pas qu'on me juge, qu'on me teste, qu'on décide si oui ou non je serai un bon parent. C'est injuste. Personne ne passe d'entretien psychologique parce que son rein ne fonctionne pas correctement. Je devrais convaincre des inconnus parce que mon utérus a un problème ? Tout est la faute d'une défaillance du mauvais organe ? Il n'en est pas question. »

Elle détourne le regard et je remarque que ses yeux sont brillants.

« Mais… tes projets… »

Elle hausse les épaules.

« Peu importe si ce n'est pas le bon moment. C'est le seul moment. Il n'y en aura pas d'autres. »

On avance en silence. J'ai mille idées dans la tête, mais aucune ne prend le dessus sur les autres. Alors c'est elle qui reprend la parole.

« La seule chose que l'on a à faire, c'est prétendre que tu n'es pas enceinte. Et moi… moi de feindre l'inverse.

— Comment veux-tu que je cache ma grossesse !

— En portant des habits amples… et en obtenant une dérogation pour passer tes examens en septembre plutôt qu'en juin.

— Et Gaétan ?

— Tu l'aimes ? » demande-t-elle en grimaçant.

J'ouvre la bouche mais aucun son ne sort.

« Tu penses qu'il restera ? poursuit-elle. Appelle-le et annonce lui que tu es enceinte. Tu seras fixée au moins. Tu pourras toujours dire que c'est une blague. »

Je laisse échapper un rire nerveux mais elle continue de me fixer de son air sérieux.

« Tu comptes aussi mentir à Philippe ?

— J'ai toujours voulu faire un voyage de plusieurs mois à l'étranger. Je me rendrai compte de cette grossesse une fois loin de lui.

— Il te quittera peut-être.

— Peut-être. »

Je la regarde avec son air déterminé. Je me demande si elle a dormi cette nuit ou si elle a passé son temps à réfléchir à tout ce qu'elle est en train de me dire.

Elle fourre sa main dans sa poche, sort un porte-monnaie et extirpe une carte à puce.

« Tiens. Il reste suffisamment d'unités pour que tu puisses appeler Gaétan de la cabine téléphonique. »

* *
*

« Allô ?

— Allô, Gaétan, c'est moi.

— …

— T'es là ?

— Oui oui… Il est quelle heure ?

— Huit heures… je crois.

— Qu'est-ce qu'il se passe ?

— Rien. Je voulais juste te parler. »

Il rit.

« Ça ne pouvait pas attendre trois petites heures supplémentaires ?

— Désolée.

— Tout se passe bien ? Ta mère est contente de te revoir ?

— Oui elle est contente.

— Tu es sûre que ça va ?

— Oui je… j'ai quelque chose à te dire…

— Vas-y, je t'écoute.

— Je suis enceinte.

— …

— Gaétan ?

— Depuis combien de temps ? »

Je remarque que le ton de sa voix a changé. Il est plus dur, plus froid. Plus sec.

« Trois mois.

— Attends. Ça fait trois mois que t'es enceinte et tu ne t'en aperçois que maintenant ?

— Je crois, je ne suis pas sûre…

— Comment ça, tu crois ? Tu te fiches de moi ?

— Si ça se trouve c'est juste un retard, un petit problème de cycle avec le stress des exa…

— Écoute, tu fais un test et tu me rappelles, d'accord ?

— Il se passe quoi au juste, si je suis vraiment enceinte ? dis-je d'une voix plus confiante.

— Comment ça ?

— Tu restes ou tu pars ? »

Il y a un court silence qui semble durer une éternité.

« Écoute, tu fais un test, et on en reparle. »

Et il raccroche.

28

Dans sa chambre sous les toits, Marie installe la radio qu'elle a trouvée dans une brocante. Le vendeur proposait un lot de cassettes pour une somme dérisoire, alors Marie a pris la boîte à chaussures sans réfléchir, sans vérifier les titres qui se trouvaient à l'intérieur. À présent, elle sourit en découvrant Michel Berger, France Gall, Julien Clerc, Véronique Sanson, Jean-Jacques Goldman, Francis Cabrel. Le répertoire de son enfance à travers les goûts musicaux de sa mère. Elle enclenche une cassette au hasard, une sans jaquette. Elle s'étend sur son lit et allume une cigarette, elle qui n'a jamais fumé parce que fumer, c'est mal. Une seule fois, si, elle a demandé une cigarette à une inconnue pour ne pas se dégonfler devant ses copines. À présent, elle regarde la cendre incandescente se consumer dans l'obscurité de la nuit, elle sent sa gorge brûler et elle adore ça. Elle adore cette sensation de jouer un rôle, d'être une autre personne, de n'avoir plus peur puisqu'elle n'a plus rien à perdre. Elle peut enfin vivre libre et elle sait qu'elle l'est parce qu'on ne peut être libre que par soi-même et qu'elle n'a que ça, elle. Elle n'a qu'elle.

Le grésillement de la bande-son laisse place à une musique entraînante puis à une voix de femme qui roule les « r ». Marie se relève. Elle glisse un doigt à travers les rideaux légèrement transparents et regarde au-delà de la fenêtre. Tout en bas, il y a une petite place avec une fontaine et deux bancs. Trois hommes jouent à la pétanque sous la lumière d'un réverbère. L'air est doux et l'un d'entre eux ne porte qu'un tee-shirt. Un chat tigré dort sous un banc. Elle lève un peu les yeux et voit le village qui s'étend derrière cette place. Des dizaines de toits et tout autour de vastes collines couvertes d'arbres déjà verts. La forêt est une grande étreinte qui lui murmure que tout va bien aller. Que tout va finir par bien aller.

La voix dans la radio chante. Imperturbable et immortelle. « Moi, je vis d'amour et de danse/ Je vis comme si j'étais en vacances,/ Je vis comme si j'étais éternelle,/ Comme si les nouvelles étaient sans problème. » Marie lève les bras, tire une bouffée de cigarette et danse en fermant les yeux. Elle danse sur l'air entraînant, elle laisse la musique prendre possession d'elle et les paroles résonner dans sa tête. Elle danse seule et il n'y a pas de plus grande liberté que celle de danser seule. Danser pour personne. Danser pour ce que l'on ressent et non pour ce que l'on projette. « Laissez-moi danser laissez-moi./ Laissez-moi danser chanter en liberté tout l'été./ Laissez-moi danser laissez-moi. »

Et Marie se laisse.

29

Elle a suivi les panneaux jusqu'à arriver devant l'entrée du cimetière, quelques mètres après la sortie du village. Un mur de pierres recouvert de lierre entoure le lieu et deux immenses rosiers déversent leurs fleurs rouges de part et d'autre d'une grande grille noire. Marie marche dans l'allée principale en lisant une à une les inscriptions des pierres tombales. Parfois, elle s'attarde sur l'une d'entre elles et calcule dans sa tête l'âge du défunt. Elle a cette curiosité morbide de se demander quel drame a bien pu survenir dans ces vies si courtes. Puis elle se souvient que sa mère n'avait que cinquante-deux ans. Parfois, il suffit simplement que le cœur arrête de battre une fois, mais pendant longtemps.

Marie avait choisi l'incinération parce que c'était plus pratique, moins coûteux, et aussi sans doute parce qu'un crématorium était moins difficile à remplir qu'un cimetière. Mais même cela n'avait pas suffi. Seules trois personnes s'étaient déplacées : une ancienne collègue, une amie de son cours de yoga et le voisin du dessous avec qui elle prenait parfois un café. Il aurait fallu un espace de la taille d'un ascenseur parisien pour résoudre les problèmes relationnels de sa mère.

Marie s'était retrouvée avec l'urne entre les mains et pas la moindre idée de ce qu'il convenait de faire. Sylvie n'aimait pas la mer, ni la montagne. Elle n'aimait que le bruit de la ville, cette agitation permanente qui lui donnait sans doute l'impression de pouvoir se fondre dans la masse. L'impression de pouvoir être vue, aussi. Elle n'avait pas de rêves, pas de projets. Pas d'imagination. Alors pendant quelques jours, l'urne avait occupé une étagère, entre quelques livres et une lampe qui ne s'allumait plus. Et puis cette décision, celle de venir ici, à Marelle, était apparue, et l'idée de réunir sa mère et sa grand-mère lui avait semblé être la meilleure chose à faire.

Marie marche sur les graviers qui jonchent les petites allées géométriques du cimetière. Elle cherche la tombe qui est censée abriter sa grand-mère, Louise Perrin, décédée en novembre 2010. Elle ne se souvient plus du jour exact et elle n'a jamais connu sa date de naissance. Mais elle sait qu'elle est là, dans ce cimetière.

Elle a déjà effectué un premier tour mais elle ne l'a pas trouvée. Elle reprend alors ses recherches, de manière plus méthodique cette fois. Allée après allée, les parallèles d'abord, puis les perpendiculaires ensuite. Mais non, pas de Louise Perrin. Elle fouille dans son esprit, se remémore le souvenir d'une dispute entre sa mère et son père, au sujet d'une couronne mortuaire. « La moindre des choses », avait dit sa mère. C'est ici, dans ce cimetière. Elle en est sûre. Alors elle continue, lisant entièrement toutes les inscriptions qui comportent le prénom « Louise » jusqu'à ce qu'une tombe attire son attention. Il s'agit de celle de Louise Mercier, née le 8 mars 1945 et décédée le 18 novembre 2010. Le nom n'est pas le bon, pourtant tout coïncide. Marie s'avance, observe les différentes plaques commémoratives posées sur le granit et repère parmi elles un médaillon en porcelaine sur lequel se trouve une photo en noir et blanc. La photo montre une femme d'une trentaine d'années qui pose de manière très peu naturelle. Elle n'a jamais vu de cliché de sa grand-mère à cet âge. Ni même à aucun autre d'ailleurs. Elle plisse les yeux, penche la tête sur le côté, tord sa bouche. Ce qui la convainc, c'est ce léger air de famille qu'elle reconnaît chez elle. Et puis les dates bien sûr. C'est un petit cimetière dans un petit village. Il n'y a pas de morts tous les jours.

Mais alors pourquoi ce nom ?

Louise ne s'était jamais mariée. Marie le sait comme on sait toujours les choses qu'il ne faut pas savoir. Elle était tombée enceinte et son compagnon n'avait pas voulu l'épouser. Elle avait accouché seule, dans la honte d'un petit village attaché au bon ordre des choses. Et puis les années avaient passé.

On ne parlait jamais de cet homme qui, sur l'arbre généalogique, n'était plus qu'une branche coupée.

Marie navigue dans ses souvenirs, elle se remémore tout ce qu'elle sait et tout ce qu'elle a su un jour. Mais à chaque fois, à chaque nouvelle pensée, une question vient balayer toutes ses réflexions. Pourquoi ce nom ?

* *
*

Septembre 1988

« C'est d'accord. »

Elle repose le verre qu'elle est en train d'essuyer et place ses deux mains à plat sur le comptoir. Elle paraît si fragile tout à coup. Elle me regarde avec une vulnérabilité que je ne lui ai jamais vue.

« Je ne vais pas en Espagne. »

Elle contourne le bar et s'arrête à un mètre de moi.

« Tu es sûre ?

— Je n'ai pas 5 000 francs.

— Arrête. Je peux te les prêter. »

Je vois bien qu'elle retient son souffle.

« Merci. Mais j'ai pris ma décision.

— Tu pourrais aussi le garder, cet enfant. Tu y as pensé ?

— Je n'ai pas ton courage.

— Tu n'as pas mon ultimatum. »

Je me contente de hocher la tête.

« Gaétan ne restera pas. Maintenant que je le sais, je ne peux plus rester non plus. Et si être célibataire n'est pas un problème, devenir mère célibataire, c'est impossible. Je n'y arriverai pas.

— Bien sûr que si.

— Ce n'est pas seulement ça, de toute façon.

— C'est quoi, alors ?

— Je ne peux pas enlever à un enfant le cadeau de t'avoir comme mère. »

* *
*

J'ai rappelé Gaétan et je lui ai dit que je n'étais pas enceinte mais que c'était fini entre nous. Il a d'abord cru que c'était une blague alors il a ri. Et puis il n'a plus ri. Je n'étais plus enceinte alors il était à nouveau amoureux. J'ai dit que je passerais chercher mes affaires d'ici la fin des vacances mais que je préférais ne pas le croiser. Il a bégayé, insisté, paniqué. Il m'a demandé si j'avais rencontré quelqu'un, comment je pouvais le quitter comme ça alors que tout allait bien. Il y avait de la tristesse dans sa voix, puis de la colère, et enfin il y eut un silence. Le silence, c'est le bruit de l'incompréhension.

Je sentais mon cœur lourd mais la déception anesthésie toujours tous les autres sentiments.

Alors j'ai dit : « Je ne t'aime plus. C'est comme ça. » C'était une phrase qui haussait les épaules et il n'y a rien de plus terrible au monde qu'un haussement d'épaules. J'aurais pu entendre le bruit que faisait sa gorge en ravalant sa fierté, mais je tenais le combiné loin de mon oreille pour garder la distance. J'ai entendu un souffle, une sorte de râle rauque, et puis il a raccroché.

30

Marie est accroupie devant le rayon frais de l'épicerie du village. Elle regarde les différents fromages derrière la vitre réfrigérée et elle a ce réflexe étrange qui ne l'a pas quittée : elle choisit ce qui lui plaira à lui avant de lui plaire à elle. Elle ne s'en rend pas vraiment compte avant d'arriver au niveau des caisses et de voir cette tranche de comté glisser sur le tapis roulant. Comme il y a deux personnes devant elle, elle attend.

Elle pense soudainement à Émile, ce garçon avec qui elle était à la fac et qui passait son temps à discuter pendant les heures de cours. Quand ils parlaient ensemble, Claire était incapable de dire quel avait été le sujet abordé. Mais lui, lui chaque fois, descendait toutes les marches jusqu'à l'estrade pour s'entretenir avec le professeur. Un jour, alors qu'il était question de Proust, Émile avait même repris une citation de l'auteur pour en débattre. « "La vraie vie, la vie enfin découverte et éclaircie, la seule vie par conséquent pleinement vécue, c'est la littérature", avait-il récité. Mais cette idée que l'art nous ouvre la porte d'une autre conscience, cette idée que nous sommes le plus souvent dans l'ignorance de nous-mêmes, c'est particulier tout de même, non ? À mon avis, Proust est comme nous tous ; un être social bien plus qu'un être intime. D'ailleurs, il le prouve en cherchant à tout prix à être publié, n'est-ce pas ? Il publie à compte d'auteur et paie même des critiques pour dire du bien de ses livres. Cette démarche ne remet-elle pas en cause toute cette idée de littérature comme unique vérité finalement ? Est-ce que ce ne serait pas plutôt l'inverse ? La littérature comme l'ultime façade de notre intimité ? »

Dix ans plus tard, Claire l'avait croisé dans la rue. Ce jour-là, elle s'était dit qu'il n'avait pas changé ; Émile était toujours aussi drôle, vif et percutant. Alors qu'elle, elle se sentait si différente de la jeune fille qu'elle avait été. Elle s'était alors demandé ce qu'il voyait, lui, quand il la regardait. S'il se doutait que derrière « la vie découverte et éclaircie », il y avait une fille qui ne se maquillait plus parce que son mec répétait sans cesse que c'était vulgaire.

Marie regarde le comté sur le tapis roulant et d'un geste rapide, elle l'attrape, présente ses excuses et fait demi-tour. Elle revient une minute plus tard et dépose au même endroit une tranche de roquefort. La caissière la regarde sans comprendre et

Marie lui dit cette phrase qui lui fait l'effet d'une délivrance :

« Je n'ai jamais aimé le comté. »

* *
*

Septembre 1988

J'ai commencé à avoir des doutes. Plus j'y pensais, plus cette idée me paraissait complètement folle. Je ne voyais pas comment il était possible de duper tout le monde. Parfois, la nuit, je me réveillais en sueur, prisonnière de cette angoisse oppressante, incapable de me rendormir. J'aurais voulu faire marche arrière, retirer ce que j'avais dit, comme lorsqu'on est enfant et qu'on nous demande de le faire.

Mais je savais bien que c'était impossible. Même si cela n'avait duré qu'une seconde, j'avais donné un avenir à cet enfant. J'avais projeté qu'il vive. Revenir sur ma décision, cela revenait à le tuer.

Elle est venue s'installer à Toulouse et m'a proposé de vivre chez elle, dans l'appartement qu'elle louait près du pont des Demoiselles. Elle a pris un boulot dans un café la journée, et puis un second boulot dans un hôtel la nuit. Elle ne dormait que quelques heures mais cela lui était égal. Son seul objectif était de gagner suffisamment d'argent pour construire « la vie d'après ». Elle avait une énergie incroyable et une joie de vivre que je ne lui avais pas connues depuis des années. Quand elle croisait mon regard, quand elle voyait que je n'arrivais pas à sourire, quand elle devinait que mon silence n'était rien d'autre qu'une lourde inquiétude, elle me disait en souriant : « Tout va bien se passer. »

Un soir elle est rentrée avec une bombe de peinture et c'est ce qu'elle a écrit en lettres capitales sur l'horrible tapisserie de ma chambre. « TOUT VA BIEN SE PASSER. » Chaque matin quand je me réveillais, c'étaient les premiers mots que je lisais. Tout va bien se passer.

J'avais beau être inquiète, elle avait raison. Tout se passait bien. Mon corps ne changeait presque pas et je n'avais plus senti la moindre nausée depuis le week-end passé chez ma mère. C'était comme si cet enfant avait compris qu'il fallait rester discret.

Je continuais à aller en cours, vêtue de plus en plus souvent de vêtements sombres et amples. Bientôt, ils deviendraient mes habits de tous les jours. Je me répétais que les autres élèves devaient s'habituer, mais s'habituer à quoi ? C'était l'âge où tout le monde changeait en permanence. De tête, de vêtements, de corps. De personnalité. C'était l'âge où il était aussi facile de se faire remarquer que de passer inaperçue.

Non, ce que je redoutais le plus, c'était autre chose et cela faisait des semaines que je le repoussais : le rendez-vous chez un médecin.

La veille, elle a posé sa carte d'identité sur la table, une coloration pour cheveux et une paire de lunettes.

« Demain, quand tu iras chez le médecin, tu seras moi. Dès le départ, aux yeux du praticien, tu es Sylvie Perrin. Quant à Laurence Mercier, son identité, sa personne, son mètre soixante-cinq, son amour des livres, sa préférence pour les tartes au citron meringuées, elle n'aura jamais été enceinte. Il n'y aura que moi. Et il n'y aura jamais eu que moi.

— Et si on se fait prendre ?

— On ne se fera pas prendre.

— …

— Tu es enceinte. C'est une bonne nouvelle. Tu es heureuse. Pourquoi auraient-ils des doutes ? Ils n'ont aucune raison d'être suspicieux. Tu ne seras ni plus ni moins qu'une énième patiente dans leur journée de travail.

— Une patiente pas très pressée de consulter. »

Je prends sa carte d'identité entre les mains et la déplie. Elle poursuit avec enthousiasme, sans me laisser le temps de dire quoi que ce soit.

« Alors oui, la photo est en couleur… mais bon, franchement on n'y voit pas grand-chose. Et puis je ne suis qu'une adolescente. Rien n'est plus banal qu'une adolescente. »

Dans les faits, nous n'étions pas si différentes. Bien sûr elle avait ce quelque chose que je n'avais pas. Ce charme, cette aisance, cette force. Mais sur une photo qui datait de plusieurs années, elle ne se ressemblait pas plus aujourd'hui que je ne lui ressemblais.

« J'ai acheté cette teinture pour te foncer les cheveux si tu veux. Cette paire de lunettes sans correction, c'est une bonne manière pour dissimuler un peu ton visage. Et puis tes yeux. Je me suis dit que ça pourrait t'aider à te sentir à l'aise. Psychologiquement.

— T'es sûre que ce n'est pas dangereux ? Pour… le bébé.

— Je n'ai jamais été opérée, ni transfusée. Je ne connais pas mon groupe sanguin. Je ne me souviens même pas d'avoir eu la grippe. Mon dossier médical est vierge. Tu es la mère biologique de cet enfant, tout ce qu'ils ont besoin de savoir, ils le trouveront en toi. La seule chose qui change, c'est que pour les six prochains mois ton corps porte mon nom. »

Voilà comment, en une seconde, je suis devenue une autre.

31

Marie est assise à son bureau. Le carnet est ouvert devant elle. « Ton corps porte mon nom. » Elle relit plusieurs fois la phrase pour s'assurer de sa compréhension. Oui, c'est bien clair. Écrit de cette manière, sa mère n'est pas sa vraie mère. Sa mère biologique s'appelle Laurence et ce n'est pas celle qui l'a élevée. Non. Celle qui l'a élevée, c'est cette adolescente forte et décidée. Cette jeune femme charismatique qui prend sa vie en main quand celle-ci lui échappe. Une femme qui fait des choix, qui cumule des petits boulots, qui déborde d'optimisme et qui s'appelle Sylvie.

Elle se lève, fait plusieurs pas dans sa chambre, retourne s'asseoir puis se relève.

Est-ce que tout cela est possible ?

Plutôt, est-ce que tout cela ne pourrait pas être l'explication qu'elle attend depuis si longtemps ?

32

Marie ne parvient pas à dormir. Il y a cette phrase qui tourne en boucle dans sa tête et qui résonne comme le refrain d'une chanson populaire. Sa mère est une femme fanée. Une femme fanée. Elle entend presque un chœur en second plan chanter : « Oh oh oh. »

Cette pensée la transperce. Pas l'idée que sa mère puisse ne pas être sa vraie mère. Pas qu'elle parvienne à imaginer une vie tout entière de mensonge. Non. Ce qui la foudroie sur place, c'est de constater qu'il est possible de devenir une tout autre personne, avec du temps et de la souffrance. Et que ce n'est pas un choix mais la vie qui décide parfois pour nous. Elle repense à sa mère tiraillée entre deux personnalités. Celle de vouloir passer inaperçue et celle de vouloir à tout prix exister aux yeux du monde. Et elle pense à elle-même, cette enfant qui fait le pont entre ces deux vies, celle dont on rêve et celle qui nous dépasse. Elle pense à tout cela et elle se dit que c'est ça. Que c'est forcément ça. Qu'elle n'a pas le choix de toute façon. Tout vide doit être comblé.

Elle pense à ces plantes qui poussent tordues pour éviter des obstacles. Elle pense à son père aussi, bien sûr. Elle met quelque secondes à comprendre que grâce à cette histoire, il n'est pas non plus son père, et un poids se retire instantanément de ses épaules. Elle n'est plus coupable de ne l'avoir jamais aimé.

33

« Ah, je vous cherchais. »

Assise à la terrasse de l'hôtel, Marie lève la tête. Elle referme le magazine de décoration qu'elle feuilletait et observe Danielle en train de tirer sur un caddie à roulettes plein à craquer.

« J'ai quelque chose pour vous. »

Elle plonge sa main à l'intérieur de la poche centrale et tire sur un minuscule pied rose pâle au milieu des carottes et des poireaux. Après plusieurs tentatives, une poupée en plastique est extraite et Marie trouve ce dénouement plutôt rassurant.

« Regardez ce que j'ai remarqué. »

Danielle s'avance et pose le poupon qu'elle manipule brusquement.

« Regardez, répète-t-elle. Là. Juste là. »

De son doigt courbé, elle pointe la voûte plantaire.

« Voyez ? »

Et Marie voit. Écrites en bâtons dans une encre bleue, cinq lettres s'enfoncent presque dans le plastique et débordent d'un côté. J-U-L-I-E.

« Vous ne vous appelez pas Julie, que je sache. Elle était à votre sœur, cette poupée ? »

* *
*

Septembre 1988

« Tu veux connaître le sexe du bébé ?

— C'est toi qui décides. Il est dans ton ventre. De toute façon, je sais que c'est une fille.

— Qu'est ce qui te fait dire ça ? »

Elle sourit puis hausse les épaules.

« Je le sais. C'est tout. »

34

Marie a toujours été sage. Elle n'a pas fugué à dix ans, n'a pas fumé à onze. Elle n'a pas redoublé à douze ans, n'a pas pris sa première cuite à treize, n'a pas eu d'accident de scooter à quatorze. Elle n'a pas vomi volontairement ses repas à quinze ans, n'a pas fait de piercing au nombril à seize ans et n'a pas volé dans des magasins à dix-sept. Elle n'est pas tombée enceinte à dix-huit. Elle n'a pas séché les cours à la fac à dix-neuf. Elle n'a pas pris de drogue à vingt.

Marie est sage car elle ne veut pas que sa mère ait de la peine. En tout cas, pas davantage.

La seule chose qui lui soit arrivée, c'est de tomber amoureuse d'un garçon infréquentable. Elle, à qui Sylvie avait toujours répété de ne surtout jamais se marier. Et peut-être y avait-il, là encore, une forme d'obéissance.

Après tout, pour ne pas se marier, il suffit de choisir la mauvaise personne.

35

Madame Da Silva est inquiète. Cela fait plusieurs jours qu'elle tourne en rond dans sa loge en se demandant ce qu'elle doit faire. Elle a un mauvais pressentiment. Elle tente de se convaincre qu'il n'y a aucune raison de s'inquiéter, mais elle sait aussi que ce qu'il se trame n'est pas normal. En plus de quarante ans de gardiennage, pas un jour n'est passé sans qu'elle reçoive du courrier, que ce soit pour elle ou pour les habitants de l'immeuble.

Demain, cela fera une semaine que toutes les boîtes aux lettres sont vides.

* *
*

Septembre 1988

Comme pour le rendez-vous au planning familial, le gynécologue a mis du gel sur mon ventre avant d'y poser la sonde.

« Attention, c'est froid. Alors… Ah oui… ! » s'exclame-t-il.

Je me redresse instinctivement, prise de panique.

« Ça fait quelque temps qu'il est là, ce bébé. Vous êtes en retard sur l'échographie du premier trimestre.

— J'étais très prise par mon travail », dis-je avec soulagement.

Il me fixe un instant puis se tourne à nouveau vers l'écran. L'homme a une cinquantaine d'années, de grandes lunettes bleu marine posées au bout de son long nez droit, des cheveux hirsutes et une voix chaleureuse. J'aurais préféré un médecin moins impliqué, ça aurait été plus simple, mais j'apprécie cette douceur qui s'invite dans ma vie.

« Alors… ça, c'est une jambe, là une seconde jambe… Ici, la colonne vertébrale…

— Nous ne souhaitons pas connaître le sexe du bébé, le coupé-je.

— Ah une surprise, c'est bien ça. »

Il sourit une seconde fois avant de reprendre son inventaire.

« Un bras, un deuxième bras… »

Je n'écoute plus. Je fixe un point au-delà de l'écran et j'affiche un sourire figé pour qu'il ne pose aucune question. J'ai déjà ressenti trop d'émotions pour aujourd'hui.

* *
*

Laurence a fait ses adieux à Philippe et s'est envolée pour six mois en Amérique du Sud. Elle ne lui a pas demandé son avis. Il n'a pas osé le lui donner.

Elle a écrit six lettres qu'elle a fourrées dans une grande enveloppe beige avant de les envoyer à une Brésilienne rencontrée lors d'une soirée. Une fois par mois, elle serait chargée de les poster en fonction de ses propres déplacements. Dans la dernière, elle lui annonçait qu'elle ne rentrait pas. Quand je lui ai demandé pourquoi elle ne l'avait pas juste quitté, elle a haussé les épaules : « Je crois que je suis un peu triste d'avoir à le faire. »

Sylvie n'a pas vraiment de famille. Sa mère a refait sa vie et Sylvie évite tout contact avec elle depuis qu'elle a compris que celle-ci n'arrêterait jamais d'utiliser cette expression qui ne veut rien dire. On ne refait pas sa vie. On ne se débarrasse pas de tout ce qui nous encombre d'un revers de main. La vie continue, toujours. C'était ce que la souffrance était censée nous enseigner.

Depuis, Sylvie continue. Seule.

Un soir, elle a pris son courage à deux mains et s'est résolue à téléphoner à sa mère, sa mère de la vie d'avant, pour lui annoncer la nouvelle.

Quand je lui ai demandé comment cela s'était passé, elle s'est contentée de répondre « bien ». Juste « bien ». Mais comme je la regardais avec insistance, elle a ajouté : « Elle se trouve un peu trop jeune pour être grand-mère. »

Elle a tourné les talons et est partie se coucher.

36

« J'ai vu un escalier au troisième étage.

— Oui, il mène aux combles.

— Je peux les voir ?

— Ils ne sont pas aménagés. C'est une sorte de débarras. »

Marie hausse les épaules et attend. Juliette l'observe, pousse un léger soupir avant d'interrompre ce qu'elle est en train de faire : un mélange de comptabilité, de vaisselle et de mots croisés. Elle file jusqu'à l'escalier sans un mot et Marie lui emboîte le pas.

En haut des marches, il y a une porte en bois brut dans laquelle Juliette donne un bref coup d'épaule. Sous le toit mansardé, un grand plateau s'ouvre alors devant elles. Les deux femmes s'avancent entre les particules de poussière en suspension dans la lumière du soleil. Marie remarque quelques meubles protégés par des draps blancs dans les recoins sombres. Elle se tourne vers Juliette.

« On devrait l'aménager. Faire une cinquième chambre. Une suite, même.

— Oui, je sais bien. Mais je n'ai pas l'argent pour ces travaux.

— On peut trouver une solution. À long terme, cette chambre, ce serait un revenu additionnel. Elle serait vite rentable. »

Juliette sourit mais ne dit rien. Elle, d'habitude si volubile, reste silencieuse.

« Tu n'es pas d'accord ?

— Que penses-tu des occupants de cet hôtel, Marie ?

— Je ne les croise pas très souvent…

— Sans doute parce qu'il n'y en a pas très souvent. »

37

L'hôtel est au bord de la faillite. Les clients ne sont pas nombreux mais ce n'est pas vraiment le problème. Le problème, c'est que Juliette est une très mauvaise gestionnaire. Marie le découvre en feuilletant le cahier bleu que Juliette garde toujours avec elle. Elle comprend mieux à présent pourquoi la jeune femme ne s'en sépare jamais. Ce cahier est pire qu'un bulletin scolaire de dernier de classe. Marie hésite entre s'en débarrasser et le mettre sous vide telle une pièce à conviction. Les factures, les plannings, les stocks, tout est complètement désorganisé. Marie est même surprise que Juliette ait tenu jusque-là. Mais elle se demande tout de même comment Juliette parvient à dormir la nuit.

La jeune femme avait acheté cet hôtel parce qu'il était à vendre. Marie ne dit rien mais elle essaie d'imaginer ce qu'il se serait passé si l'annonce avait concerné un troupeau de vaches ou un bateau. Juliette tente de se justifier et les bonnes raisons ne manquent pas. Elle en avait marre de vendre des vêtements gris. Elle voulait se prouver qu'elle était capable de faire les choses seule. Il y avait cet argent de l'héritage. Et puis cette question qui la hantait : comment quitter un lieu quand on est celle qui doit y éteindre la lumière ?

Marie se racle un peu la gorge, fait craquer ses phalanges, et tourne les pages en se demandant comment faire pour sauver la situation.

« Je vais réfléchir… on va trouver une solution. »

Juliette se redresse imperceptiblement et Marie reconnaît en elle l'attitude d'un élève qui hésite à intervenir. Alors elle la fixe avec son regard encourageant. Elle est sur le point de lui dire qu'il n'y a pas de mauvaise réponse quand Juliette se lance.

« J'aimais mon père, j'aime vivre ici et j'aime recevoir des gens. Mais gérer un hôtel, ce n'est pas ce que j'ai envie de faire. »

38

« Tu voudrais vendre l'hôtel ? »

Juliette hausse les épaules puis hoche la tête avec nonchalance. Marie n'est plus sûre de ce qu'elle sous-entend. S'agit-il d'un bâtiment de deux cents mètres carrés ou bien d'une machine à laver dont la porte fermerait mal ? Elle a envie de lui reposer la question mais à la place, elle feuillette le cahier bleu pour cacher son trouble. Elle se lève, va faire un tour dans la cuisine puis revient dans la salle principale. Elle s'arrête, jette un œil autour d'elle, croise les bras tout en fixant Juliette. Elle patiente quelques secondes supplémentaires. Non pas pour être sûre. Non, ce qu'elle voudrait, c'est voler au temps un moment sur le point de se changer en souvenir que l'on garde toute une vie.

« Très bien. Je te l'achète. »

* *
*

Novembre 1988

Je l'ai senti bouger. Et je n'ai rien dit. Pendant une semaine j'ai gardé cette nouvelle pour moi. Je n'arrivais pas à le dire à Sylvie. J'avais l'impression d'avoir un lien unique avec cet enfant et que ce serait sûrement la dernière chose qui m'appartiendrait. Je passais ma main sur mon ventre dans un effleurement interdit et à chaque fois ça me tenait chaud jusqu'à ce que ça me brûle.

Sylvie ne disait rien. Elle avait ce livre qui indiquait qu'autour du quatrième mois il était possible de percevoir les premiers mouvements. On était au cinquième et elle ne disait rien. Elle avait toujours cette distance élégante, cette retenue, cette discrétion. Ce calme.

Un soir, j'ai feint la surprise et j'ai dit : « Il a bougé. » Elle a posé le livre qu'elle était en train de lire et m'a regardée en souriant. Elle est restée là où elle était, elle n'a pas fait de geste vers moi.

« Tu peux toucher mon ventre si tu veux. »

Elle a attendu quelques secondes supplémentaires. Pour être sûre que je le sois vraiment. Elle savait qu'après ce contact, rien ne serait plus jamais comme avant. Elle a posé sa main sur mon tee-shirt et aussitôt le bébé a donné un petit coup. C'était irréel et Sylvie s'est mise à rire. Elle riait si fort qu'elle pleurait et je ne saurai jamais si ce rire, ce n'était pas tout simplement sa manière à elle d'être triste avec pudeur.

Quand elle s'est arrêtée, il y avait dans ses yeux la nostalgie d'un moment qu'elle ne vivrait jamais.

39

Marie est dans une agence bancaire avec son dossier. Elle patiente dans la salle d'attente, la pointe des pieds plantée dans le sol et les genoux au niveau des coudes. Elle aimerait bien se ronger les ongles mais elle n'en a plus. À la place, elle enroule une mèche de cheveux qui s'emmêle au milieu de ses doigts trop nombreux. Un homme ouvre la porte. Il est en costume, bien évidemment. Sa cravate est assortie à ses chaussettes, un bordeaux qui tire vers l'orange. Si. C'est possible. Il l'invite à entrer et Marie veut lui serrer la main mais son dossier tombe par terre. Elle se baisse, il se baisse, elle se relève, il ne se relève pas et sa tête à elle heurte son menton à lui. Il ferme les yeux longtemps mais ne dit rien. Elle s'assoit, confuse, mais n'insiste pas dans ses excuses. Elle ne veut pas en rajouter.

« Marie Gauthier, dit-il en lisant le nom sur la fiche qui se trouve devant ses yeux. Je vous écoute. »

Elle explique. L'hôtel, le nombre de chambres, le prix de la nuit, le chiffre d'affaires annuel, les hypothèses basses, les moyennes, les hautes. Son apport, sa capacité de remboursement, les aides du département pour soutenir les nouvelles initiatives en faveur du tourisme. Elle présente les chiffres de Juliette en expliquant ce qui n'a pas marché et ce qu'elle va faire, elle, pour que ça marche. Elle récite par cœur ce qu'elle a appris la veille, dans son lit, allumant la lumière toutes les cinq minutes pour vérifier qu'elle ne s'était pas trompée. Il l'écoute, fait craquer ses doigts et balance légèrement son dos contre le dossier de son fauteuil en cuir avec un air de proviseur. Quand elle a fini, il lui demande si elle a terminé et Marie dit oui en retenant son souffle.

« Bon. Eh bien je ne vois pas ce qui nous empêche de vous accorder ce prêt. »

* *
*

> 20 janvier 1989
>
> Mon ventre s'arrondit mais personne ne semble vraiment le remarquer. Je porte des habits amples et je fais en sorte de ne pas traîner entre les cours. Je m'assois au dernier rang, j'arrive quand les cours ont déjà commencé et je repars avant que les profs ne prononcent leur dernier mot. Je n'ai pas eu vraiment le temps de me faire des amis alors je ne manque à personne. Seule Sarah m'a proposé un verre après les cours. Trois fois. La quatrième, elle s'est abstenue. En

général, je reste chez moi. Je passe mon temps à réviser. À relire, à apprendre, à surligner. J'ai validé mes partiels de décembre et j'ai obtenu les meilleures notes de ma promotion dans la plupart des matières.

Ma mère m'appelle pour me demander quand je rentre la voir et je prétexte avoir trop de travail. Elle comprend. Elle est triste mais elle est surtout fière alors elle dit : « Oui d'accord, c'est bien, tu as raison. » Elle qui n'a jamais fait d'études, elle qui aurait adoré être professeure de français, mais au lieu de ça, elle tient la caisse de l'épicerie du village parce qu'elle est tombée enceinte d'un lâche.

Je me suis demandé si je n'étais pas lâche, moi aussi. Comme mon père. On se demande toujours si on ne ressemble pas à ceux auxquels on ne veut surtout pas ressembler. Et puis j'ai compris que ne pas garder cet enfant, c'était rompre avec l'hérédité. C'était faire que le combat de ma mère serve à quelque chose. Et si c'était moi la lâche, après tout, c'est que je n'étais pas la victime : je quittais avant qu'on ne me quitte. Chaque fois que j'y pense, mon cœur me broie la poitrine, mais cette douleur, c'est ma force. Cette douleur, c'est mon choix. Cette douleur, c'est ma liberté.

40

Marie fait une pause dans sa matinée. Elle est assise à sa terrasse, une tasse de café allongé au creux de ses mains. Elle observe deux pigeons ramiers, ceux que les gens appellent palombes par ici. Elle parvient désormais à les distinguer des pigeons des villes et pas seulement parce que ceux-là ont leurs deux pattes plutôt qu'un seul moignon. Elle reconnaît la tache blanche de chaque côté de leur cou, leur bec rougeâtre à l'extrémité jaune, et ce ventre dodu que certains aiment bien déguster avec des petites olives et des oignons. L'idée de manger un pigeon ne lui viendrait pas encore à l'idée, mais elle se sent un peu du coin, quand elle se dit pour elle-même « tiens, une palombe ».

Elle prend une gorgée de son café et continue d'observer le mâle qui fait sa cour à la femelle. Il gonfle la poitrine et fait des mouvements de cou du bas vers le haut pour tenter d'impressionner l'élue. La pigeonne, elle, paraît vouloir la paix plutôt que l'amour. Elle avance d'un pas rapide là où il n'y a pas de mâle oppressant. Un peu partout et nulle part à la fois finalement. Le mâle ne comprend pas les signaux et continue sa danse peu convaincante. Au bout de quelques minutes, elle finit par s'envoler et le pigeon reste au sol comme si on venait de lui faire un tour de magie. La femelle s'est enfuie.

Marie boit la dernière gorgée de son café, attrape le dernier rayon de soleil qui glisse sur sa peau et retourne à l'intérieur. Si tout va bien, elle devrait terminer la pose du carrelage de la salle de bains de la chambre numéro trois avant ce soir.

* *
*

17 février 1989

C'est mon anniversaire et je n'ai aucun ami autour de moi pour me le souhaiter. C'est étrange comme il est facile de se faire oublier, de s'extraire de la société et de ne plus compter pour personne. Je suis sortie de cours quand les autres rangeaient encore leurs affaires et j'ai marché d'un pas rapide jusqu'à la sortie du bâtiment.

J'ai levé la tête, le ciel était d'un bleu intense et j'ai pris une grande inspiration. L'air était parfumé au printemps et pendant quelques minutes j'ai senti une forme d'apaisement intense. Je me suis assise sur le banc pour attendre le bus et dans un moment d'inattention j'ai passé ma main sur mon ventre. Une seconde, pas plus. J'ai aussitôt changé de position et je me suis penchée vers l'avant pour le camoufler. J'ai levé la tête, j'ai regardé à droite puis à gauche. Il n'y avait personne. Mais quand j'ai regardé en face, deux grands yeux ronds me fixaient et, tout autour, le visage de ma mère.

* *
*

Elle était venue me faire une surprise pour mon anniversaire. Puisque je n'avais pas le temps de rentrer, elle prendrait du sien pour venir. Elle avait mis sa robe en lin beige qu'elle avait resserrée à la taille avec une ceinture de cuir brun. Elle portait des boucles d'oreilles dorées en forme de coquillage et un rouge à lèvres carmin. Elle avait noué un foulard dans ses cheveux, un bout de soie venu maintenir son chignon plaqué, et portait des chaussures en cuir tressé et au talon en bois carré.

Je l'ai trouvée émouvante dans sa manière d'avoir cherché à se faire belle, elle, la fille de la campagne. Elle avait pris le train toute seule et elle avait marché dans les rues de Toulouse alors qu'elle se perdait déjà dans celles de Rodez. Elle avait attendu devant la fac pendant deux heures pour être sûre de ne pas me louper, sans rien faire d'autre que filtrer les visages jusqu'à apercevoir le mien. Elle tenait une carte de la ville dans sa main droite et son poing était toujours fermé sur ce bout de papier froissé lorsque nous nous sommes assises à la table du restaurant qu'elle avait réservé pour l'occasion. Elle avait les lèvres qui tremblaient et moi le cœur qui battait, mais le plus perturbant, c'était ce silence qui semblait nous envelopper.

Nous avions toujours été proches. Elle m'avait élevée seule et nous avions été très seules. Je me souviens de l'école, des autres enfants qui me demandaient où était mon papa. Des regards désapprobateurs quand nous allions sur les bancs de l'église, une fois par an, pour Pâques. Et des samedis soirs où personne ne venait manger à la maison parce que nous n'en avions pas les moyens. C'était si difficile d'être une mère célibataire dans un petit village, au milieu des années 1960.

Elle finit par rompre le silence.

« Qu'est-ce qu'il s'est passé… comment… pourquoi tu ne m'as rien dit ? »

Elle est bouleversée mais elle n'est pas en colère. Elle souffre, c'est différent.

« Je suis tombée enceinte de Gaétan. Mais quand je m'en suis aperçue, il était déjà trop tard.

— Tu aurais dû m'en parler. Tu n'avais pas à vivre ça toute seule.

— Je ne voulais pas garder cet enfant. Je voulais aller en Espagne mais je n'avais pas l'argent. Sylvie m'a proposé de m'en prêter. Mais tu sais… Maman… Sylvie est stérile. »

Elle me regarde en attendant la suite de mon histoire. C'est triste pour Sylvie mais elle ne voit pas le rapport. Ses sourcils se froncent légèrement et puis soudain ils se relâchent comme un élastique qui viendrait de rompre.

« Tu veux lui “donner” ton enfant ?

— Oui. »

Elle m'observe et j'imagine à quoi elle pense. Cette histoire, c'est la sienne, et cet enfant, c'est moi, vingt ans en arrière. Alors je me dépêche de poursuivre.

« Personne ne sait que je suis enceinte. Je me présente à chacun des rendez-vous médicaux sous son identité. Aux yeux de la loi, la mère, c'est elle. »

Elle secoue la tête et recule sur sa chaise. Elle croise les bras sur son ventre, se frotte la tempe, puis s'avance à nouveau et se met à chuchoter.

« Mais tu ne peux pas… Ma chérie, tu ne te rends pas compte. Ce n'est pas uniquement une question de se faire attraper ou pas. C'est bien plus que cela. On s'en fiche de la loi ! Il est question d'amour. Chaque fois que tu verras cet enfant, tu n'imagines pas le vide, la douleur que cela te procurera ! Maintenant tu es jeune, tu as plein de projets, et je sais bien que même si ton ventre s'arrondit, cela te paraît abstrait, mais dans trois, cinq, dix ans… il y aura toujours cette partie de toi qui vivra ici, quelque part, dans ce monde, et tu n'auras aucun droit. Tu l'aimeras avec l'amour d'une mère et il te regardera comme si… comme si tu étais la boulangère. »

* *
*

Sylvie vient de rentrer. Je l'entends poser ses affaires dans le placard de l'entrée puis s'affaler sur le canapé. Elle pousse un long soupir de fatigue avant de remarquer le rai de lumière qui glisse sous la porte de la chambre. Elle chuchote :

« Laurence ? Tu ne dors pas ? »

Je me lève et la rejoins dans le salon. Elle jette un œil à la pendule accrochée au mur. Il est presque cinq heures du matin.

« Tout va bien ? s'inquiète-t-elle.

— Oui. J'ai mangé avec ma mère. »

Elle ne réagit pas tout de suite mais soudain, elle sursaute.

« Pardon ?

— Elle m'a fait une surprise. Elle était là à la sortie de mes cours. Pour mon anniversaire.

— C'est aujourd'hui. Pardon. Bon anniversaire Laurence. Je suis désolée de ne pas y avoir pensé… »

Elle passe sa main devant ses yeux et se frotte le visage.

« Ta mère est au courant ?

— Oui.

— Qu'est-ce qu'elle a dit ?

— Que j'aurais dû lui en parler. »

Elle hoche la tête. Évidemment que c'était ce qu'elle avait dit, elle le savait aussi bien que moi. Je m'assois à côté d'elle.

« Sylvie, j'ai bien réfléchi. Quand cet enfant naîtra, nous ne pourrons plus nous voir. »

Elle se redresse et plonge ses yeux dans les miens. Je perçois une légère tension qui contracte ses épaules.

« Tu deviendras sa mère et je ne veux pas, je ne peux pas être la spectatrice de cette relation. Ce sera trop difficile. »

Elle se lève et fait quelques pas dans l'appartement. Elle jette un œil par la fenêtre, touche le rideau d'un geste distrait.

« Il y a autre chose dont je voudrais te parler. Ma mère… elle aimerait que l'enfant la connaisse. Une grande tante, une amie… quelques jours, une fois par an. Quelques photos de temps en temps. Pas grand-chose.

— Je ne resterai pas dans le coin.

— Je sais. »

Sylvie se tourne et fait quelques pas dans l'appartement.

« Ça pourrait être une semaine de vacances. Une sorte de rituel. »

Elle hoche la tête. Elle marche encore. Je ne l'interrompt pas, je la laisse parcourir son chemin. Soudain, elle se tourne vers moi d'un air grave.

« Déjà que cet enfant n'a pas de père et vu la réaction de ma mère… Il aura bien besoin d'une grand-mère. D'une fausse peut-être. Mais avec du vrai amour. »

41

Il est tard mais Marie a voulu prendre l'air. Elle est sortie de l'hôtel, a pris une direction au hasard et s'est retrouvée en face du cimetière. La chaîne en fer qui maintient le portail fermé est assez lâche pour permettre à qui le veut de se faufiler. Marie hésite quelques secondes, du moins pour la forme, elle qui n'a pas l'habitude de transgresser les règles, mais entre finalement. Elle marche sur les cailloux qui jonchent les allées en essayant de faire le moins de bruit possible. Après quelques mètres ses pieds s'arrêtent comme s'ils étaient parvenus au bout de leur chemin. Lentement, elle s'accroupit sur la tombe de Louise Mercier. Elle relit le nom gravé dans le marbre, elle le prononce plusieurs fois à voix haute et les lettres ne forment plus une identité mais des mots. Louise Mercier. Cela pourrait tout aussi bien être « brouette » ou « canalisation », cela ne changerait rien. Après tout, aucun des trois ne semblent être sa grand-mère.

C'est si simple. Si irrémédiable. Si troublant. Les croyances sont les constructions les plus fortes et les plus fragiles à la fois.

Elle retire quelques mauvaises herbes qui ont poussé entre la terre et le granit. Dans une conversation gênante, cela reviendrait à enrouler une mèche de cheveux autour d'un doigt ou à bien se ronger un ongle. Mais ce n'est pas une conversation. C'est un monologue silencieux.

Claire avait toujours eu une relation particulière avec sa grand-mère. Ce lien de parenté avait toujours été son préféré. Elle se souvient de leur parfaite entente, de leurs conversations à demi-mots, de leurs disputes aussi, propres à ceux qui ont des atomes trop crochus. Elles parlaient peu et pourtant elles se comprenaient mieux que personne. Claire était fière d'être la petite-fille de cette dame puissante et élégante qui menait sa vie seule, la tête haute. Secrètement, elle avait toujours espéré lui ressembler. Elle imitait ses intonations, usant du même vocabulaire, et allant jusqu'à forcer l'accent qui n'avait jamais été le sien.

Marie repense à cette poupée dans ce coffre à jouets. Cette poupée avec un prénom gravé sur le pied gauche. Sa grand-mère s'entendait-elle aussi bien avec elle qu'avec cette autre petite-fille ? Mais surtout, aurait-elle aussi fait des fouaces avec sa sœur ?

* *
*

24 février 1989

Je suis la meilleure élève de ma promotion. Je ne loupe aucun cours, je rends toujours mes devoirs en avance et j'ai obtenu les meilleures notes aux derniers examens. J'évite le contact avec mes professeurs, je ne participe pas beaucoup en classe mais il n'est pas rare que l'un d'eux me laisse quelques phrases sur une copie. Des félicitations.

Je suis invisible. Je suis une rumeur. Alors peut-être qu'avec ces mots ils vérifient que j'existe vraiment.

Parfois, pour les rassurer, je glisse une note dans leurs casiers. Un simple « merci pour votre appréciation » et je signe. Cette trace d'encre me donne l'impression de sortir de l'ombre.

Je me demande ce qui leur passe par la tête. Se posent-ils des questions ? S'imaginent-ils que je suis une grande timide ? Je n'aurais sans doute pas droit à cette attention si je ne brillais pas autant par mes notes. Il faut bien que ce sacrifice serve à quelque chose. Alors j'étudie, sans relâche.

L'autre jour, sur un devoir de sociologie politique, juste à côté de ma note il y avait ces trois mots au crayon de papier, légers mais accrochés par un point d'interrogation : « Comment ça va ? »

Ce n'était pas une simple question. C'était une inquiétude. Une question qui demande des détails, une question tout en nuances. Ce n'était pas « ça va » ou « ça ne va pas ». C'était une main tendue.

Le professeur de cette matière est un jeune homme d'à peine une trentaine d'années. Lorsqu'il parle, c'est toujours avec une voix calme et posée. Il marche entre les rangs, s'assoit sur son bureau, écrit au tableau de la main gauche, sa main droite enfoncée dans la poche de son pantalon. Quand on lui pose une question, il attend toujours quelques secondes pour répondre. Non pas pour réfléchir à ce qu'il va dire, mais plutôt pour être sûr de ne pas couper la parole. Il regarde les élèves dans les yeux et ce n'est pas gênant. Il a ce don de laisser les gens être eux-mêmes, et de toutes les qualités, c'est bien la plus grande.

« Ça va bien, merci. » J'ai glissé le mot dans son casier. J'ai continué à quitter les salles de classe rapidement, à ne pas faire de bruit et à avoir les meilleures notes.

Et puis un jour… Il y avait ce café pas loin de l'université. Parfois, je m'asseyais là-bas et j'ouvrais un livre en buvant un chocolat chaud. J'aimais bien regarder les gens, écouter leurs conversations. Je venais prendre le pouls du monde. Sentir que ce que je vivais n'était qu'une parenthèse, que bientôt je pourrais à nouveau faire partie de « tout ça ». La porte s'est ouverte, j'ai levé la tête et c'était lui, avec sa sacoche en cuir et son air présent. C'était exactement ça, il n'avait pas l'air absent, pas l'air tout court, il était là, présent. Il m'a vue tout de suite et il est venu s'asseoir à côté de moi, comme si nous avions rendez-vous. Comme si c'était ce qu'il était venu faire : me voir. Il a levé la main, a demandé un cappuccino puis s'est tourné vers moi. Il ne parlait pas mais je comprenais tout. J'ai secoué la tête. Non, je ne voulais rien.

Il a posé son dos contre la chaise et puis il m'a regardée. Le silence ne le gênait pas. La gêne elle-même n'aurait pas pu le gêner. Il a attendu que le serveur dépose sa tasse devant lui et puis il a avancé ses lèvres vers la mousse.

« Ça fait combien de temps ? »

J'avais envie de dire deux heures, deux heures que j'étais là, dans ce café. Que j'étais venue directement après la fin des cours. Que je venais presque tous les jours, depuis trois mois. J'avais envie de prétendre ne pas comprendre, de jouer sur le malentendu. Mais je n'ai rien fait de tout ça. À la place, je me suis contentée de baisser les yeux et j'ai dit la vérité.

« Sept mois."

Il a hoché la tête.

« Avril. Ça ne tombe pas très bien.

— Effectivement. »

Je ne sais pas ce que j'attendais. Je n'avais pas osé demander un report des examens par peur d'affronter la réalité. J'essayais de me convaincre que tout allait finir par s'arranger, que tôt ou tard tout rentrerait dans l'ordre. Alors que non. Évidemment. Tout allait finir, mais il n'y avait aucune raison pour que les choses s'arrangent. J'avais peut-être imaginé lever la main en plein examen pour demander la permission de me rendre à la maternité et revenir un peu plus tard pour terminer d'écrire une phrase en suspens.

« Qui est au courant ?

— Personne.

— Que comptes-tu faire ?

— Je ne sais pas. »

Il a passé sa main sur son menton.

« Tu ne peux pas laisser tomber cette année. Tu ne peux pas avoir fait tout ça et abandonner maintenant. Ce n'est pas ce que tu mérites. »

Je n'ai rien dit. J'ai pensé à cette phrase « ce n'est pas ce que tu mérites ». J'ai pensé à ma mère qui ne m'avait pas méritée non plus et j'ai eu froid dans le dos. Pour la première fois depuis le début de cette grossesse, je me suis aperçue que l'Espagne aurait été une terrible erreur. Que cette histoire, c'était mon histoire. Qu'il y avait du « une chance sur deux » et que je ne pouvais pas faire ça. Pas moi qui avais déjà saisi cette chance. J'ai passé ma main sur mon ventre. Et j'ai dit :

« Le plus important, c'est que cet enfant naisse.

— Bien sûr », a-t-il dit, légèrement troublé.

J'ai ajouté :

« C'est un accouchement sous X. »

Son air d'habitude si confiant a vacillé une nouvelle fois en l'espace d'une seconde.

« Si je dois tout recommencer, alors je recommencerai tout. Mais il y a des choses qui ne se recommencent pas. »

42

Marie est assise à la terrasse de chez Francis. Elle s'est servi un verre de vin blanc et elle attend que Juliette arrive. Elle regarde autour d'elle, ce décor auquel elle s'est finalement habituée. Elle ne le trouve plus si étrange. Au contraire, ce qu'elle voit lui est devenu familier. L'expression la fait sourire : comme si la famille était forcément un lieu connu et rassurant !

Juliette marche au loin. Elle porte une longue jupe plissée qui lui arrive aux chevilles et qui ondule à chacun de ses pas. Elle sourit comme elle sourit toujours et Marie pense alors que les êtres humains sont des zones géographiques. Sur certaines, il fait toujours beau.

Juliette tire une chaise, s'assied en face d'elle et lève son verre.

« À la nouvelle propriétaire de l'hôtel Gaïa ! »

Les verres s'entrechoquent et chacune boit une gorgée. Les choses sont allées vite. Les documents de sa nouvelle identité permettaient à Marie bien plus de choses qu'elle ne l'avait imaginé. Comme acheter un hôtel, par exemple. Les choses n'ont pas forcément besoin d'être vraies pour ouvrir sur une réalité. Elle pense à cette femme dans sa boutique à Saint-Ouen. Cette femme qui prend des risques pour permettre à d'autres d'être en sécurité. Elle a pour elle une tendresse infinie.

Au moment du dessert, Marie se lève pour aller aux toilettes et payer discrètement l'addition. À l'intérieur, elle pense à Laurence et à Sylvie, trente ans plus tôt. Elle imagine ce lieu qui ne devait pas être si différent, tant la décoration ressemble à ce qu'elle a toujours dû être. Le bar d'un petit village où tout le monde est déjà venu au moins une fois pour prendre un verre. Elle observe les cadres accrochés au mur dans lesquels sont figés des pêcheurs qui tiennent leur carpe à bout de bras, des joueurs de rugby alignés au bord d'un terrain, et des personnalités qui se serrent la main sans qu'elle sache les reconnaître. La fierté se lit sur tous les visages et elle devine que chacun de ces moments est gravé dans la mémoire de ces inconnus. Elle imagine tous les regards qui ont fait le même chemin que le sien avant elle, ces sauts de cadre en cadre, patinant les souvenirs d'une anecdote qu'ils n'ont pas vécue. Elle pense à toutes les versions d'une même histoire qui se racontent à chaque gorgée de bière.

Marie paie et s'apprête à sortir du bar l'esprit un peu ailleurs. Lorsqu'elle franchit le pas de la porte, elle remarque qu'un homme discute avec Juliette.

Il est de dos mais elle connaît ce dos pour l'avoir déjà vu de face. Elle se fige aussitôt. Antoine. Sa silhouette est une anomalie dans ce paysage. Comment peut-il être ici ? Comment a-t-il fait pour la retrouver ? Cachée dans l'embrasure de la porte, elle observe Juliette qui hausse les épaules et secoue la tête. Ses lèvres articulent un « non, désolée » et Antoine repart les mains dans les poches, en fixant ses pieds. Au bout de quelques mètres, il lève la tête et jette un regard vers Marie qui fait un pas sur le côté pour s'enfoncer dans l'ombre. Elle ne bouge plus, pétrifiée à l'idée qu'il puisse venir dans sa direction. Mais il ne le fait pas. Il reprend sa route.

Marie attend quelques minutes. Elle pioche dans son sac pour y prendre son téléphone et compose le numéro d'Héléna.

« Allô ?

— Héléna, c'est moi.

— Bon Dieu, Claire ! Je me faisais un sang d'encre ! Vous auriez pu me donner des nouvelles.

— Je vous ai envoyé une carte.

— Une carte ?

— Vous ne l'avez pas reçue ?

— Je n'ai pas reçu de courrier depuis des semaines. Je ne comprends pas ce qu'il se passe. »

L'esprit de Marie va vite. Elle connecte les informations entre elles et reprend.

« Antoine est ici. Je suppose qu'il s'est fié à l'affranchissement de mon courrier.

— Vous devriez déposer une main courante.
— Je ne préfère pas.
— Ce serait plus sûr…
— Je me fais appeler Marie à présent. Marie Gauthier. Claire n'existe plus. Ma vie d'avant n'existe plus. »

Elle entend la respiration de la vieille femme de l'autre côté du combiné.

« Ce n'est pas à vous de vous imposer cela, répond-elle timidement.
— Vous garderez le secret ?
— Bien sûr. Bien sûr… Marie.
— Je vous rappelle bientôt. Merci Héléna. »

Elle raccroche et attrape une paire de lunettes qu'elle garde toujours au fond de son sac. Elle les dépose sur son nez et jette un rapide coup d'œil à son reflet dans la vitre. À moins d'être en face d'elle, Antoine ne pourrait pas la reconnaître. Elle pioche tout de même une nouvelle fois dans son sac et en sort un échantillon de parfum pour se pulvériser d'une odeur qui n'est pas la sienne. Puis elle passe la main dans ses cheveux courts pour se donner du courage et sort, tête baissée, rejoindre Juliette.

43

« Tu discutais avec quelqu'un ?

— Oh, un homme. Il cherche une certaine Claire Perrin qui a visiblement à peu près notre âge. C'est étrange, non ? Quand on y pense. De chercher quelqu'un. »

Marie tente de sourire. Oui c'est vrai, c'est étrange.

Elle sort une cigarette qu'elle allume avec lenteur, tout en jetant quelques coups d'œil autour d'elle. Ce soir, Marie fume pour ne pas se ressembler. Pourtant, c'est du mimétisme. La cigarette, c'était sa mère. Et la petite fille qui sentait le tabac froid, c'était elle. Est-il possible de se libérer de ses gènes ? Est-il possible de ne ressembler à personne d'autre qu'à soi-même ? Elle n'a pas la réponse.

Ce qu'elle sait, en revanche, c'est que toute sa vie elle a considéré qu'un simple accent circonflexe ne suffit pas à dissimuler deux homonymes. Ces gènes ont toujours été une gêne. Elle a assisté, impuissante, à la reproduction de ce qui lui semble inévitable. À commencer par son nez, qu'elle a toujours trouvé identique à celui de sa mère. Ce nez qui grandissait sans la prévenir de ses projets. Quand allait-il s'arrêter ? Elle avait lu quelque part que le nez grandissait toute la vie, millimètre par millimètre, année après année. En cinquante ans, il prenait un centimètre. Une histoire de gravité. Une histoire d'inéluctable. Encore. Ce jour-là, le jour où elle avait appris cela, elle avait posé du Scotch à son extrémité. Quand sa mère lui avait demandé des explications, elle avait dit la vérité. « Je retiens mon nez pour qu'il ne grandisse pas comme le tien. » Sa mère avait souri d'un sourire triste. Elle s'en était voulu aussitôt d'avoir provoqué sur son visage cette expression qu'elle n'avait pas vu depuis des années. Mais cette peur de lui ressembler, c'était plus fort qu'elle. Qui accepterait de se reconnaître dans la tristesse ?

Il y avait le nez mais il y avait aussi tout le reste. Ces détails qu'elle remarquait. Ces répétitions, ces échos. Elle ne voyait que quelques ressemblances parmi la multitude des différences. Ce qu'elle voyait surtout, aujourd'hui plus que jamais, c'est que, tout comme sa mère, elle avait été incapable de choisir un homme bien.

Elle écrase sa cigarette et lève la tête vers Juliette.

« Ça te dit qu'on aille à la rivière ? »

44

Juliette ne pose pas de question. Elle est assise à l'avant de la Peugeot 309 et sa main danse dans le vent par la vitre ouverte. Elle ne sait pas exactement ce que veut dire « la rivière » mais elle suit Marie, ravie de découvrir un endroit dans cette région qu'elle connaît par cœur.

Sur le petit chemin qui mène au bord de l'eau, Juliette glisse sur un tas de feuilles et sa chute déclenche une explosion de rire. La jeune femme rit, elle rit à s'en couper le souffle, des larmes coulent sur ses joues et elle emporte avec elle Marie, qui ne peut que rire. Elle ne peut que rire.

Elles s'assoient au bord de l'eau avec cette impression d'avoir parcouru des kilomètres. Essoufflées de bonheur.

« Je ne suis jamais venue ici. Il m'est arrivé de jouer avec mon frère et mon cousin sur ce cours d'eau. Mais pas là. C'était un peu plus haut, près du moulin. »

Elle se tait quelques secondes avant de reprendre.

« C'est drôle, quand on y pense : ce ruisseau à nos pieds, c'est comme une vie qui passe devant nous. On peut faire sa connaissance à sa naissance ou bien plus tard. Et plus tard, ce sera avec tout ce que l'eau aura emporté sur son passage. »

Cette fois, un silence s'installe. Marie se couche et regarde les étoiles à travers les arbres.

« Comment as-tu découvert cet endroit ?

— Ma mère venait ici quand elle était adolescente.

— Ta mère était d'ici ?

— C'est une longue histoire.

— J'adore les histoires. »

* *
*

Février 1989

Pierre est revenu dans ce même café une semaine plus tard. J'étais assise à la même table. Il est entré, il a levé la main, « un cappuccino s'il vous plaît », et puis, sans ralentir le pas, il s'est assis en face de moi.

« C'est bon. Si tu rates un partiel, deux partiels, trois partiels… tous les partiels. Peu importe. Tu pourras les rattraper en septembre.

— C'est vrai ?

— Oui.

— Pourquoi faites-vous ça ?

— Je ne fais rien. Tu es intelligente et tu as travaillé dur. Le reste ne compte pas. Le reste ne regarde personne. »

Un silence s'est installé. Il a plongé ses lèvres dans sa tasse et j'ai continué à le fixer.

« Est-ce que le géniteur de cet enfant va louper des examens ? »

J'ai secoué la tête de droite à gauche.

« Voilà. Je ne te donne pas plus de droits qu'à un autre. On récupère juste ce qui t'a été enlevé. »

Il n'a posé aucune question. Il a bu son café, m'a demandé ce que je pensais de mon dernier devoir, et puis on a discuté de tout et de rien. Quand il a reposé sa tasse vide, il s'est levé en disant qu'il devait y aller, puis il est parti.

* *
*

1er mars 1989

Je ne vais plus en cours. Il est devenu difficile de prétendre qu'il ne se passe rien de particulier dans ma vie. Mon ventre a beau ne pas être proéminent, il n'en reste pas moins un ventre de femme enceinte de sept mois. Les habits larges ne suffisent plus.

J'ai laissé un message dans le casier de Pierre. Je lui ai expliqué la situation, mon souhait de ne pas prendre le risque d'être suivie toute ma vie par le regard des autres. Les sacrifices que j'étais prête à faire pour préserver ce secret.

J'ai emprunté une pile de livres à la bibliothèque et je suis partie sans me retourner. Le matin, je m'installe dans le café où j'ai l'habitude de me rendre. Je porte la paire de lunettes que Sylvie m'a donnée et je ne parle à personne. Ce café, c'est le seul risque que je m'autorise. Si je m'enferme chez moi et que je ne vois plus personne, je deviens folle. Le tenancier ne pose pas de questions. Au début on parlait, maintenant il me dépose mon chocolat chaud avant même que j'aie à le lui demander. C'est un grand timide, un peu maladroit, un peu bourru. Il hausse beaucoup les épaules. Il regarde le petit écran dans un coin de la salle et c'est toujours des reportages animaliers. Mais sans le son. Il pose un torchon à droite de sa tête et appuie son menton dans le creux de sa main. Et puis il regarde les lions, les zèbres, les fennecs courir, manger, dormir. Parfois il sourit, et chaque fois c'est sans raison particulière. Il sourit et ça n'a sans doute rien à voir avec ce qu'il se passe à l'écran.

Hier, j'étais sur le point de ramasser mes affaires quand je l'ai vu entrer avec sa mallette en cuir et sa veste en jean. Il était sur le pas de la porte avec cette expression indéchiffrable, celle qui semble demander une permission. Il a articulé : « Tu as faim ? » Je n'ai pas eu le temps de répondre qu'il levait la main pour commander : « Deux croque-monsieur. » Il est venu s'asseoir à côté de moi et il a sorti des feuilles de sa sacoche.

« Ça, ce sont les cours d'économie jusqu'à la fin de l'année. Et là, ceux d'institutions politiques. Ah je vois que tu as pris les livres qu'il fallait. C'est bien. Comment tu te sens ?

— Je vais bien.

— Si tu as besoin de quoi que ce soit…

— De quoi parlait le cours aujourd'hui ? »

Il se redresse, avance ses coudes sur la table, une flamme vient de s'allumer au fond de ses yeux. Pour ce cours, il n'a pas besoin de support. Il déballe ses connaissances, il y a quelques digressions mais c'est parfaitement organisé. Je note quelques phrases, pose des questions, fais une remarque. Il est ravi de me l'entendre dire. Il s'agite, il n'est pas d'accord, il adore ne pas être d'accord. Il lève la main, commande deux citronnades sans me demander mon avis. Il reprend là où il en était. Le temps passe, il regarde sa montre. Déjà ! il s'exclame. Il a un autre cours, il est en retard. Il remballe sa mallette, enfile sa veste. À jeudi ? Il pose sa main sur la mienne, la retire aussitôt et puis il s'en va.

45

Juliette jette quelques cailloux dans la rivière.

« Tu penses qu'elle pourrait ne pas être ta vraie mère ? Vous ne vous ressemblez pas ? »

Marie ne répond pas. Elle songe à toutes les fois où elle a vu dans les défauts de sa mère le reflet de sa propre personnalité. Quand elle s'énervait contre Sylvie, c'était contre elle-même qu'elle s'agaçait. C'était à elle-même qu'elle en voulait de ne pas écrire ce roman, de s'effacer auprès d'Antoine, de subir cette vie qu'elle trouvait minable. Elle ne combattait pas sa mère, elle combattait lâchement ses propres peurs.

En réalité, le moindre point commun est le fruit d'une décision. Rien n'est écrit. Il est possible d'inventer sa propre histoire. Elle repense à cette phrase de Simone de Beauvoir qu'elle a lue des années auparavant. « La fatalité triomphe dès lors que l'on croit en elle. » Marie n'y croit plus, elle n'a plus de raison d'y croire.

Ici, à Marelle, elle a l'impression de se perdre au moins autant qu'elle se trouve. Elle est à la fois triste et heureuse. C'est comme si tous les sentiments contraires avaient une fine frontière entre eux, une fine frontière sur laquelle il était possible de ressentir l'un et puis l'autre.

« Je ne sais pas. Ce que je sais, c'est qu'aujourd'hui, je me sens bien. »

Juliette l'observe une seconde puis détourne le regard pour jeter des cailloux dans le ruisseau.

« De toute façon, nous ne sommes pas les enfants de nos parents. Nous sommes les enfants des circonstances. »

46

Marie attend que Juliette monte dans la voiture pour démarrer. Elle pose ses doigts sur la clé froide mais, au moment de la tourner, elle s'arrête.

« Tu sais, l'homme qui est venu te parler tout à l'heure à la terrasse de chez Francis ?

— Celui qui cherchait une Claire ? »

Marie hoche la tête.

« Oui, je me souviens.

— Si tu le croises à nouveau, tu peux lui dire qu'elle est partie vivre ailleurs ? À Nantes, à Dijon ou à Marseille ? Peu importe. Si tu veux, tu peux même inventer. »

* *
*

Mars 1989

Je viens d'arriver à la maternité pour le dernier rendez-vous de contrôle. La prochaine fois que je franchirai cette porte, ce sera pour accoucher. J'ai l'habitude maintenant, je connais bien cet endroit. Les soignants savent qui je suis et m'appellent par mon prénom : Sylvie.

Aux yeux de tous, je suis la jeune fille qui accouche seule.

Corinne, la sage-femme qui s'occupe de moi depuis le début, est là. Elle écoute le cœur du bébé, prend ma tension, mesure la taille de mon utérus. Quand elle a fini, elle me sourit : « Tout va bien. C'est l'avantage d'avoir un bébé quand on est très jeune. » Elle dit ça sans trop réfléchir mais elle se mord légèrement la lèvre en se demandant si elle n'aurait pas mieux fait de se taire.

Je leur ai dit que quand je reviendrai, je serai accompagnée de ma sœur : Laurence. Elles sont rassurées, me disent que c'est une étape difficile, une guerre que les femmes mènent seules mais qu'il est toujours préférable de vivre à deux.

Quand j'arrive chez moi, j'allume la radio et me couche sur le lit. Je regarde le plafond et j'écoute Véronique Sanson chanter qu'elle n'a besoin de personne. Je ferme les yeux et je laisse les paroles se déposer sur mon histoire. À chaque couplet, je répète cette phrase : « Besoin de personne », et c'est la première fois que j'ai la sensation que mes choix sont ma force. Je n'ai besoin de personne et c'est loin d'être une plainte. Au contraire, c'est une revendication.

* *
*

Mars 1989

Je suis assise à ma place habituelle, au fond du café. J'ai pris quelques cours avec moi que je feuillette machinalement, sans prendre la peine de les regarder. Je n'en ai pas envie. Pas aujourd'hui. Je me sens bien. Le bébé bouge dans mon ventre et cette sensation berce mon cœur. Un rayon de soleil parcourt la salle pour arriver jusqu'à ma table. Je ferme les yeux et prends une grande inspiration. Quand je les rouvre, il est là devant moi. Il sourit.

« Ça va ? Tu veux boire quelque chose ? »

Avant que je puisse répondre, il lève la main pour commander et s'assied en face de moi. Les clients discutent autour de nous dans un bruit de fond rassurant, vivant. La vie n'est pas seulement en moi, elle est aussi autour et cette idée m'apaise. Pierre sort quelques bouquins qu'il pose sur la table, il m'explique que celui-ci est génial, qu'il aborde les thèmes qui tomberont forcément aux partiels. Il s'arrête, hausse les épaules, dit que je suis une fille intelligente et qu'il ne m'apprend rien. Il me parle d'une théorie économique. Il dit « c'est comme dans ce film tu sais », et je secoue la tête. Non, je ne l'ai pas vu. Il ouvre de grands yeux ronds. « Comment ça, tu ne l'as pas vu ? Il faut que tu le voies ! La vie, ce n'est pas que la vie, c'est la fiction aussi. » Il rit, il sait qu'il est théâtral. Il me dit qu'il aime bien quand les gens se prennent au sérieux. Que c'est touchant ce rôle qu'ils se donnent. Qu'au moins ils ont un rôle et que c'est le plus important. Que ceux qu'il préfère, ce sont ceux qui rangent leurs affaires. Je ris, je ne vois pas le rapport, il dit que lui non plus mais qu'il fallait que je le sache. Les gens qui rangent leurs affaires comme si une place appartenait à chaque objet sont ses préférés. Et puis ceux qui taillent leurs crayons aussi, et ceux qui époussettent. Il répète « époussette », il dit qu'il pense à sa grand-mère, que ce mot c'est elle et ses patins qu'elle utilisait pour glisser sur le sol carrelé, un plumeau dans la main droite. « On n'époussette plus de nos jours », dit-il. Pourtant il y a toujours de la poussière. Cela prouve bien qu'il y a les vrais besoins et puis le reste. Que le temps vient toujours à bout du superflu. Sa grand-mère disait : « Il faut remettre l'église au milieu du village » ; il ne voyait pas très bien ce qu'elle voulait dire mais, de manière générale, il fallait bien admettre que c'était là qu'elle était. Il dit qu'elle est là mais qu'elle pourrait tout aussi bien être ailleurs. Que certaines choses se respectent et d'autres sont faites pour être transgressées. Enfin, ce n'est pas vraiment ça, mais comment faire ? Comment faire, hein ? Quand les choses qui paraissent superflues ne disparaissent pas avec le temps ? Comment faire quand on ne réussit pas à remettre l'église au centre du village ? Il s'arrête. Il me regarde. Je baisse les yeux sur mon cahier. Il se lève, passe sa main devant sa bouche, il semble être sur le point de dire quelque chose mais, à la place, il attrape son manteau et s'en va.

47

« Je l'ai recroisé. »

Marie se fige. Elle repose la housse de couette qu'elle était sur le point de plier et se tourne vers Juliette, appuyée contre l'embrasure de la porte.

« Il prenait un petit-déjeuner en terrasse chez Francis. Il a dormi à l'auberge du village d'à côté. »

Elle ne sait pas quoi répondre. Elle se sent tout à coup traquée comme un animal. Il ne suffit pas de fuir, il ne suffit pas de changer de physique ni d'identité. Rien n'est suffisant. Certaines personnes font de l'amour un droit de propriété. Elle pense amour mais elle sait qu'il ne s'agit pas de ça. Elle connaît Antoine. C'est de l'ego. De la fierté. Il est venu, habité par ce sentiment de possession, chercher ce qu'il a perdu comme on réclame un trousseau de clés au bureau des objets trouvés. Marie ne peut s'empêcher de penser que si elle n'avait pas commencé les travaux pour l'aménagement des combles, si elle n'avait pas pris la décision de fermer l'hôtel durant une semaine, il aurait pris une chambre ici et elle se serait sans doute retrouvée nez à nez avec lui. Décidément, la vie ne tient qu'à un fil. Juliette s'avance et reprend :

« Je lui ai dit que j'étais contente de le revoir, que justement je le cherchais. Que maintenant qu'il le disait, une Claire était passée par ici, deux semaines plus tôt. Il m'a dit : “Longs cheveux blonds ?” et j'ai dit oui. J'ai dit : “Elle est venue en coup de vent, elle n'est pas restée longtemps, elle voulait juste récupérer un objet qui avait appartenu à sa mère.” Il a dit: “Oui c'est ça. C'est sûrement ça.”

— Et que lui as-tu répondu ?

— Je lui ai dit que tu étais partie vivre à Marseille. »

48

Antoine avait toujours été un garçon populaire. Il était beau et rien que cela, c'était déjà la moitié du chemin. La beauté est la plus grande injustice au monde et c'est pour cette raison qu'elle fascine tant. Personne n'y peut rien. Claire avait parfois imaginé qu'une puissance supérieure triait la population à naître en pointant du doigt : beau, pas beau, beau, beau, pas beau. Antoine avait eu un doigt pointé sur lui avec insistance.

Antoine était beau, alors forcément, on le regardait. Mais pas Claire. Claire ne l'avait pas regardé et c'est sans doute ce qui l'avait attiré, lorsqu'ils s'étaient rencontrés pour la première fois, Antoine se rappelait parfaitement cette soirée au cours de laquelle ils s'étaient croisés, des années et des années plus tôt. Alors que Claire, elle, n'en avait pas le moindre souvenir. Il avait été blessé dans son ego de jeune homme à qui tout le monde dit oui et Claire était devenue un défi personnel. Car personne ne résistait à Antoine.

Claire et Antoine avaient commencé à se croiser de plus en plus souvent sans qu'elle trouve cela étrange. Après tout, il lui avait confié qu'il habitait dans le même quartier qu'elle. Et puis il l'avait invitée à prendre un verre un jour où il faisait beau et Claire avait dit oui parce qu'elle n'avait pas su comment dire non. C'est comme ça que commencent certaines histoires. Par des mots qui ne sortent pas.

Ils s'étaient retrouvés en terrasse sous un soleil radieux avec ce serveur sympa et leurs points communs extrêmement nombreux. Marie s'était souvent demandé si les choses auraient pu se passer autrement. Mais surtout, si cela aurait été différent avec une autre fille.

Car c'était sans nul doute cette indécision permanente qui rendait fou Antoine. Cette femme si libre, si imprévisible qui lui échappait à chaque seconde et semblait ne jamais l'aimer assez. Aujourd'hui encore, Marie se posait la question. L'avait-elle vraiment aimé ou avait-elle été trop occupée à le rassurer sur ses sentiments ? Surtout, existe-t-il des réponses à toutes les questions ?

Marie pose son verre et lève la tête vers le ciel. Juliette la regarde sans rien dire. Elle l'écoute en silence pour être sûre de ne pas l'interrompre. Elle voudrait comprendre les mécanismes de cette aliénation intime pourtant si universelle. Elle a envie de lui demander si, avant lui, d'autres hommes ont tenté de prendre possession d'elle, mais elle ne le fait pas. De toute façon, elle connaît la réponse.

Il y a différentes intensités, c'est certain. Mais cette expérience marginalisée, d'une certaine manière, c'est celle de toutes les femmes.

* *
*

Mars 1989

Depuis plusieurs jours, il ne vient plus. Chaque fois que la porte du bar s'ouvre, je lève la tête dans l'espoir de le voir apparaître mais ce n'est jamais lui. Je m'en veux de ressentir cela. Je m'en veux de cette déception qui m'essouffle à chaque battement de porte et m'empêche de me concentrer.

Je lis mes cours mais c'est toujours la même phrase. La même phrase en boucle, entre deux clients qui pénètrent dans le café. La même phrase que je parcours en comprenant tous les mots mais sans en saisir le sens. Au bout de plusieurs minutes infructueuses, je décide de ranger mes affaires et de quitter le café. Dehors, le ciel s'est assombri et une fine pluie commence à tomber. J'enroule mon foulard au-dessus de mes cheveux et je m'apprête à partir quand quelque chose m'attire de l'autre côté de la rue. Je tourne la tête et il est là, en face de moi. Immobile. Les deux mains dans les poches, la posture de celui qui hésite. Lui, d'habitude si sûr de lui. Depuis combien de temps est-il là ? Je m'avance, je le regarde, ses yeux couleur de pluie, sa bouche silencieuse et son air de déluge.

« Je te raccompagne. »

Il retire sa veste qu'il place au-dessus de mes épaules et avance. Il ne dit rien de tout le trajet, ne pose aucune question. Il marche sur un fil, un fil tendu au-dessus d'un précipice. Quand on arrive devant chez moi, il plonge sa main dans une poche pour en sortir un carnet. Il arrache une page et note rapidement quelque chose.

« Mon numéro. Appelle-moi. À n'importe quelle heure. Surtout à n'importe quelle heure. »

Je tends la main et attrape le bout de papier qu'il ne lâche pas. Il me fixe, l'air grave, il attend que je dise quelque chose.

« Entendu.

— Bien. Prends soin de toi. »

Il semble hésiter, encore, mais finit par tourner les talons et disparaître.

49

« Tu n'as pas envie de la revoir ? »

Juliette est étendue au bord de la rivière, les yeux fermés et le corps alangui. Sa main caresse les herbes hautes d'un mouvement lent et régulier. Il fait une chaleur étouffante pour un mois d'avril. Alors chaque midi, les deux femmes se réfugient ici pour déjeuner. Marie ne répond pas. Elle regarde ses pieds changer de forme et prendre cette teinte pâle à mesure que l'eau glisse autour de ses mollets. Comme s'ils n'appartenaient pas au reste du corps.

« Juste la retrouver. Savoir qui elle est. Ce qu'elle fait dans la vie. Vérifier.

— Je ne sais pas.

— Je peux le faire si tu veux. J'ai toujours été forte pour mener des enquêtes. Par exemple, au Cluedo, eh bien, je gagne tout le temps. »

Juliette se met à rire et son corps tressaute doucement sur le sol. Soudain, elle se relève et remet son foulard dans ses cheveux.

« Qu'est-ce que tu en dis ? Tu me donnes l'autorisation ? »

Du bout des doigts, Marie fait tomber quelques gouttes sur ses avant-bras pour se rafraîchir. Elle est concentrée sur ce geste et sur ces gouttes qu'elle laisse tomber comme s'il s'agissait des grains de sable à l'intérieur d'un sablier. Des secondes supplémentaires pour bien formuler sa réponse, et surtout, pour gérer ses émotions. Mais malgré tous ses efforts, elle ne parvient pas à maîtriser sa voix qui tremble lorsqu'elle parle enfin :

« Je veux bien qu'on la retrouve, mais Juliette, dis-moi… pourquoi, elle, ne m'a-t-elle toujours pas retrouvée ? »

50

Les mains sur les hanches, Marie reprend son souffle. Elle considère le travail qu'elle vient d'accomplir, ce rectangle de terre retournée qui se trouve juste devant elle. La veille, elle est venue rendre visite à Danielle et, au détour d'une conversation, elle lui a expliqué que là, au fond du jardin, des années plus tôt, se trouvait un potager entretenu par sa grand-mère. Un potager à la terre fertile qui leur avait fourni fruits et légumes en abondance à chacun des étés qu'elle avait passés ici.

« Les meilleures tomates que j'aie jamais mangées », a-t-elle précisé.

Il n'a fallu qu'une seconde à Danielle pour lui proposer d'utiliser son jardin comme elle le souhaitait.

« Tant que tu me laisses de la place pour ma chaise longue… »

Marie a aimé l'idée : travailler la terre, cultiver un jardin et replonger dans ses souvenirs. Rien ne sent plus l'enfance que l'odeur de l'herbe coupée.

Après tout, elle était venue ici pour cela. L'odeur de l'herbe coupée et de la citronnelle.

D'un geste de la tête, la vieille femme lui a indiqué la cave dans laquelle se trouvaient les outils qui lui permettraient de commencer à jardiner. Une pioche, une truelle, un râteau, dispersés au milieu de plusieurs seaux et d'une brouette qui avaient dû appartenir à Louise. Marie est revenue dès le lendemain pour se mettre au travail le plus tôt possible, car dans ses souvenirs le printemps est la période idéale pour entreprendre des plantations. Elle s'est surprise à vérifier la date du jour, n'étant plus vraiment sûre de savoir de quel mois de l'année il s'agissait en fin de compte. Il lui semblait qu'elle était ici depuis toujours, que sa vie d'avant était aussi lointaine qu'un souvenir d'enfance. C'était elle mais ce n'était pas elle. C'était une version d'elle qui, de plus en plus, lui échappait.

Quand la pioche frappe la terre pour la première fois, elle en vient même à se demander qui elle est, et qui sont les gens, de manière générale. Est-il possible d'être soi-même autrement que dans une vie solitaire ? Elle pense à sa mère, qui tout au long de son existence a paru tiraillée entre deux personnalités. L'excentrique et la fanée. Elle pense surtout à elle-même, à son effacement au sein de son propre couple. Au modelage des personnalités lorsqu'on s'use chaque jour au contact d'un même individu. Marie avait accepté d'être une autre personne pour éviter les reproches et les disputes incessantes. Elle s'était reniée par souci de tranquillité. Elle aussi, elle s'était fanée.

Elle regarde ce rectangle de terre retournée en ayant la sensation de multiplier les pages blanches. Autour d'elle, tout recommence à zéro. Mais la terre, c'est plus que ça encore. La terre, c'est une mère, c'est là que les choses repoussent, même quand tout a été dévasté. La terre c'est la puissance oubliée des femmes. Même celles qui ont été fanées.

Une porte claque et Danielle s'avance d'un pas chancelant pour venir se poster à ses côtés. Elle pousse alors un sifflement bruyant, un de ceux que l'on entend seulement autour d'un terrain de foot.

« Eh ben, dit-elle en plongeant ses yeux dans ceux de Marie, c'est étonnant cette force que vous avez ! »

* *
*

Mars 1989

Le terme n'est pas prévu avant trois semaines et je me sens bien. Les capacités du corps sont étonnantes et chaque jour je m'émerveille de ce ventre qui s'arrondit en toute discrétion. Parfois, j'ai le sentiment de faire équipe avec ce bébé : on affronte ensemble les difficultés de la vie et on en ressortira plus forts.

Pour Sylvie, la situation est plus complexe. Il lui est difficile de trouver une place, n'importe laquelle, mais une place qui pourrait simplement devenir la sienne. Elle est tiraillée entre l'envie d'être présente et le respect des derniers moments entre une génitrice et son enfant. La situation l'affecte mais je prétends ne pas le remarquer. Et parfois ça fonctionne.

Nos relations se refroidissent, mais comment peut-il en être autrement ? J'essaie de me souvenir de l'injustice au creux de son ventre et je me convaincs alors que c'était ce qu'il fallait faire. Que cet enfant n'est rien pour moi alors qu'il est tout pour elle. Et parfois ça fonctionne.

Parfois.

Ma mère m'avait prévenue, bien sûr. Elle savait ce qu'il allait se passer, que tout ça était écrit d'avance. Elle savait que la nature est une organisation bien rodée et que l'humain ne peut pas lutter contre elle car il y a des règles. Ses règles. Ma mère savait, mais le savoir ne peut rien face à la détermination des ignorants.

Sylvie a dû partir pour Paris afin de finaliser son inscription à l'École des beaux-arts. L'argent qu'elle a mis de côté depuis des mois lui permet d'envisager, peut-être, la possibilité de tout mener de front la première année. Les études et la maternité. Ensuite, elle avisera.

Au moment de claquer la porte, elle m'a regardée et j'ai vu dans ses yeux la peur de me laisser seule. La peur de laisser son bébé, et peut-être d'autres peurs qu'elle préférait taire.

Si j'accouchais ? Je lui ai promis que cela n'arriverait pas, que je ferais le poirier si c'était nécessaire et elle a fait semblant de rire mais le cœur n'y était pas. Cela fait des semaines que le cœur n'y est plus.

Dès qu'elle a eu franchi le seuil de la porte, j'ai eu l'impression de revivre. Depuis des mois, dans un glissement subtil, mon corps avait cessé de m'appartenir. Ce n'était plus qu'une enveloppe publique que je mettais à disposition de Sylvie pour lui permettre de tisser un lien avec son enfant.

Petit à petit, je disparaissais, mais une fois Sylvie partie, j'étais réapparue.

La nuit de son départ, j'ai senti une sensation étrange. Mon ventre se tendait dans une sorte de crampe d'abord indolore, puis de plus en plus désagréable. Cela a duré une heure, et la douleur est partie comme elle était venue. Le lendemain, au réveil, je me disais que j'avais sûrement exagéré. Mais le soir, à la même heure, comme au rythme d'une horloge parfaitement réglée, les crampes ont repris. Plus intenses, plus régulières. J'avais beau me convaincre que ce n'était pas en train d'arriver, je devais me rendre à l'évidence : le travail commençait.

Dans notre plan, celui qui était censé se dérouler à la perfection, Sylvie aurait dû être là. Tout comme ma mère qui avait posé des jours de congé deux semaines avant la date de l'accouchement. Entre deux contractions, je n'arrivais pas à croire à notre naïveté. Comment avions-nous pu penser une seule seconde que les choses pouvaient se passer comme prévu ? Nous qui étions pourtant l'exemple même des hypothèses irréalisables !

Plus les minutes passaient, plus la douleur me plongeait dans un état de détresse que je n'avais pas imaginé. Comment allais-je faire pour affronter cela toute seule ? C'est à ce moment-là que j'ai pensé à Pierre, à son numéro de téléphone sur un bout de papier qui se trouvait dans le tiroir de ma table de chevet. J'ai composé les huit chiffres d'un doigt fébrile, recommençant à plusieurs reprises, et à la seconde sonnerie il a décroché.

« Pierre, c'est Laurence. Je crois que je suis sur le point d'accoucher. »

Vingt minutes plus tard, l'interphone sonnait et il était là, devant moi. Pierre était si différent sans sa sacoche et sans sa veste, dans ce décor dans lequel il n'aurait jamais dû apparaître. Il tentait d'arborer son air confiant, mais l'inquiétude se lisait sur son visage. Peu importait, il était là. Un sentiment de gratitude immense m'envahit alors, mais au même moment une contraction d'une violence inouïe me terrassa.

« Il faut y aller, dit-il en m'aidant à me relever. Tout de suite. »

Le trajet vers l'hôpital m'a paru interminable. La douleur était si intense que je ne pouvais plus parler. J'avais envie de hurler mais la présence de Pierre empêchait un total laisser-aller. J'avais l'impression de devenir folle, mais une folle bien élevée dans un monde où l'animal sauvage tapi au fond de nous se tait toujours. Pierre conduisait les deux mains sur le volant, avec cet air concentré qui ne le quittait plus. De temps en temps, il jetait un regard inquiet dans ma direction mais ne disait rien.

Quand nous fûmes arrivés à l'accueil des urgences maternité, un éclair de lucidité me frappa en même temps qu'une contraction déchirait le bas de mon dos. Pierre n'était au courant de rien. Il n'était pas simplement question d'un accouchement sous X comme j'avais pu lui expliquer. Il y avait aussi les mensonges, une fausse identité et un bébé que l'on donne. Sa présence impliquait que je l'entraîne avec moi dans cette histoire. Je me tournai vers lui, paniquée, mais au même moment Corinne arriva et me reconnut.

« Sylvie ! Oh, vous êtes un peu en avance, on dirait, dit-elle avec légèreté. Ne vous inquiétez pas, tout va bien se passer. Vous êtes… ? »

Pierre me jeta un regard perdu, mais au même moment une contraction me brisa en deux. Il attrapa ma main et dans un geste d'impuissance, il la porta à sa joue.

« Le papa est revenu, reprit-elle d'un air entendu. Vous savez, c'est fréquent. L'idée que quelque part, son enfant naisse, sans que l'on y assiste... c'est assez vertigineux tout de même. Allez suivez-moi. On va regarder où vous en êtes. »

À partir de ce moment tout est devenu flou, mais Corinne était contente de mon avancée. Elle disait : « Je reviens tout de suite » ; sans doute revenait-elle vite dans un monde sans contractions, mais dans le mien, vraiment, c'était un siècle plus tard. Pierre devait se demander ce qu'il fichait là, mais il ne disait rien. Il me prenait la main quand il ne savait plus ce qu'il devait faire, et assez vite il trouva plus simple de ne plus la lâcher. Et puis ce fut le moment. Une équipe est entrée dans la salle tel un cortège parfaitement entraîné. Pierre s'est levé mais j'ai dit : « Reste » ; alors il s'est rassis. Il a fallu tourner le bébé qui regardait vers le ciel plutôt que vers la terre et son cœur a ralenti. Le mien, lui, s'est arrêté. Pierre a dit : « Ça va, tout va bien, ça arrive, regarde c'est bon il repart. » Le cœur a repris sa cadence folle des 140 pulsations par minute, mais le mien était toujours à l'arrêt.

« Sylvie, quand je vous le dirai, il faudra pousser. »

Mon cerveau ne fonctionnait plus alors j'ai cessé de l'utiliser. Dans un élan de solidarité, mes oreilles ont fait la même chose. J'étais dans une bulle et rien, rien autour de moi ne comptait plus. Peu importait ce que l'on me disait, mon corps prenait ses propres décisions. J'accouchais. Seule.

Corinne a alors fait un pas en arrière comme lorsqu'un appareil ménager s'enclenche alors que l'on n'a touché à rien. Elle a d'abord tenté quelques indications, de loin, avant de se taire et de me laisser faire.

Je sentais tout, chaque millimètre de mon corps vivait chaque seconde de mon existence. C'était donc ça, le présent. La naissance d'un enfant.

Après quelques minutes, Corinne s'est avancée les bras tendus et ses mains ont délicatement attrapé la tête du bébé. Il y eut un cri à la fois rauque et puissant et une boule chaude est venue se poser sur mon torse.

« Sylvie ! C'est une petite fille. Elle est magnifique ! »

Je l'ai regardée et ses yeux, ses yeux d'un bleu profond se sont réfugiés dans les miens.

« Alors ? Comment allez-vous appeler cette merveille ?

— Je… Marie. Elle s'appelle Marie. »

Je m'étais toujours interdit de penser au prénom. Le prénom, c'est une identité, un caractère, une présentation. Le début d'une histoire. On nomme seulement les choses qui existent et j'aurais voulu oublier que tout cela était vrai. Mais que pouvais-je faire d'autre ? Alors, dans l'élan d'un interdit que l'on s'autorise, j'ai dit la première chose qui m'est venue. Marie. Marie, c'est aimer dans le désordre. Et dans le chaos qu'était ma vie, il fallait beaucoup aimer pour faire ce que je m'apprêtais à faire.

51

Le soir dans sa chambre Marie écrit. Elle note. Des souvenirs. Des idées. Des sentiments. Elle romance, elle arrange, elle invente. Elle prend et elle jette. Elle ne sait pas exactement ce qu'elle écrit, elle laisse son stylo prendre des directions qu'elle n'avait pas imaginées. Elle se plonge dans le passé, même celui qu'elle n'est pas sûre d'avoir vécu.

Tout à l'heure dans la salle de bains, elle s'est souvenue d'une scène où, adolescente, elle regardait son front qu'elle trouvait trop large, son nez trop long et ses lèvres trop fines. Sa mère l'observait en silence, accoudée à l'encadrement de la porte.

« La beauté est un subtil dosage, lui avait-elle dit. Il faut être assez belle pour se faire remarquer mais pas suffisamment pour que le désir ne reste qu'un sentiment de surface. Chez la plupart des hommes, c'est un défi à relever. On n'a pas assez d'une vie pour trier les bonnes des mauvaises intentions. »

Sylvie l'avait regardée longuement dans le reflet du miroir qui devait sans doute atténuer la gêne de ce moment d'intimité. Claire, elle, passait la brosse dans ses cheveux d'un geste lent, répétitif. Imperturbable. Comme si sa mère n'avait pas prononcé le moindre mot. Comme si elle n'était pas sensible à ce genre de confidence qu'elle avait pourtant attendu toute son enfance. Le silence avait suivi et puis ces mots avaient claqué dans l'air. Ces mots dont on ne sait pas très bien qui ils concernent ni ce qu'ils veulent dire mais qui hantent des existences.

« On n'est pas obligé d'être aimé, Claire. »

Notre histoire est-elle inscrite dans nos gènes ? Marie lève le stylo et réfléchit à cette question en mâchant son capuchon. Comment expliquait-elle avoir choisi ce prénom plutôt qu'un autre ? Elle ferme les yeux et une nouvelle question clignote dans sa tête au rythme des battements de son cœur. Pourquoi Marie ?

* *
*

Avril 1989

Quand Sylvie est rentrée de Paris et qu'elle a trouvé l'appartement vide, elle a tout de suite compris ce qu'il se passait. Elle s'est précipitée à l'hôpital et a demandé le numéro de chambre de sa sœur, Sylvie Perrin. Au moment où elle a poussé la porte, j'ai vu son regard glisser de mon visage à celui du bébé qui dormait tout contre moi. Cette minuscule petite fille qui avait pleuré pendant vingt minutes, vingt minutes de pleurs inconsolables avant que je ne me décide à la prendre dans mes bras. Au contact de ma peau, elle s'était instantanément apaisée.

Il y a les condamnations à mort et puis il y a pire, les condamnations à vie. Celles dont rien ne nous libère. À cet instant précis j'ai su que ma vie ne serait plus jamais tout entière.

Sylvie, elle, me regardait. Dans ses yeux, je pouvais lire la peine immense d'avoir raté ce moment-là. La peine de celle qui comprend que, quoi qu'on fasse, certaines choses ne se rattrapent jamais. Mais il y avait aussi cet éclair, cet éclair en forme de point d'interrogation qui venait me foudroyer. L'avais-je fait exprès ?

Pierre s'est éclipsé et pendant trois jours Sylvie a dormi à même le sol pour ne louper aucune étape. Le bain, les soins, les tests auditifs et visuels. Elle la prenait dans ses bras et son sourire qui s'étirait, c'était mon cœur qui se déchirait.

Parfois elle disparaissait quelques heures et revenait toujours à bout de souffle.

En tant que mère célibataire, j'ai pu faire la déclaration de naissance directement à l'hôpital. J'ai énoncé d'une voix distincte que moi, « Sylvie Perrin », je venais de donner naissance à Marie Perrin, née le 3 avril 1989… Je n'ai pas eu le temps de terminer ma phrase. Elle me coupa aussitôt.

« Pardon excusez-la. Ça doit être la fatigue… Ce n'est pas Marie son prénom. Sylvie, tu es sûre que ça va ? Marie ? C'est bien ce que tu as dit ? Il n'en a jamais été question. Tu m'as toujours dit, souviens-toi, tu m'as toujours dit : « Si c'est une fille, elle s'appellera Claire. »

— Claire ?

— Claire », dit-elle dans un sourire à la fois bienveillant et autoritaire.

Je ne l'avais jamais entendue prononcer ce prénom. Claire. Pourquoi Claire ? C'est étrange, Claire. Espérait-elle conjurer le sort de cette histoire opaque avec un prénom ? Je me tourne vers l'officier d'état civil, imperturbable, qui attendait patiemment que l'on se mette d'accord sur le prénom de cette enfant.

« Marie ? Claire ? Marie-Claire ? répéta-t-il dans ce qui se voulait être un trait d'humour.

— Claire Perrin », dis-je d'une voix hésitante.

Sylvie eut l'air satisfaite. Elle sourit et Marie disparut sans avoir eu le temps d'exister. Du moins, ailleurs qu'au creux de mon cœur.

* *
*

Pierre est venu nous chercher à la maternité. Je suis assise à l'avant et dans le rétroviseur, je regarde Sylvie qui caresse doucement le front de Claire. Elle ne la quitte pas des yeux. Je n'existe plus et je pressens déjà que tout ce que je vois, tout ce qui se trouve actuellement sous mes yeux ne sera jamais plus qu'une image dans un rétroviseur.

* *
*

Lorsque nous franchissons la porte de l'appartement, un silence oppressant s'insère entre nous. Je remarque que certaines choses sont apparues pendant mon absence. Un berceau dans la chambre et une table à langer dans la salle de bains. Des paquets de couches jalonnent le sol, des bidons de lait artificiel envahissent la cuisine, des vêtements s'entassent sur la table basse. Tout y est en quantité démesurée comme si une guerre nucléaire allait éclater. Et c'est sans doute ce qui est sur le point d'arriver.

Je me glisse dans la chambre et je remarque que mes affaires ont été posées dans un coin pour faire de la place dans les placards. Un petit tas de vêtements, insignifiant, juste à côté de ma valise. Un pull, une veste, deux pantalons. C'est tout ce que j'ai.

Je jette un œil par la fenêtre et, dans la rue, la voiture de Pierre est toujours là. Le moteur est arrêté mais j'aperçois son bras posé le long de la vitre. Il est là, il attend. Il attend l'inéluctable.

Je regarde à nouveau le tas de vêtements sur ma droite, je regarde à travers la fenêtre sur ma gauche et puis mon ventre encore gonflé. Cela ne dure qu'une seconde, je cours déjà vers la porte d'entrée. Je cours dans l'escalier, mon corps hurle, mon corps crie mais la souffrance physique n'est rien. Au contraire, elle me soulage presque comme un détournement de ce qui blesse vraiment. Le déluge dans ma tête noie déjà mon cœur. Je le sens flotter dans mon corps vide à chaque pas que je pose sur les marches de l'escalier. Une force invisible me prie de remonter, d'aller chercher ce bébé qui appartient à mon ventre, mais une autre me pousse à descendre les marches et à surtout, surtout ne pas me retourner.

Pierre est sorti de la voiture, il est appuyé contre la portière, les mains dans les poches. Quand il m'aperçoit, il se redresse, attend une seconde puis fait un pas vers moi. J'avance doucement, la tête baissée et mon front vient se réfugier au creux de sa poitrine. Ses bras m'enlacent doucement, mes larmes coulent et je comprends qu'elles couleront infiniment, comme c'est toujours le cas pour les chagrins intarissables.

* *
*

Lorsque j'arrive chez Pierre, je décroche le téléphone et compose ce numéro comme un appel à l'aide.

« Allô ?

— Maman, c'est Laurence.

— Oh mon Dieu, non. »

Je n'ai besoin de rien dire. Elle devine. Elle devine à ma voix. Elle devine au son qu'ont mes mots lorsqu'ils franchissent ma bouche retournée. Elle devine parce qu'elle me connaît sur le bout des doigts et que ce qu'elle ne veut pas entendre, c'est ce que je n'ai pas le courage de lui dire. Je l'entends sangloter à l'autre bout du fil et j'imagine l'état de son cœur quand je sais que les deux femmes qui découlent d'elles se sont appliquées à le lui briser.

52

Marie a ressorti l'appareil photo de sa mère. Elle ne sait pas exactement ce qu'elle va en faire mais cet objet l'intrigue. Petite, elle ne comprenait pas comment une image pouvait se retrouver enfermée dans une boîte. Elle avait l'impression de capturer le monde alors que rien n'existe puisque le temps passe et que tout s'efface. Elle avait surtout cette impression tenace de vivre dans un décor de fiction. Que tout ce qui l'entourait n'était pas la réalité. Peut-être est-ce ce qu'elle espérait finalement ? Qu'un jour quelqu'un crie « coupez » et qu'une autre mère, une vraie, une puissante, une qui l'aime de toutes ses forces l'attende quelque part.

À l'école primaire, tout le monde trouvait sa mère très belle. C'était ce que chuchotaient ses camarades sur son passage, quand elle venait la chercher à la sortie de la classe. Elle se sentait fière et triste à la fois. Elle aurait préféré que sa beauté soit moins visible mais ses sentiments un peu plus.

Elle quitte son hôtel avec l'appareil photo au fond de son sac et se dirige vers sa voiture. Elle a besoin de peinture pour les murs de l'une des chambres, alors elle se glisse sur le siège chauffé par le soleil et fait démarrer le moteur. Sur la route, elle laisse sa main gauche caresser l'air à travers l'ouverture de la vitre et son esprit divague en repensant aux photos dans l'enveloppe. Elle pense au portrait de Danielle et puis à celui de Francis, et soudain une pensée la frappe : eux savent forcément qui les a pris en photo.

Elle freine au milieu de ce chemin qui sert de route, sans prendre la peine de vérifier dans son rétroviseur. Sans surprise, aucune voiture ne la suit. Elle fait demi-tour n'importe comment sur cette route bien trop étroite et retourne au village. Elle se gare devant le portail de chez Danielle qu'elle pousse sans réfléchir, absorbée par ses pensées. Elle monte les quelques marches qui mènent à la cuisine, toque furtivement à la porte et découvre Juliette assise en face de Danielle, en pleine discussion. Les deux femmes lui sourient.

« Ah Marie ! Quelle bonne surprise ! Je te sers du café ? »

La voix de la vieille femme la ramène à la réalité. Elle se rend compte qu'elle s'est invitée chez elle, sans frapper, sans sonner, sans s'annoncer.

« Je venais juste pour te poser une question… »

Elle hésite quelques secondes. Elle n'est plus sûre de savoir ce qu'elle est venue chercher. À quoi cela servirait-il, après tout, de connaître l'identité de ce photographe ? Elle se rend compte qu'elle s'est enfoncée sans réfléchir dans une minuscule brèche qui lui avait donné l'impression de se rapprocher de sa mère. Quitte à ce que cela n'ait aucun rapport. À présent, devant le regard de ces deux femmes qui attendent la fin de sa phrase, elle a un peu honte de cette vaine tentative. Cela lui rappelle son enfance et cette sensation étrange qu'elle avait, de toujours nager à contre-courant. Elle devait se débattre pour un peu d'amour quand ses copines se contentaient d'attendre qu'il leur tombe dessus.

« Je t'écoute, Marie. Quelle est ta question ? »

Elle ouvre son sac duquel elle sort son appareil et l'enveloppe de photos.

« Il y a une photo que j'ai trouvée… un portrait de toi. Je me demandais si tu te souvenais qui l'avait prise. »

Elle fait glisser le cliché sur la table et Danielle soulève délicatement la photo. Elle se recule pour mieux voir, plisse les yeux avec insistance.

« Ah oui, commence-t-elle.

— C'est Didier », poursuit Juliette.

Danielle se tourne vers elle d'un air surpris.

« Didier ?

— Oui, l'instituteur. Tu te souviens, le projet “les habitants de ma commune” avec les enfants. »

Danielle fronce les sourcils, cherche dans sa mémoire, et finit par pousser un long soupir.

« Eh bien, mesdames, l'heure est grave. Les jambes encore, pourquoi pas, je ne comptais plus les lever bien haut. Mais le cerveau, j'avais bon espoir qu'il m'accompagne encore quelques années. Visiblement, il devait avoir peur de me ralentir. Il a préféré sauter par-dessus bord. Cette photo pour moi, ce n'est pas Didier qui l'a prise. Juliette, tu veux que je te dise ? Cette photo c'est…

— Allez Danielle, n'en fais pas toute une histoire, la coupe-t-elle. Il marche très bien ce cerveau. Et puis c'était il y a longtemps. On ne peut pas se souvenir de tout !

— Peut-être. Peut-être. Mais de là à se souvenir des choses différemment, tout de même… »

Juliette attrape la photo qu'elle scrute avec attention.

« Plus de jambes, plus de cerveau… Heureusement, t'es encore pas mal ! » dit-elle en riant.

* *
*

Juin 1989

Pendant un mois, je suis restée allongée. Incapable de me lever, anesthésiée par la douleur. Mes jambes ne me portaient plus. Chaque soir, Pierre s'asseyait auprès de moi, il me racontait ce qu'il s'était passé dans le monde. Parfois il prenait le journal et me lisait un article qui l'avait particulièrement contrarié. Il alternait les bonnes et les mauvaises nouvelles pour tenter de me faire réagir. En vain. J'étais plongée dans un brouillard épais dans lequel aucune lumière ne pouvait pénétrer. Le monde tournait et je restais statique.

De temps en temps, je consentais à boire un bol de soupe pour voir les traits de son visage se relâcher quelques secondes sous l'effet d'une fausse avancée.

Et puis au bout d'un mois, mes yeux se sont ouverts en pleine nuit. Je n'avais plus mal. Mon cœur ne battait plus à tout rompre contre ma poitrine, mon souffle ne se bloquait pas au creux de ma gorge. J'ai ouvert les yeux et comme une information qui aurait eu du mal à me parvenir, j'ai compris que la vie continuait. La mienne. Mais la sienne surtout. J'ai compris que le manque n'était rien d'autre qu'un désordre spatiotemporel et que son existence était là quelque part. Qu'elle n'avait pas besoin de mon amour, seulement d'un amour, et que c'était ce que Sylvie allait lui donner.

Un jour, peut-être, qui sait, on se retrouverait.

Je me suis levée, j'ai traversé le salon jusqu'à la chambre de Pierre et, en silence, je me suis glissée à ses côtés. J'ai senti sa respiration régulière se rompre, ses muscles se tendre légèrement et puis son odeur, son odeur constante. Alors je me suis rapprochée comme on s'abrite contre un mur les jours de pluie et je me suis fait la promesse que pas un jour, pas un jour ne passerait sans que cet homme soit à mes côtés.

53

« Tu as commencé tes recherches ? »

Marie regarde ailleurs. Elle pose cette question d'un air distrait, comme si elle n'attendait pas de réponse. En réalité, elle pose cette question parce qu'elle ne peut plus se retenir de le faire.

« Oui.

— Bien. »

Juliette la fixe une seconde, le regard sérieux.

« Tu sais que ça ne va pas être très compliqué de la retrouver. »

Au même moment, Francis arrive et dépose une assiette devant chacune des deux jeunes femmes. Il s'apprête à tourner les talons mais Juliette le retient.

« Tu nous apportes un peu de vin ?

— Bien sûr ! »

De nouveau, il est sur le point de disparaître et de nouveau, Juliette l'arrête. Elle hésite. Pas longtemps. Presque pour la forme.

« Francis, une Laurence Mercier, ça te dit quelque chose ?

— Oui. Laurence, oui.

— Tu sais ce qu'elle est devenue ?

— Pas vraiment. Elle vivait à Toulouse. Elle venait de temps en temps avant. Et puis un jour, il y a une dizaine d'années, elle n'est plus venue. »

54

Francis n'avait jamais voulu quitter son village. À vrai dire, il n'y avait même jamais pensé. Il avait grandi là, au milieu de ces deux vallées, vertes en été et parfois blanches en hiver, et cela lui convenait. Les saisons étaient le seul changement qu'il tolérait. Dans sa vie quotidienne, ce que Francis préférait, c'était la routine. Ouvrir son bar, passer un coup de chiffon sur le zinc du comptoir, vérifier les fûts de bières. Chaque chose, chaque jour, plusieurs fois par jour.

Francis aimait l'odeur de la terre, l'odeur de ce qui y poussait et l'odeur des bêtes, même celle qui dérange les citadins. Surtout celle qui dérange les citadins. Il aimait sentir souffler le vent d'autan, ce vent qui rend fou mais qui, lui, le berçait depuis son enfance. Ce vent violent l'avait toujours apaisé.

À l'adolescence, il avait été surpris de constater que l'aspiration de ses camarades était de partir. Partir, pour eux, c'était réussir. Pour Francis, il lui semblait que réussir à rester était bien plus difficile.

Sa mère Josiane travaillait à la Poste comme guichetière et son père Raymond tenait la station-service le long de la nationale. Mais un supermarché avait ouvert à une quinzaine de kilomètres et ces quelques centimes manquants accrochés derrière une virgule, il faut croire, valaient le détour. Tu comprends, Raymond, lui disaient ses clients qu'il croisait à la boulangerie. Et Raymond comprenait.

Il avait réussi à joindre les deux bouts jusqu'à la retraite, qu'il avait prise un mardi sans chercher à terminer la semaine. Il avait baissé la grille en fer et puis il s'en était allé sans se retourner. Certains souffrent d'être remplaçables, lui crevait de ne pas être remplacé.

Près de trente ans plus tard, la station-service était toujours là, figée dans une époque révolue. Des herbes hautes avaient poussé dans le macadam et un tag avait recouvert l'un des murs latéraux. Un « vive les pâtes au pesto » qui n'avait ému personne.

Marie avait appris cela un soir où elle s'était assise derrière le bar de Francis. Elle lui avait parlé de la station-service. Elle lui avait dit : « Il y a encore un paquet de Tic Tac posé sur une étagère » et Francis avait paru affecté par cette image de bonbons abandonnés. Alors il s'était mis à parler. Il avait voulu reprendre l'affaire, il se serait diversifié sans doute… mais l'odeur de l'essence l'avait toujours extrêmement dérangé. Elle s'infiltrait partout. Surtout, il ne voulait pas devenir comme son père, qui s'y était habitué au point de ne plus la sentir. Elle s'était logée dans son nez, construisant son royaume au creux d'une narine, et Francis se souvenait de Raymond comme d'un homme qui entrait dans la cuisine en demandant : « Steak frites, non ? » alors que la maison empestait le poisson.

« Et toi ? »

Marie avait failli en recracher sa bière. Francis ne lui avait jamais posé de questions. Juliette l'avait même prévenue qu'il ne fallait pas qu'elle s'attende à ce que cela arrive avant une année ou deux. Qu'il n'était pas commode, un timide qui avait besoin qu'on soit là pour de bon. Francis était un homme sûr de lui qui n'avait pas l'intention de souffrir du départ des incertains.

Marie avait relevé la tête et était tombée sur une paire d'yeux aux nuances de terre qui ne cillaient pas. Sa moustache courbée lui avait tout à coup paru extrêmement droite et elle avait bredouillé dans sa tête, mais quand ses mots étaient sortis, ils étaient d'une clarté infinie :

« J'ai fui ma vie. Alors j'essaie d'en reconstruire une autre. »

55

Le maçon est là pour l'aménagement des combles. Marie explique ce qu'elle veut, une chambre, la plus belle de toutes. Une ouverture dans le toit pour observer le ciel. Une salle de bains avec une douche à l'italienne. Elle a bien étudié ce qu'il était possible de faire. Elle prend un air ingénu pour demander ce qui est le plus compliqué et elle arbore un air surpris quand il parle d'un budget élevé alors qu'elle sait très bien. Elle sait très bien le prix des choses pour l'avoir étudié, analysé et décidé. Il dit « Ah les femmes ! » et Marie sourit. Elle sait très bien aussi qu'être une femme c'est tirer profit de tous ces désavantages et que la naïveté n'existe que dans le regard des hommes.

Roger le maçon la regarde avec un air enorgueilli et lui explique ce qu'elle sait déjà. Marie l'écoute sans l'interrompre. Elle l'encourage même, le flatte un peu. Il est maçon mais il peut demander à Thierry pour la plomberie, à Armand pour les huisseries, et il continue sa liste, s'improvisant tout à coup maître d'œuvre. Elle dit oui à tout mais quand il finit de parler, elle l'informe que les gravats, la peinture, les tomettes, elle s'en chargera seule. Il rit mais s'arrête aussitôt devant son air décidé.

« Très bien, dit-il. Très bien, c'est vous qui décidez. »

56

Le temps passe et Marie reste. Elle aime cette vie au présent, entourée d'inconnus qu'elle commence à reconnaître au détour d'une rue ou dans la queue de la boulangerie. Elle aime ces conversations qui peuvent se poursuivre sur plusieurs jours, ces préoccupations qui concernent rarement plus que l'état du ciel. Parfois elle observe ceux qui l'entourent en se demandant si Didier l'instituteur photographe est parmi eux.

Les jours de marché, elle s'assoit derrière le comptoir d'accueil de son hôtel et observe la place qui s'agite devant ses yeux. Elle laisse les portes vitrées ouvertes et l'air printanier arrive jusqu'à elle, accompagné de quelques chants d'oiseaux. Si elle se concentre, si elle règle son ouïe sur d'autres fréquences, elle entend le bruit des cloches des vaches qui paissent dans les champs à deux kilomètres de là. Elle ferme alors les yeux quelques secondes. Elle ne savait pas qu'il était possible de se sentir autant à sa place ni si entière sans être deux.

57

Accroupie sur le sol, Marie finit d'organiser les tomettes de la grande chambre du dernier étage dans une sorte de Tetris artisanal. Elle a trouvé un sac à vendre à cinquante kilomètres d'ici à un prix qui valait le déplacement. Alors elle a pris le volant de sa voiture et elle a zigzagué encore et encore sur les routes sinueuses, ces routes qui ne mènent nulle part et partout à la fois.

Elle passe beaucoup de temps à vérifier les annonces de revente entre particuliers. Les vieilleries des uns sont le Graal des autres, et elle n'a encore jamais rien vu qui se rapproche autant de l'équilibre du monde que le site du Bon Coin. Et puis elle discute, elle prend le pouls de la société. Car c'est là qu'elle se rencontre, cette société. Autour des objets que certains veulent et que d'autres ne veulent plus. Il lui est arrivé de pousser la porte d'une immense maison sous vidéosurveillance, dissimulée derrière de grands portails électriques, pour récupérer un vieux banc encombrant. Et puis de s'asseoir à une table en formica dans une minuscule cuisine, de boire un café filtre infiniment léger pour acheter un service en porcelaine hérité d'une grand-mère. L'argent partira sans doute dans les courses du quotidien. De la porcelaine contre quelques semaines de rab.

Chaque fois elle obtient l'histoire des objets mais aussi, en filigrane, celle de leur propriétaire, et c'est très souvent la même chose. Un collectionneur au cœur brisé de ne plus pouvoir stocker, un déménagement imminent, un ultimatum de couple. Parfois elle vient pour une carafe et repart avec un miroir Louis-Philippe. Elle découvre que c'était le fauteuil d'une grand-tante dans lequel elle s'asseyait tous les soirs pour boire sa tisane en fredonnant *Les Passantes* de Brassens. Elle sait que bientôt ce sera un fauteuil qu'elle installera dans une chambre de son hôtel. Elle aime penser à cette deuxième vie qu'elle offre aux objets. Elle se dit même que c'est une deuxième identité. Dans quelques années, lorsqu'elle revendra ce fauteuil, elle dira, c'est celui de la chambre mauve du premier étage… Un jour, un acteur connu s'y est assis. Alors elle ajoutera une histoire à son histoire, et il sera sans doute difficile de démêler le vrai du faux, mais le faux aura été tant de fois raconté qu'il deviendra le vrai.

Les tomettes sont parfaitement posées sur une chape de chaux et de sable que Marie a constituée elle-même. À présent, elle vérifie que l'ensemble est bien plat à plusieurs endroits. La bulle se balance d'un côté puis de l'autre du niveau avant de se stabiliser vers le milieu. Elle relève alors la tête, satisfaite, et son regard tombe sur Juliette qui se trouve dans l'embrasure de la porte et la fixe, un demi-sourire aux lèvres.

« Je l'ai retrouvée. »

* *
*

Août 1989

Durant les deux mois qui ont suivi, j'ai étudié sans relâche pour tenter de rattraper mon retard. Malgré la chaleur de l'été je restais enfermée derrière les stores baissés, assise à cette table ronde que l'on apercevait à peine sous les tas de feuilles polycopiées. Je lisais et relisais mes cours, accompagnée par le ronronnement régulier d'un vieux ventilateur. Les rattrapages auraient lieu à la fin du mois d'août et je me devais de ne pas échouer. Pour faire honneur à cette dérogation que Pierre m'avait obtenue et, surtout, pour que tous ces sacrifices aient du sens.

C'était un été sans voyage, sans plage et sans amis. Mais ça ne me dérangeait pas. De toute façon, j'aurais été incapable de m'allonger sur du sable et de laisser de l'espace vide à mon cerveau. Le simple fait de prononcer le mot « vacances » me plongeait dans une profonde culpabilité.

Pierre s'occupait de tout. Il repassait ses cours pour la rentrée, faisait les courses, préparait nos repas. La journée nous vivions comme des colocataires, discutant comme nous avions l'habitude de le faire lorsque nous nous retrouvions au fond de ce café, près de la basilique Saint-Sernin. Le soir, dans l'obscurité des nuits, ses bras s'ouvraient et mon corps s'autorisait à la tendresse.

C'était une période grise, un hiver en plein été. Des mois de nuances, loin de l'intensité propre à mon âge.

Et puis un jour, devant le poste de télévision, Pierre a fait un commentaire sur la veste du présentateur du journal télévisé. Et j'ai ri. J'ai ri et c'était la première fois que je riais depuis une éternité.

C'était le 23 août.

58

« Je l'ai retrouvée. »

Marie a réussi à ne poser aucune question. Elle s'est relevée et, sans un mot, a planté ses deux pieds dans le sol et ses deux mains dans les poches de son bleu de travail rouge. Juliette a attendu une réaction, un geste, une phrase. Mais plus les secondes défilaient, plus elle comprenait que rien n'allait arriver. Rien, hormis le frémissement d'une lèvre indécise. Alors Juliette a retiré sa paire de lunettes à écaille, elle a soufflé de l'air chaud sur chacun des verres qu'elle a ensuite frotté avec le revers de son pull mauve pour laisser le temps à son esprit de prendre une décision. Quand elle les a à nouveau chaussées sur l'arête de son nez, elle a simplement dit : « Je m'occupe de la suite. » Ni Marie ni elle ne savait exactement de quelle suite il était question, mais les deux femmes ont acquiescé dans un hochement de tête harmonieux.

59

Depuis quelques jours, des touristes commencent à arriver. La semaine dernière, un article a paru dans un magazine national pour parler de la réouverture d'un hôtel élégant à l'accueil chaleureux. Un hôtel qui a toujours existé mais qui a su « renaître de ses cendres ». « Renaître de ses cendres. » La journaliste a écrit cette phrase que Marie relit chaque fois que son regard se pose sur ce texte qu'elle garde précieusement dans son carnet des réservations. Ces mots perdus au milieu de tous les autres accrochent son regard, inexorablement.

Une femme pousse la porte d'entrée et arrive au niveau de l'accueil. Elle pose le bout de ses doigts sur le comptoir et Marie lève les yeux. C'est une femme d'une cinquantaine d'années aux yeux bleus et à la peau claire. Elle est vêtue d'un trench beige sur un tee-shirt blanc rentré dans un jean bleu marine et elle tire une petite valise noire à roulettes comme celles qu'ont les hommes d'affaires dans les aéroports.

« Bonjour, que puis-je faire pour vous ?

— Je voudrais une chambre. Pour une nuit seulement.

— Il n'y aura que vous ?

— Oui.

— Il ne me reste que la chambre 4. Premier étage, lit double, vue sur la place.

— Très bien.

— C'est à quel nom ?

— Mercier. Laurence Mercier. »

60

Marie n'a rien dit. Elle a noté le nom de la cliente sur le cahier des réservations en retenant son souffle puis elle a pris les clés de la chambre.

« Suivez-moi. »

Laurence Mercier s'est exécutée et Marie a avancé d'un pas qu'elle voulait nonchalant, sans oser se retourner. Elle n'a pas proposé de porter la valise comme elle le fait d'habitude, elle n'a pas vérifié si la personne était toujours derrière elle au moment de prendre l'escalier, elle n'a pas posé de questions sur le déroulement du voyage, sur la raison de sa venue ni sur sa région d'origine. Elle a avancé jusqu'à la porte numéro 4 dans un état d'inconscience qui lui a fait oublier comment elles étaient arrivées là. Peut-être avaient-elles pris l'ascenseur bien que l'hôtel n'en possède pas. Marie a introduit la clé dans la porte et le regard de Laurence qu'elle imaginait dans son dos lui faisait l'effet d'un pistolet braqué sur elle à chaque seconde.

« Voilà la chambre. »

Elle n'était capable de rien d'autre. Des phrases avec une majuscule et un point final mais pas de verbe et encore moins d'adjectifs.

« Merci. Il y a un petit-déjeuner demain matin ?

— Oui, jusqu'à onze heures.

— C'est parfait. »

Marie se décale, laisse passer la cliente et s'éclipse d'abord doucement puis en hâtant le pas. Quand elle arrive derrière son bureau, elle ralentit et prend sa première inspiration, consciente d'être sans doute la nouvelle détentrice du record du monde d'apnée. Elle revit la scène en boucle, se remémore l'image de celle qu'elle a imaginé être sa mère biologique. Elle pense à ses yeux bleus, à la fois doux et décidés, plus clairs que les siens, et tout à coup une pensée la frappe. C'est un souvenir qui a toujours été là mais auquel elle n'a jamais prêté attention. Une mauvaise chute en primaire dans la cour de récréation. L'état de son coude et la douleur qu'elle ressentait avaient poussé la maîtresse à appeler ses parents. Habituellement, c'était sa mère qui la déposait et venait la chercher chaque jour à l'école. Sa mère qui s'attardait quelques secondes pour échanger furtivement avec la maîtresse. Mais là, au beau milieu de la journée, elle n'avait pas réussi à se libérer. Claire avait patienté longuement dans un coin de la classe jusqu'à ce que son père arrive. La maîtresse était restée à ses côtés, même après que tous les autres enfants étaient partis pour la cantine. Et puis son père avait fini par apparaître, visiblement embêté d'avoir à faire ce détour pendant sa pause. Alors qu'il traversait la cour de récréation, l'institutrice s'était tournée vers Claire pour lui demander qui était ce monsieur.

« C'est mon père.

— Ton père ? » avait-elle répété, surprise.

Claire avait hoché la tête. Et tandis qu'il s'approchait d'elles, la maîtresse avait chuchoté :

« Dis-moi, Claire, ta maman a-t-elle de jolis yeux bleus comme toi ?

— Non, les siens aussi sont marron. »

Elle avait souri avec douceur avant de poser précautionneusement son manteau sur ses épaules et de lui souhaiter bon courage.

Sur la route qui menait au cabinet de radiologie, Claire ne sentait presque plus cette douleur lancinante qui avait irradié son coude quelques minutes plus tôt. Elle était trop occupée à penser à ce que la maîtresse lui avait dit. Le cœur léger, elle s'était tournée vers son père qui l'observait d'un air contrarié.

« Tu as mal ? demanda-t-il d'un ton abrupt. Tu aurais pu faire attention quand même ! J'ai pas que ça à faire, moi. »

Claire n'avait pas répondu. Elle s'était enfoncée un peu plus dans son siège en se disant que tout ça n'était pas bien grave. Elle avait de jolis yeux bleus. Et ni son père ni sa mère ne pouvaient en dire autant.

61

Marie hésite. Elle est assise devant le nouvel ordinateur qu'elle a acheté pour gérer les réservations en ligne, les mains suspendues sur le clavier. Elle vient d'ouvrir une page dans le moteur de recherche et elle se demande quelle formule utiliser. Elle finit par taper tous les mots qui lui passent par la tête, les uns après les autres. « Probabilité enfant yeux bleus parents yeux marron. » En 0,52 seconde elle obtient soixante-dix-neuf mille huit cents résultats. Elle se dit que c'est ça la vie aujourd'hui. Beaucoup plus de réponses que de questions. Elle clique sur le premier lien et atterrit sur une page qui affiche plusieurs schémas très explicites.

Marron plus marron égale marron dans soixante-quinze pour cent des cas.

Vert dans dix-neuf pour cent des cas.

Bleu dans six pour cent des cas.

Marie a les yeux bleus. Elle avait trois chances sur quatre d'avoir les yeux marron comme ses parents. Mais ce n'est pas ce qu'il s'est passé. Ce n'est pas ce qu'il s'est passé et tout porte à croire qu'il s'est passé tout autre chose.

* *
*

Mars 1990

Dès la première année Sylvie a respecté notre pacte. Une semaine par an, au mois de juillet, elle venait déposer Claire chez ma mère avant de repartir aussitôt. D'abord seule et puis, par la suite, accompagnée de Philippe auprès de qui elle avait fini par se réfugier. Philippe était un garçon froid et brutal, qui ne s'était jamais remis de l'affront d'avoir été quitté par une femme. Une femme qui, en plus, avait emporté avec elle une part de lui sans le consulter. Bien sûr, il fallait le comprendre. Et c'était un problème aussi, de devoir comprendre.

Sylvie l'avait quitté comme on quitte une maison de vacances. La vraie vie devait reprendre et c'était sans lui. Elle avait saisi son unique opportunité d'avoir un enfant et elle ne lui avait pas demandé son avis. Mais Sylvie était magnétique, alors Philippe était revenu malgré tout. Il était revenu auprès de cette femme bien trop belle pour lui et de cet enfant dont il était convaincu d'être le père. Après tout, les dates concordaient.

Dans l'océan de cette vie de jeune mère célibataire, dans les vagues de fatigue, dans les marées de doutes, Sylvie avait attrapé cette bouée de sauvetage. Et puis de toute façon, n'était-il pas autant le père qu'elle était la mère ?

Chaque année donc, Claire passait une semaine chez ma mère quand moi, à quelques dizaines de kilomètres de là, j'imaginais cette enfant en train de grandir et d'ignorer tout de mon existence. Chaque seconde devenait une lutte pour ne pas venir l'observer. Chaque jour une victoire de ne pas l'avoir fait.

Pourtant, j'aimais cette semaine hors du temps durant laquelle cette petite fille n'était plus tout à fait celle d'une autre. Je l'aimais sans doute autant que je la détestais.

Ma vie avait repris son cours. J'avais validé mes examens à la session de septembre et mon histoire au côté de Pierre était douce. Il fallait se cacher bien entendu, ne pas éveiller les soupçons de l'administration universitaire ni ceux des autres élèves. Un professeur et une étudiante, même avec un faible écart d'âge, ce n'était pas envisageable. Mais tout cela n'était pas un problème car dans le domaine de la discrétion, j'avais fait mes armes. Les journées paraissaient interminables, pourtant elles se terminaient, et avec elles les semaines et puis les mois. Le temps filait et il m'arrivait d'oublier ce qu'il s'était passé. Parfois, je me demandais même si tout cela était bien réel.

Chaque fois que ma mère tentait de me donner des nouvelles, je coupais court à la conversation. Je ne voulais rien savoir, elle aurait voulu tout me dire. Il y avait en elle la folie du désespoir. Elle imaginait des gardes alternées, elle suggérait que je sois présentée comme une amie, une voisine, peut-être même une tante qui réapparaîtrait après des années, revenue d'une mission humanitaire en Afrique de l'Ouest… au point où nous en étions ! Mais il y a des partages qui ne sont pas possibles. Alors elle a fini par ne plus m'en parler. Cette semaine avait lieu, cette courte semaine de joie tel un phare au milieu de sa vie existait et le reste du temps, il fallait prétendre que non.

Notre relation, pourtant si fusionnelle, souffrait de ce secret. Chez l'une, un être existait, chez l'autre, il manquait, et cette différence était la pire qu'il puisse y avoir entre deux femmes. Un filtre était venu s'immiscer entre ma mère et moi. À tout moment, les conversations que nous avions pouvaient déraper et nos corps tout comme nos esprits étaient sur la sellette de ce renversement. Un jour d'automne, lors d'une de mes visites devenues de plus en plus rares, elle m'a dit : « Laurence, s'il te plaît. Ne me laisse pas toute seule. Cette année, viens passer le réveillon avec moi. »

62

Marie ouvre les portes de sa voiture et décharge le petit arbre sur le bord de la route. Planté dans un pot en terre cuite, un olivier d'une quarantaine de centimètres trône fièrement. Elle est allée le chercher dans une pépinière à quelques kilomètres de là et elle l'a choisi parmi des dizaines d'arbres identiques, sans savoir exactement pourquoi elle a préféré celui-ci plutôt qu'un autre. À présent qu'elle le regarde avec un peu plus d'attention, elle remarque son tronc légèrement tordu et ses branches tombantes. Elle se met à rire en se disant qu'elle a pris le seul arbre de la pépinière qui ressemble plus à un saule pleureur qu'à un olivier.

Elle fait tinter la cloche et pousse le portail sans attendre de réponse. Danielle arrive quelques minutes plus tard, de sa démarche bancale, une cigarette entre les lèvres. Avant que Marie ne prononce le moindre mot, Danielle lève la main pour l'arrêter.

« Ne dites rien. Qu'est ce que vous apportez ?

— Un olivier. Avant il y avait un figuier ici, dit-elle en désignant un coin du jardin. Cette place libre me perturbe. Ça ne vous dérange pas ?

— Oh non, bien sûr. Je vous l'ai dit, vous faites ce que vous voulez ici. »

Marie se dirige vers la cave où se trouvent les outils pour le jardinage et se met au travail. L'exposition plein sud permet un ensoleillement optimal, même si elle a bien conscience qu'ici les hivers sont rigoureux et qu'il faudrait le couvrir. Elle avait d'abord pensé planter un nouveau figuier avant de se raviser. Le temps passe et les choses ne peuvent pas continuer indéfiniment d'être ce qu'elles ont été.

* *
*

Décembre 1995

C'est moi qui les ai vus en premier, assis autour de cette table ronde qu'ils partageaient avec deux autres couples du même âge. Personne ne s'adressait la parole, chacun regardait son assiette en silence. J'ai tout de suite remarqué la chaise vide à côté de Sylvie et j'ai compris qu'elle était là, elle aussi. Mes yeux sont alors partis à sa recherche, observant chaque millimètre carré de la salle des fêtes jusqu'à tomber sur cette petite fille en équilibre sur les lignes du carrelage. Elle a tourné la tête pour vérifier si sa mère était toujours là, à l'endroit où elle avait dû la laisser quelques minutes plus tôt, et au même moment Sylvie a tendu le cou pour s'assurer que tout allait bien. Quand leurs regards se sont croisés, Claire a secoué sa main en faisant un large sourire.

J'ai fait un pas en arrière mais ma mère m'a prise par le bras et nous sommes allées nous asseoir à une table au milieu de la salle. J'étais incapable de parler, ensevelie sous un tas de sentiments contradictoires. Elle m'a dit : « Il ne faut pas m'en vouloir. » Et je n'ai pas su quoi répondre. Elle a continué en disant qu'il fallait que je la voie, cette petite fille, pour que je ne devienne pas folle, pour que mon cerveau comprenne que tout cela avait réellement existé. Il n'y a rien de pire qu'un décalage entre le cœur et la tête. Au bout d'un moment, forcément l'un des deux disjoncte. C'est certain. Il faut faire face. Il faut se rassurer aussi. « Cette petite fille est là. Elle va bien. Tu ne pourras jamais vivre sans cette certitude. »

Elle a ajouté : « Regarde, elle est aimée. » Mais j'ai préféré ne pas regarder.

« C'est toi qui les as fait venir ? Ils sont au courant ? »

Elle grimace.

« Oui. Et non. »

Elle prend quelques secondes avant de poursuivre :

« Je lui ai demandé de venir pour que l'on fête Noël ensemble. Ils sont arrivés il y a une semaine. Ils repartent demain. Je connaissais ma petite-fille dans les robes fleuries d'été… j'ai voulu la rencontrer en hiver. »

Je ne dis rien. Je regarde Claire au loin qui fixe le DJ sur l'estrade. Son corps est immobile au milieu des lasers et de la fumée de la scène, alors que des enfants autour d'elle sautent et dansent au rythme de la musique. Soudain, une inquiétude immense m'envahit. J'ai peur qu'elle se sente seule, ne trouve pas sa place dans un groupe, qu'on la rejette. J'ai peur qu'elle soit triste, qu'elle tombe malade, qu'elle fasse une mauvaise rencontre. J'ai peur de tout et soudain être sa mère me paraît une tâche insurmontable.

Je détourne mon regard et, au loin, il y a cette paire d'yeux qui ne me quittent pas. Dans son sweat tricolore blanc, mauve et vert émeraude, Sylvie me fixe et la peur déforme son visage. C'est une peur différente de la mienne. Elle a peur que je lui prenne sa fille. Elle a peur que je m'approche d'elle et que je lui dise toute la vérité. Que je lui explique que maintenant, il faut qu'elle retourne auprès de sa vraie maman. Que je suis là et que je ne partirai plus jamais. Elle a tellement peur qu'elle ne se rend pas compte que ce n'est plus possible. Que cette petite fille, ce n'est plus la mienne et qu'elle ne l'a sans doute jamais été. Elle ne l'est nulle part si ce n'est dans les gènes, et personne, personne n'a le temps au milieu de ce monde aux mille problèmes de s'occuper d'un test ADN.

Alors je me lève et je m'avance vers leur table d'un pas que je voudrais assuré.

« Bonsoir Sylvie.

— Laurence, quelle surprise !

— Oui, c'est assez inattendu. »

Au moment où mon regard se pose sur l'homme qui se trouve à ses côtés, elle sursaute :

« Je te présente Philippe.

— Je me souviens, oui. »

Philippe me fixe avec insistance. Il a les sourcils légèrement froncés, comme s'il cherchait à comprendre quelque chose d'important. Un problème mathématique, une équation à deux inconnues, ou bien peut-être essaie-t-il simplement de compter les secondes dans une minute. Je l'observe moi aussi et ce que je vois me dérange. Il a cet air autoritaire, cette allure de celui qui coupe la parole et qui a toujours raison. L'une de ses mains est posée à plat sur la table et je trouve ce geste plus dur qu'un poing fermé. C'est une forme de violence perfide et silencieuse. J'ai du mal à détacher mon regard de ces cinq doigts tendus sur la table.

« Je ne vais pas rester », finis-je par dire pour détendre l'atmosphère.

Je suis en train de faire demi-tour quand un homme avec un appareil photo se présente à moi. Il me semble reconnaître Didier, l'instituteur de l'école primaire que je n'ai pas vu depuis des années.

« Une photo souvenir mademoiselle ?

— Non merci. »

Il s'apprête à s'en aller quand je me ravise.

« Attendez. »

Didier n'a pas le temps de réagir que je lui prends son appareil flambant neuf des mains. Je me tourne vers Sylvie puis Philippe dont les yeux s'écartent et lui donnent un faux air de carpe, mais je n'y prête pas attention.

« Allez, souris Sylvie, c'est la dernière fois que l'on se voit. »

Et Sylvie sourit. Le front de Philippe se relâche et il a presque l'air sympathique quand il n'arbore plus cet air idiot.

Lentement, je rends son appareil à Didier qui vérifie méticuleusement qu'il n'a pas été abîmé par mon coup de sang et je regarde Philippe droit dans les yeux. À cet instant, je vois un doute se planter dans sa tête. Une idée telle une graine qui prend aussitôt. Peut-être l'avait-il toujours su. Mais ce soir-là, à cet instant précis où ses yeux ont croisé les miens, il l'a enfin compris.

Il y a la photo, celle que tout le monde regarde. Celle que tout le monde voit. Mais derrière, à l'origine, il y a moi. Il y aura toujours moi.

63

Juliette est assise à la terrasse de chez Francis. Les jambes croisées sur une longue robe fluide qui flotte au vent, une tasse de café entre les deux mains, elle se tient droite. Presque raide. Son visage est tourné vers le ciel à la recherche d'une caresse du soleil. La veille, elle a prévenu Marie qu'elle serait là, qu'elle ne serait pas seule et que cela ne durerait sûrement pas plus d'une heure. Que c'était ça, sa fenêtre sur son passé. Une heure.

« Comment as-tu fait pour la faire venir ?

— Elle est journaliste. Il suffisait d'éveiller sa curiosité.

— Mais comment ?

— Tu n'auras qu'à lui demander », dit-elle en haussant les épaules.

À quelques mètres de là, Marie observe la scène. Laurence vient d'arriver et elle balaie la terrasse du regard. Juliette la remarque aussitôt et lui fait un petit signe de la main. Les deux femmes se saluent avant de s'asseoir l'une en face de l'autre. De temps en temps, Juliette tourne la tête et cherche quelque chose. Mais Marie ne bouge pas de sa cachette. Elle observe cette femme en face d'elle. Cette femme qui lui ressemble peut-être. Après tout, il y a tant en commun entre deux solitudes.

Au bout d'une heure de discussion, Laurence se lève et Juliette en fait autant. La jeune femme fait de grands gestes, elle donne toute son énergie pour garder Laurence auprès d'elle quelques minutes supplémentaires, celles qu'elle pense nécessaires à Marie pour franchir ces années qui la séparent de cette femme. Mais Marie ne bouge pas et Laurence s'en va sous le regard perdu de Juliette qui se rassoit, dépitée.

C'est à cet instant que Marie s'avance pour prendre la place laissée vide par Laurence. Juliette ouvre de grands yeux, elle est sur le point de bondir de sa chaise, de s'élancer à la poursuite de Laurence, mais Marie pose délicatement sa main sur celle de son amie.

« Juliette. Je ne compte pas rencontrer cette femme.

— Mais… elle est… juste là. Et c'est…

— Peu importe qui elle est. »

Marie fait une pause avant de reprendre.

« J'ai passé une partie de ma vie à tenter de fuir ma mère et notre ressemblance que je pensais inévitable. L'autre partie, je l'ai passée à satisfaire un homme de peur qu'il me quitte parce que la seule chose que je sais en amour, c'est que quand l'un part, l'autre pleure. Il y avait chez Antoine quelque chose de l'homme qui m'avait élevée jusqu'à mes six ans, quelque chose de pas très beau mais de rassurant puisque ce quelque chose, je le connaissais. Le plus triste, c'est que je l'ai sans doute choisi pour ça. Alors aujourd'hui, je ne veux plus savoir à qui je ressemble. Je ne veux plus reconnaître les prémices d'une personnalité ou les influences d'un trait de caractère. Je ne veux ressembler à personne. Pas de limite, pas de prédisposition. Je veux juste être moi. »

64

Sur le quai de la gare, Marie attend. Le panneau d'affichage indique que le train en provenance de Paris est à l'heure et qu'il arrivera voie 4. Elle s'est positionnée devant le repère V et elle observe avec attention les autres voyageurs autour d'elle. Elle ne peut s'empêcher d'imaginer leur itinéraire, celui qu'ils ont pris pour arriver là, mais aussi celui bien au-delà des chemins de fer.

Plus que six minutes.

La voiture 16 est censée s'arrêter pile devant elle et Héléna devrait en sortir, puisque c'est là qu'elle se trouve en ce moment même. Elle a accepté de faire le voyage bien qu'elle n'ait jamais pris le train pour le moindre de ses déplacements. Du temps où son mari était encore en vie, ils avaient toujours préféré la voiture pour rejoindre Porto, le coffre rempli de cadeaux pour la famille restée là-bas. Ils rentraient en France avec des victuailles en tout genre pour la famille venue ici. Des pasteis de nata bien sûr, mais aussi des ovos moles, ces gâteaux en forme de coquillage dont elle raffolait et qu'elle achetait à la Confeitaria do Bolhão, la meilleure pâtisserie de la ville. Héléna est d'un autre temps. D'un temps où les femmes qui ont le permis ne savent de toute façon plus conduire, faute d'avoir eu l'espace pour le faire. Alors depuis un an, elle ne voyage plus.

Quand Marie l'a appelée, elle a d'abord hésité. C'était un long voyage et elle n'était pas sûre de pouvoir abandonner son poste pendant une semaine. D'habitude, elle ne part en vacances qu'en août, lorsque l'immeuble, comme la capitale, se vide de ses habitants. Mais cette année, le mois de mai lui offrait la possibilité de déroger à cette règle sans que cela perturbe l'organisation des occupants de l'immeuble de la rue Saint-Denis. Alors malgré le vertige que lui procurait cette entorse au quotidien, elle a dit oui.

Deux minutes.

Marie est concentrée car elle ne veut pas louper la silhouette de son ancienne concierge au milieu du flux de voyageurs qui arrive en gare de Toulouse. Ce train serpente à travers toute la France dans un long mouvement sinueux, avale les voyageurs sur sa route pour ne les recracher qu'une fois arrivé à destination. Marie ne doit pas se laisser distraire. Héléna n'a pas de téléphone portable et puis de toute façon, elle non plus.

Le train entre en gare et les wagons ralentissent à mesure qu'ils défilent devant les yeux de Marie.

La plupart des personnes présentes sur le quai se mettent aussitôt en marche pour suivre le train mais Marie ne bouge pas. Elle est trop attentive pour avoir mal calculé l'emplacement du repère face auquel elle doit être. Les roues crissent sur les rails et le train finit par s'arrêter. La porte de la voiture seize s'arrête exactement devant Marie.

Elle fait un pas en arrière pour laisser les passagers descendre. D'abord ceux qui sont seuls et sans bagage, suivis par les voyageurs qui, de toute évidence, ont eu du mal à se décider devant leurs armoires, et enfin les familles avec des enfants au milieu des cris.

Une personne vient de descendre, et il semble que c'est la dernière. Marie tend le cou pour entrevoir l'intérieur du wagon. Personne. Elle hésite quelques secondes, jette un œil autour d'elle pour s'assurer qu'Héléna n'y est pas, mais devant le quai quasiment vide elle se décide à monter les deux marches en fer. Elle parcourt rapidement chaque rangée du regard avant de repérer un chignon immobile qui dépasse de l'un des sièges.

« Héléna ? » dit-elle en posant sa main sur son épaule.

Un visage familier se tourne vers Marie et retire deux écouteurs reliés à un discman posé sur la table. Elle n'avait pas vu cet objet depuis des années.

« Oh. Qu'est-ce que vous faites là ?

— Vous êtes arrivée à Toulouse.

— Vraiment ? »

Marie acquiesce.

« Eh bien ce n'était pas si difficile de partir, en fin de compte. Ni même d'arriver. »

65

Durant le trajet qui les mène à Marelle, les deux femmes sont silencieuses. De temps en temps, Marie observe Héléna du coin de l'œil afin de vérifier si elle s'est endormie, mais non. Son corps moelleux est enfoncé dans le siège passager, ses deux mains sont posées à plat sur ses cuisses et son regard fixe un point quelque part au loin sur la route. Quelque chose de raide se dégage de sa posture. Comme si elle n'osait pas toucher la voiture qui l'a pourtant transportée à travers deux pays pendant des années. Au bout d'une heure de trajet, elle avance sa main vers le tableau de bord et d'un geste retenu, le caresse. Elle revient aussitôt dans sa position, les deux mains sur le tissu de sa robe.

« C'est étonnant le pouvoir émotionnel des objets, vous ne trouvez pas ? »

* *
*

Septembre 1996

Neuf mois après ce réveillon à Marelle et six ans après la naissance de Claire, ma vie s'est emplie d'une autre petite fille. Elle n'a pas tout effacé mais elle a pris une place qui ne laisse plus beaucoup d'espace aux regrets.

Ma mère avait raison. Il a fallu que je la voie, que je me rende compte qu'elle était bien réelle pour que je m'autorise une suite à mon histoire.

Quand j'ai su que j'étais à nouveau enceinte d'une fille, j'ai eu très peur. Je ne voulais pas lui transmettre cette histoire qui l'avait précédée. Je ne voulais pas qu'elle ressente la culpabilité ni qu'elle grandisse dans l'ombre d'une blessure. Comment faire pour éviter l'effet de comparaison ? Comment faire pour ne pas subir la répétition ? Comment faire pour qu'elle ne soit jamais la seconde d'une fratrie sans aînée ?

Il fallait vivre différemment. Moi qui avais tout fait pour que ma première grossesse passe inaperçue, j'ai revendiqué celle-ci aux yeux du monde. Je portais mon ventre comme une fierté et j'ai accueilli cette enfant comme un miracle.

La joie a envahi la maison. D'abord un peu surjouée, et puis rapidement la joie, la vraie, celle qui soulève des montagnes. Il y avait beaucoup de rires, beaucoup de fêtes, beaucoup de couleurs. Du rouge cinabre, du jaune citron, du vert émeraude. Il y avait des voyages, même pour pousser la porte d'à côté. Il y avait des pique-niques sur le sol du salon, des maillots de bain sous les habits de l'école et du vernis sur les ongles des pieds. Il y avait des pansements à tête d'animaux à chaque blessure, même les traces de feutre rouge qui faisaient horriblement mal. Des pansements comme de l'affection que l'on colle sur un genou. Un pansement pour réparer la moindre égratignure car réparer la moindre égratignure, c'est dire à quel point on est précieux.

Trois ans plus tard, en 1999, Alexandre est né. Et la fête a recommencé.

66

Héléna descend l'escalier et arrive dans le grand salon de l'hôtel. Elle porte les mêmes vêtements que d'habitude, du noir, des souliers à talon carré et des collants en laine. Peu importe le temps qu'il fait, elle s'habille toujours ainsi. Sa démarche particulière lui donne une allure étrange et les chaînes autour de son cou tapotent sa poitrine à chacun de ses pas. Marie lève la tête de son cahier de réservation sur lequel elle continue de noter les informations. Au cas où.

« La chambre vous plaît ?

— Oh. Vous ne vous imaginez pas. La dernière fois que je suis allée dans un hôtel, j'avais dix-huit ans. Et il était loin d'être aussi beau. D'ailleurs, je vous ai apporté quelque chose. Pour vous remercier.

— Héléna, ce n'est pas à vous de me remercier. Vous m'avez déjà donné votre voiture… »

Elle balaie l'air de la main.

« La voiture, vous me rendez service. Je n'ai pas les moyens d'assurer et d'entretenir un véhicule qui ne roule pas. Allez, tenez. C'est pour vous. »

Héléna tend un paquet rectangulaire à Marie, qui l'ouvre avec délicatesse. À l'intérieur, se trouve une figurine de femme en bois, ronde et colorée.

« Ma mère était d'origine russe. Le jour de notre mariage, lorsque mes sœurs et moi nous avons quitté la maison pour nous installer avec notre mari, elle nous offrait une matriochka. Cet objet, c'est la figure maternelle. Et c'est aussi un symbole de fertilité. Disons en tout cas que pour ma mère, nous offrir ces poupées, c'était nous souhaiter de devenir mère à notre tour. »

Elle remarque la légère tension qui traverse le corps de Marie et décide de poursuivre sans attendre.

« Ce qui est drôle, c'est que l'on croit que les matriochkas sont russes alors qu'en réalité elles sont originaires du Japon. Peu de gens le savent. Même en Russie. À l'école, les petits Russes apprennent que les matriochkas symbolisent l'âme, le caractère de leur pays, alors que cette fierté nationale prend en réalité racine ailleurs. Comme quoi, l'identité est une notion tout à fait étrange. »

Marie saisit la poupée et la sort de sa boîte. Les couleurs sont vives : la figurine porte un voile vert autour de la tête et des grandes fleurs multicolores sont peintes sur le reste de son corps. Elle hésite, jette un œil à Héléna qui hoche la tête en signe d'encouragement. Alors doucement, elle attrape la figurine par ses deux extrémités et la dévisse. À l'intérieur, une nouvelle poupée apparaît, dotée d'un voile rouge.

« Celles-ci ont été faites à la main. Chaque figurine a sa propre couleur, et si l'on y regarde de plus près, elles sont différentes en tout point. Leurs yeux, leurs bouches et même leurs nez ont une forme unique. »

Sans lever son regard, Marie dévisse la deuxième poupée pour découvrir la troisième, de couleur bleue. Effectivement, celle-ci a des lèvres roses et charnues alors que la précédente avait une fine bouche orangée. Marie l'observe en silence.

« Certains disent qu'une matriochka est une seule et même femme, mais qu'elle renferme plusieurs personnalités. De la plus visible à la plus intime. »

Marie tient dans sa main la quatrième poupée, une petite figurine au voile jaune.

« Je préfère la version qui parle des femmes d'une même famille. Cette lignée, ce chemin, qui nous raconte d'où l'on vient mais qui nous laisse toujours le choix de décider où l'on va. »

Marie lève son regard et le plonge dans les yeux noirs d'Héléna. Elle tient dans ses mains la dernière poupée russe, celle qui ne s'ouvre pas. La figure est en bois brut, elle n'est pas peinte. Pas de nez, pas de bouche, pas d'yeux. Aucune fleur ni aucune couleur. Elle est vierge.

« À Paris vous m'avez raconté que vous aimez les objets… »

C'est vrai. Claire lui avait dit aimer les objets depuis toujours. Elle aime les histoires qui vivent à travers eux et les sentiments qui se transmettent de génération en génération. Petite, elle jouait à donner vie à une carafe ou à un balai pour combler sa solitude d'enfant unique. Elle pouvait passer des journées entières à imaginer la personnalité d'une chaussure ou celle d'une éponge. Il lui arrivait même de déceler des visages dans la forme d'un portemanteau ou dans les plis d'un rideau. Et puis elle avait vu *La Belle et la Bête* à la télévision et elle s'était demandé en quoi elle serait transformée si un jour un sort lui était jeté. Petit à petit, elle avait étendu la réflexion à toutes les personnes qu'elle croisait et, aujourd'hui encore, ce jeu était sa manière de cerner les gens. Sa manière aussi de ne pas se laisser impressionner. En un claquement de doigts, un supérieur hiérarchique pouvait devenir un tancarville.

Elle repense à cela alors qu'Héléna place minutieusement les quatre matriochkas sur le rebord de la fenêtre près de son bureau. Le soleil traverse la vitre et illumine les quatre figurines. Marie ne peut s'empêcher de penser qu'à les laisser là, les couleurs de ces femmes vont faner. Mais elle ne dit rien. Elle se contente simplement de venir déposer la dernière, à la suite des autres. Elle hésite entre le soleil et l'ombre. Vaut-il mieux l'intensité de la lumière ou la protection de l'obscurité ? Héléna la sort de ses pensées.

« C'est peut-être ce que vous êtes, non, en fin de compte ? Une matriochka. »

67

Sur la terrasse de chez Francis, quatre femmes sont attablées. Il y a Marie, Juliette, Héléna et Danielle. Il y a des pichets de vin, beaucoup de plats et un peu moins d'assiettes, des verres qui s'entrechoquent et des « non ce n'est pas raisonnable » lancés sans grande conviction. Danielle parle fort. Elle dit « sans rire » et tout le monde rit. Elle dit « je n'exagère pas » et il est évident que si, mais que faire de la vie si on ne l'exagère pas ? Avant d'avoir soixante-quinze ans, Danielle en a eu vingt, puis trente, puis quarante. Marie se dit que cette femme de vingt ans existe encore, tout comme celle de trente et celle de quarante. Elle compare les âges de la vie à une matriochka : ils sont en dessous mais existent toujours. Danielle semble étrangère à sa propre vieillesse mais parfaitement en ligne avec sa vingtaine.

Elle fume, elle tousse plus que ce qu'elle ne fume, mais elle s'en fiche, elle fait de grands gestes désorganisés pour accompagner son histoire qu'elle raconte de sa voix rocailleuse. Héléna pouffe sans bruit comme à son habitude. Enveloppée dans son gilet noir, elle écoute les récits de cette femme avec qui elle a si peu de points communs. Danielle explique qu'elle ne s'est jamais mariée pour pouvoir conserver sa liberté et Héléna ne peut s'empêcher d'avoir une pensée émue pour son mari qui lui manque tant.

À la fin du repas, les trois femmes raccompagnent Danielle jusque chez elle. Elle ne marche pas très droit mais elle devance les commentaires en rappelant que la terre n'est pas si ronde. Ce qui n'aide pas.

Au moment de se dire au revoir, elle s'approche d'Héléna et passe son bras par-dessus son épaule. Elle lui glisse à l'oreille cette phrase que tout le monde entend, même ceux qui habitent à l'autre bout du village :

« Si vous en avez marre de vivre dans un trou à rat et de vous occuper des bourgeois, venez vivre par ici. On se fait un peu chier mais la maison est assez grande pour s'emmerder à deux. »

68

Héléna repart comme elle est venue. En train.

Sur le quai de la gare, quand Marie lui parle de la proposition de Danielle, elle sourit et ferme le dernier bouton de son manteau. « On verra. »

Marie l'embrasse et la retient quelques secondes dans ses bras.

« Vous savez, on n'a pas besoin d'être de la même famille pour se retrouver. »

Héléna sourit.

« Oui. Je sais peu de choses. Mais ça, je l'ai toujours su. »

69

À la sortie du village, près d'un arrêt de bus, il y a une boîte à livres. Chaque fois qu'elle passe devant, Marie tend le cou pour tenter de déchiffrer les titres inscrits sur les tranches. Elle ne s'arrête pas, ne se sert jamais. Elle ne se sent pas autorisée à le faire pour une raison qu'elle ne s'explique pas vraiment. Sans doute la difficulté de prendre quelque chose de gratuit, elle qui, toute son enfance, a cherché à dissimuler les fins de mois difficiles. Peut-être aussi, cet attachement qu'elle éprouve pour cet objet, qui, bien qu'il soit universel, lui paraît des plus intimes. Se sépare-t-on d'un livre que l'on chérit ?

Avant, elle aimait posséder ses livres pour le simple plaisir de les regarder, de pouvoir les toucher. En y réfléchissant elle trouve cela absurde. Elle n'a jamais lu deux fois le même roman. Absurde, mais elle ne peut s'empêcher de trouver réconfortante la vue de ces histoires qui existent. Les voir, c'est se souvenir des sentiments qu'elle a ressentis en les lisant. Alors elle n'emprunte jamais rien dans les boîtes à livres. Elle préfère regarder de loin ce roulement étrange de romans dont les gens se séparent.

Elle se surprend à imaginer qu'un jour, elle trouvera peut-être le sien, perdu au milieu des autres. Elle s'autorise cette pensée pour la première fois car elle n'a jamais été aussi proche de le terminer. Et c'était ça, son but. Terminer. Prouver qu'elle pouvait aller au bout des choses. Mettre une majuscule et un point final. Seule.

Elle observe les dos multicolores qui se trouvent en face d'elle et remarque un roman de Gabriel García Márquez, *Cent ans de solitude*. Le livre s'est vendu à des millions d'exemplaires à travers le monde. L'auteur colombien se doute-t-il que son œuvre se trouve dans une boîte en bois, dans un petit village français dont il ignore l'existence ? Elle se souvient de cette phrase qu'il a écrite dans un autre de ses livres, son autobiographie : « La vie n'est pas ce que l'on a vécu, mais ce dont on se souvient et comment on s'en souvient. »

Délicatement, elle repose le roman sur l'étagère, referme la porte en verre et marche jusqu'à la boulangerie pour récupérer sa commande pour le petit-déjeuner de l'hôtel. Cette phrase résonne dans sa tête. Elle est si vraie. On est ce dont on se souvient, se dit-elle. Mais ce dont on ne se souvient pas, il faut alors se l'imaginer.

* *
*

Mars 2004

Dix ans se sont écoulés sans que j'aie la moindre nouvelle. Sylvie n'est plus jamais revenue à Marelle et elle n'a plus jamais contacté ma mère. Louise a pleuré pendant des mois. Des pleurs silencieux qu'elle ravalait dignement entre la découpe d'un oignon et une douche matinale. Sa vie avait été une succession de bousculements. Rien de violent, rien de grave, mais un rappel permanent du fait que le bonheur n'est pas une habitude. Le bonheur qui s'en allait, ma mère le reconnaissait surtout au silence qu'il laissait derrière lui.

Le jour des quinze ans de Claire, j'ai pris un train pour Paris. Une semaine plus tôt, péniblement, j'avais appelé tous les collèges parisiens pour leur demander si Claire Perrin était venue en cours aujourd'hui. Je jouais le rôle d'une mère suspicieuse au sujet d'une adolescente en crise. Au quarante-troisième appel, l'un des établissements me répondit que oui. Elle était bien présente.

Cette information a tourné dans ma tête sans que je sache quoi en faire. Je savais désormais où la trouver, je pouvais la situer sur une carte de France plusieurs heures par jour et plusieurs jours par semaine, oui, mais après ?

J'étais partie à l'aube, avec un simple sac à main, sans idée, sans plan, sans savoir ce que je venais réellement faire. À onze heures et demie je m'installais à la terrasse d'un café situé en face de la grille du collège et je n'ai plus bougé de la journée. J'ai pris une salade, un verre de vin, un dessert, un café en observant chaque élève qui sortait de l'établissement. J'ai pris un deuxième café puis un verre d'eau sans quitter des yeux ce passage étroit d'où elle pourrait s'enfuir à tout moment. Je n'osais pas me lever pour aller aux toilettes, effrayée à l'idée de manquer cette adolescente que je n'étais pas sûre de reconnaître. Alors j'ai arrêté de boire.

À plusieurs reprises j'ai bondi de ma chaise avec l'impression de reconnaître une part de moi dans une autre. Je me suis beaucoup rassise.

À dix-neuf heures le serveur m'a demandé si je souhaitais également prendre mon dîner ici.

J'ai failli dire non. Et puis j'ai dit oui.

* *
*

« Vous n'auriez pas une cigarette ? »

Lentement, je lève les yeux de mon assiette. Une jeune fille se trouve en face de moi et me fixe sans ciller. Elle a de longs cheveux blonds qui tombent sur ses épaules, des yeux bleus et un joli visage pâle. Elle mordille sa fine lèvre inférieure, replace l'anse de son sac dans le creux de son bras et jette un regard furtif aux deux filles qui l'attendent derrière elle.

« Non, je ne fume pas.

— Pas grave. »

Elle hausse les épaules et s'apprête à disparaître. Je voudrais la retenir quelques secondes supplémentaires, lui poser des questions, vérifier, être sûre… mais rien ne me vient. Déjà, elle se retourne, sans un mot, sans la moindre politesse, emportant avec elle la désinvolture de son adolescence. Alors dans un souffle, dans une hâte maladroite, je lui demande si à tout hasard elle n'a pas l'heure. Elle me regarde à nouveau, indécise, comme s'il était possible que je ne mérite pas l'effort du chemin de ses yeux jusqu'à son poignet. Elle fait danser quelques bracelets, tourne sa montre autour de son bras si fin, si mince et, la main tournée vers elle, les yeux fixés sur ce cadran qu'elle cache aux autres, elle prononce : « Dix-neuf heures trente-cinq. » Déjà, elle s'en va. Ça ne dure que quelques secondes mais dans ma tête l'image de cette main se superpose à une autre. Celle d'une petite fille de cinq ans qui rassure sa mère dans la salle des fêtes d'un petit village. Il y a cette main d'adolescente et cette main de petite fille et elles n'ont pas la même taille mais je sais que ce sont les mêmes. Je le sais car entre le pouce et l'index, à la fin du pli d'une articulation, un grain de beauté vient balayer tous les doutes.

* *
*

Quand je ne la chercherai plus, ce sera peut-être elle qui me retrouvera.

70

Marie attrape l'appareil photo d'une main et le fourre dans son sac. D'un pas rapide, elle marche en direction de chez Danielle. Elle n'a pas prévenu la vieille dame de sa venue, mais elle n'est pas très inquiète. Tant que son transat n'est pas équipé d'un moteur, il y a peu de chances qu'elle se trouve ailleurs que dans son jardin. Marie fait tinter la cloche du portail et patiente quelques minutes avant de la voir arriver, fière, la tête haute, de sa démarche d'oie plus très sauvage.

« Entre, entre ! Ce n'est plus la peine de sonner, tu sais. »

Marie s'exécute en silence.

« Alors, qu'est-ce qui t'amène aujourd'hui ?

— Vous savez, la poupée, celle de la pièce à jouets. Je voudrais la revoir juste une minute. »

Danielle s'arrête et fixe un instant Marie, l'air surpris.

« Je t'en prie. Fais comme chez toi. Tu sais où la trouver. Elle ne sort pas beaucoup de sa chambre. »

Marie se faufile à l'intérieur de la maison, monte les marches quatre à quatre et pousse la porte de la petite pièce. Sur le lit, en face d'elle, la poupée est là, dans une position d'attente éternelle. Marie l'attrape, passe doucement sa main dans ses cheveux, vérifie que le prénom est toujours inscrit sur son pied gauche. Elle constate qu'il l'est. Elle jette un œil autour d'elle, aux livres de Martine sur la commode, aux vieux puzzles sur l'étagère et aux maracas orange sur le sol… cette pièce lui donne l'impression d'être ailleurs, quelque part dans un monde parallèle.

« C'est bon, tu trouves ? »

Elle sursaute. La voix de Danielle lui parvient du rez-de-chaussée.

« Oui, oui ! Merci ! »

Marie se redresse, prend la poupée d'une main et, de l'autre, porte l'appareil photo à ses yeux. Elle fixe, ajuste la netteté, repositionne correctement son pouce sur le corps dur du jouet et, quand le cadrage lui convient, quand son grain de beauté apparaît parfaitement au centre de l'image, elle appuie.

71

Marie s'est mis en tête de trouver une table de ferme pour les repas servis à l'hôtel. Elle aime l'idée d'une grande tablée où tous ceux qui le souhaitent pourraient discuter et faire connaissance. Quand elle y pense, un sentiment de plénitude l'envahit. Elle pourrait avoir des repas de famille avec des inconnus et cela ressemble étrangement à ce qu'elle a toujours connu. Mais avec le bruit en plus.

Elle a rendez-vous cet après-midi dans une ferme située dans un hameau à dix kilomètres de là. Elle sait que si elle lui plaît, elle ne pourra pas la transporter dans sa Peugeot, mais peu importe. Sa nouvelle philosophie est d'agir avant de réfléchir. C'est ce qu'elle faisait déjà enfant, avant que l'inverse finisse par lui entrer dans la tête. « Réfléchis avant d'agir, Claire », lui répétait sans cesse sa mère.

Elle avait donc passé beaucoup de son temps à réfléchir. À force d'analyser toutes les issues possibles de chacun de ses actes, elle avait tout simplement cessé de faire. Elle s'était immobilisée, pétrifiée par la peur des éventualités. Quand elle plonge dans ses souvenirs, elle revoit sa mère assise à la table de la cuisine, tard, très tard le soir, bien après l'heure à laquelle elle-même se couchait, en train de compter scrupuleusement ses dépenses, ticket de caisse après ticket de caisse.

« Tout va bien maman ? »

Sylvie levait lentement la tête, une tête lourde de chiffres trop gros pour se le permettre, et elle avait dit cette phrase qui avait marqué toute son enfance :

« Oui. Il faut juste qu'il ne nous arrive rien. »

Claire avait grandi ainsi. Pétrifiée à l'idée que quelque chose arrive. Démunie face à la possibilité d'une absence de dénouement.

72

Marie arrive devant une grande maison en pierres blanches avec de jolis volets bleus. Il y a des fleurs aux fenêtres, des géraniums rouges qui donnent au bâtiment une allure de carte postale. Elle se gare sous un grand chêne et marche jusqu'à la porte d'entrée. Elle sonne, patiente quelques minutes, sonne encore, mais aucun bruit ne lui parvient de l'intérieur. Elle fait le tour de la maison, croise quelques poules, un chien qui lève à peine sa truffe avant de se rendormir dans l'ombre de la façade, mais personne capable de poster une annonce de table à vendre sur Internet.

« Il y a quelqu'un ? », tente-t-elle.

Ses pas crissent sur les cailloux qui jonchent la cour. Elle s'apprête à faire demi-tour quand un homme apparaît dans une paire de bottes kaki, un jean plein de terre et une chemise bleue aux manches retroussées. Il la fixe d'un air fermé sans prononcer le moindre mot.

« Bonjour, nous avons échangé par messages concernant une table de ferme. »

Il frotte ses deux mains sur son jean pour tenter de les nettoyer, puis il tend l'une d'elles à Marie. Elle met quelques secondes à comprendre qu'il veut serrer la sienne. Le contact de cette peau contre sa peau la surprend. Elle se rend compte que depuis son arrivée, elle n'a touché personne.

« Ah oui ! Bonjour, je suis Paul. La table se trouve dans le garage. Suivez-moi. »

Marie s'exécute en silence. Elle croit avoir remarqué un accent étranger mais elle n'en est pas certaine. Il n'articule pas beaucoup. Elle observe ce dos qui marche devant elle et qui se balance légèrement comme le mât d'un bateau le ferait par une douce brise. Elle se demande s'il boite ou si c'est simplement sa démarche mais ne parvient pas à trancher. Ils arrivent devant une grande porte en bois et Paul attrape une poignée en fer qu'il tire avec force sur le côté. L'intérieur est sombre mais, peu à peu, sa vue s'habitue à cette obscurité. Marie devine un petit tracteur sur la droite, quelques outils sur un établi dans le fond, et puis une longue nappe blanche qui protège ce qui semble être la table.

« Elle est très belle. Mais j'en ai deux et celle-ci s'abîme à rester ici. C'est dommage. »

Marie passe sa main sur le bois brut. Elle ouvre puis referme le petit tiroir situé sur l'un des côtés. Elle observe la patine, quelques traces d'usure, des fissures.

« C'est du bois massif, du chêne. Elle est abîmée mais c'est ce qui la rend belle, non ? Son vécu. »

Elle lève la tête et son regard croise celui de Paul. Ses cheveux ont la couleur du blé, ses yeux celle d'un lac et il est aussi grand qu'un arbre. Elle se dit qu'il ressemble à un paysage et cette pensée lui fait détourner les yeux. Il glisse sa main dans une poche et avance vers la table comme si un détail venait de le perturber. Il retire quelque chose, une poussière, un brin de paille, une goutte d'eau que Marie ne voit pas puis il se tourne à nouveau vers elle.

« Je vous offre un café ? »

73

« Ça fait longtemps que vous vivez ici ? » demande-t-elle.

Il repose sa tasse sur la nappe en plastique et Marie ne peut s'empêcher de penser à sa mère. La nappe en plastique, c'était elle. Sa manière de ne pas s'embêter. Le pratique avant le beau. Penser au coup d'éponge avant de faire une tache.

« Deux ans. Avant *ça*, je vivais en Allemagne. »

De tous les mots de la phrase, Marie n'entend que le « ça ». Elle a l'impression que ce « ça » contient beaucoup de choses, que ce n'est pas seulement un pronom, ni une période longue. C'est un événement à part entière.

« À Hambourg. Vous connaissez ?

— Non, je ne suis jamais allée en Allemagne.

— C'est aussi l'impression que ça me fait », dit-il en souriant.

Son regard se voile et Marie détourne son attention. Elle boit une gorgée de son café déjà tiède et observe autour d'elle. La décoration est celle des vieilles maisons de campagne. Un buffet solide, massif, occupe la totalité du mur de droite. En face, une vieille cuisinière en fonte dans laquelle il faut glisser des copeaux de bois pour la faire fonctionner. Au milieu, une grande table et deux longs bancs sur lesquels ils sont assis. Le son d'une horloge à balancier qui touche presque le plafond résonne dans la pièce. Elle rythme le silence.

Il surprend son regard qui glisse d'un coin à un autre de la pièce et il a envie de rire. Cela fait deux ans qu'il vit dans ce décor d'une autre époque sans en éprouver la moindre gêne. Et encore, la semaine dernière, il a retiré les casseroles en cuivre pendues au plafond. Il se demande ce qu'est en train de penser cette fille assise en face de lui et qui fixe le balancier de l'horloge sans prononcer le moindre mot. Sans doute faut-il être fou pour vivre dans cette ambiance. C'est ce qu'il se dit aussi, comme s'il ouvrait les yeux pour la première fois sur l'intérieur de sa maison.

« C'est parce que j'ai commencé par la façade.

— Très jolies jardinières, dit-elle en souriant.

— Il faudra bien qu'un jour je me décide à changer cette décoration. »

Elle prend une gorgée de son café et il en profite pour changer de sujet.

« Et vous ? Ça fait longtemps que vous êtes ici ?

— Je suis arrivée en mars. »

Marie hésite à poser la question qui tourne en boucle dans sa tête depuis le début de la conversation.

C'est une question *a priori* banale mais elle pressent que la réponse ne le sera pas. Elle jette un dernier coup d'œil autour d'elle pour se donner un air détaché. En réalité, elle cherche la force d'amorcer cette phrase, qui devient de plus en plus imprononçable à mesure qu'elle tarde à la prononcer. L'horloge se met à sonner. À la fin du dixième coup, Marie prend une inspiration. Au onzième, ses mots s'envolent :

« Pourquoi êtes-vous venu vivre ici ? »

74

Il n'en a jamais parlé à personne. La première année qui a suivi son installation, il n'a presque pas quitté sa ferme. Lorsqu'il se rendait au village pour faire des courses, il faisait un stock de pâtes, de riz, de beurre, de café et de farine, des sacs entiers qu'il remplissait le plus possible pour ne pas avoir à revenir. Il mangeait peu de viande, beaucoup d'œufs et piochait quelques légumes dans son jardin au gré des saisons. Du printemps à la fin de l'été, il faisait de nombreuses conserves. Principalement de la sauce tomate, des haricots verts et des petits pois. Il avait aussi rapidement planté des pommes de terre dans un champ attenant à la maison. Un champ pas vraiment fait pour ça, mais qui s'en était accommodé et avait permis une belle récolte dès le mois de juillet. Il les avait ensuite placées à plat, dans sa cave, avec quelques pommes pour améliorer leur conservation. L'éthylène, le gaz qu'elles dégagent, empêche les patates de germer.

La première année, il avait apprécié cette vie solitaire à la campagne, lui qui avait grandi dans une ville de presque deux millions d'habitants. Il avait pris un chien dans un refuge pour avoir une compagnie, un border collie croisé avec un berger australien, et Paul s'était longtemps demandé s'ils n'avaient pas été trois dans cette affaire. L'animal ne ressemblait pas à grand-chose. Ou bien à tout, c'était une question de perspective. La bénévole de la SPA lui avait dit qu'il avait été vendu comme chien de race, ce qui, de toute évidence, n'était pas le cas. Comme il ne correspondait pas aux attentes, il avait été retrouvé, d'une manière très cliché, accroché à un poteau au bord d'une aire d'autoroute. Souvent la lâcheté se déverse dans la facilité.

Paul l'avait appelé Hund. Hund comme le mot « chien » en allemand. Une technique, s'était-il dit alors, pour repérer les germanophones. Une manière surtout de continuer à prononcer des mots de sa langue maternelle.

Un jour d'avril, il avait repéré un essaim sur la branche d'un tilleul à côté de l'ancienne étable. Il avait alors décidé de mettre une ruche sous les arbres et de faire rapidement appel à un apiculteur. Un homme d'une soixantaine d'années était arrivé, avait planté ses poings sur ses hanches et avait répété en boucle « ça alors ! ». L'essaim était long, fourni et bourdonnant. De toute évidence, il était en tout point exceptionnel. Sans un mot, le vieil homme était retourné dans sa voiture, une C15 beige, pour revenir quelques minutes plus tard avec un tabouret pliable en toile rouge. Il s'était installé sous l'essaim et à mains nues, avait commencé à récolter les abeilles. Paul l'avait regardé, subjugué, ses mains massant doucement l'essaim pour déposer des poignets d'abeilles sur un rayon qu'il insérerait ensuite dans la ruche.

« Si elles sont là, c'est parce que la reine se fait vieille et qu'elle a quitté la ruche avec une partie des abeilles pour créer une nouvelle colonie. Elles sont à la recherche d'un nouvel endroit pour s'établir. C'est une sorte de camping-car que l'on a devant nous. Quelque chose de temporaire. C'est pour ça qu'elles ne piquent pas. Elles sont dans une étape de leur vie de grande vulnérabilité : elles n'ont pas de maison, elles se sont gavées de miel pour le voyage et puis, surtout, une abeille qui a piqué meurt. Alors vous vous doutez bien… C'est du dernier recours. »

Paul ne dit rien. Il ne parle pas encore très bien français mais il comprend. Il comprend que lorsqu'on n'est plus à sa place quelque part, il faut partir.

75

Paul regarde Marie avec cette sensation étrange de se trouver en face de quelqu'un que l'on croit connaître. Il hésite. Après tout, quel est le risque ? Être jugé par une inconnue ? Il n'a pas l'impression que ce soit le style de cette fille, assise dans sa cuisine. Et puis de toute façon il ne la reverra jamais. Elle va acheter sa table, peut-être, ou peut-être pas, et puis elle repartira comme elle est venue. Dans ce coin, les gens se connaissent tous mais peu se croisent. Non, le truc que se demande Paul, c'est plutôt quel intérêt ? Quel intérêt de raconter sa vie à cette inconnue alors que ceux qui sont le plus proches de lui ne la connaissent même pas ? Il se lève, se dirige vers la fenêtre puis, sans se retourner, demande :

« On va faire un tour ? »

76

Ils sont tous les deux devant l'une des trois ruches que possède Paul. Il ne sait pas vraiment s'il l'a amenée là volontairement ou si la balade a pris cette direction de manière aléatoire. Il ressent une certaine sérénité en présence de cette fille. Quelque chose qu'il n'a plus senti depuis des années. Quand il la regarde, il devine une solitude, et la solitude des autres, c'est toujours un peu la nôtre, pense-t-il.

Les abeilles sont en pleine activité. Certaines entrent, d'autres sortent. Une danse se dessine dans les airs. Marie n'est pas vraiment rassurée mais elle ne montre rien. S'il le fallait, elle irait poser sa main sur l'une des ruches, par défi. C'est ridicule, mais cette attitude, c'est aussi ce qu'il lui reste de son enfance. Prétendre que rien ne la touche. Dépasser ce qui la paralyse. Son père lui avait souvent répété de ne pas faire sa fille. C'était ce qu'elle était, pourtant. Une fille. Elle comprenait cependant, à sa manière de prononcer cette phrase, que ce n'était pas une chose positive. Alors, à la place, elle faisait son garçon. Un jour, en parlant d'elle à un ami, Philippe avait eu ces mots la concernant. C'était la première fois qu'elle sentait de la fierté émaner de sa voix. « Claire, c'est un vrai garçon manqué. » Ne pas vouloir être une fille, ne pas réussir à être un garçon. C'était peut-être ça le problème. Devant cette ruche, vingt ans plus tard, elle se demande si son père aurait préféré qu'elle soit un garçon. Si cela aurait changé quelque chose.

« Vous êtes apiculteur ?

— Pas vraiment. C'est un concours de circonstances. Comme tout finalement. Je me suis intéressé aux abeilles et j'ai été fasciné par leur fonctionnement. Les ruches sont presque entièrement constituées de femelles. Quelques mâles sont là mais ils ne servent qu'à féconder la reine. Celui qui y parvient est tué. Les autres sont chassés de la ruche et meurent de froid ou de faim rapidement. »

Paul fait un pas vers la ruche et Marie le suit. Délicatement, il saisit un rayon qu'il retire pour le montrer à son invitée. Des dizaines et des dizaines d'abeilles s'activent, imperturbables.

« Tout est extrêmement bien organisé. Chaque abeille a son rôle et chaque décision est prise pour la survie de la colonie. »

Il remet la plaque avec toujours cette même douceur et poursuit ses explications.

« À l'origine, les œufs des abeilles sont tous les mêmes. La reine et les ouvrières partagent les mêmes gênes puisqu'elles sont pondues par la même abeille : la reine. Des œufs tous pareils, des gènes identiques mais des abeilles qui ne connaîtront pas le même destin. »

77

Ils ont fait le tour de la ferme et ils arrivent près d'un banc qui offre une vue incroyable sur la campagne vallonnée. Marie jette rapidement un œil au soleil et après une brève réflexion, elle comprend que c'est ici qu'il se couche chaque soir. Cela doit être à couper le souffle, pense-t-elle.

« Il y a trois ans, j'ai eu un accident de voiture. »

Marie est surprise par cette phrase qui vient de la tirer de ses calculs. Elle ne sait pas vraiment quelle attitude adopter face à cet homme qu'elle ne connaît pas mais qui est sur le point de se confier. Elle ne saurait pas expliquer comment ils en sont arrivés là, dans cette forme d'intimité soudaine alors qu'ils ne savent rien l'un de l'autre. Elle l'observe. Devine qu'il est bel homme même si elle n'a jamais été douée pour ce genre de chose. Lorsqu'elle rencontre quelqu'un, elle ne discerne rien. Il lui a toujours été difficile d'émettre un avis sur le physique d'un inconnu. Rien ne la touche, rien ne la trouble. Une mâchoire carrée, un nez droit, des yeux profonds…

La beauté glisse sur elle sans l'atteindre. Après tout, sa mère était sublime, et cela ne lui a rien apporté.

« Un accident de voiture qui m'a plongé dans un coma pendant trois mois. À mon réveil, je ne me souvenais de rien. Une femme et deux enfants venaient régulièrement me voir à mon chevet. C'étaient *ma* femme et *mes* enfants mais je ne les reconnaissais pas. On m'a dit que je m'appelais Gunter et j'ai aussitôt détesté ce prénom. On m'a montré des photos de ma vie, de mon passé, de mon enfance. Plus on tentait de combler mon vide, plus j'avais l'impression de sombrer à l'intérieur. Un jour ma mère m'a dit : "Tu ne te souviens pas, des vacances en France, ce petit village au bord du Tarn. Qu'est-ce que tu aimais ces vacances…" Elle me regardait pleine d'espoir, mais rien. Toujours rien. »

Il fait une pause. Marie a l'impression qu'il s'apprête à dire quelque chose qui lui coûte. Elle retient son souffle, plus par empathie que par réelle appréhension de la suite.

« Un jour, j'ai commencé à me souvenir. D'abord, la naissance des enfants. Et puis notre mariage, la mort de mon père, les vacances à Rome en 2014, la couleur de notre voiture, les résultats de l'*Abitur*, le chat de la voisine, Noël dans ma belle-famille, mon travail dans un bureau d'études, les matchs de foot avec les copains. C'était comme si une mer venait à chaque vague déverser son flot de souvenirs. Mais ces souvenirs, c'était… c'était comme si je les vivais de l'extérieur. Je ne ressentais rien. Alors je n'ai rien dit. J'ai continué de prétendre n'avoir aucun souvenir de ma vie d'avant. J'ai fait semblant pendant plusieurs mois, jusqu'au jour où ma femme, au volant de notre voiture pour un dîner chez ses parents, a oublié de tourner à droite après le feu. C'était la première fois que nous retournions là-bas depuis mon accident, pourtant, mon corps tout entier avait appréhendé la courbe. Une minute d'inattention. Le corps qui parle quand tout le reste se tait. Ses yeux ont quitté la route et elle m'a regardé… elle m'a regardé pendant une seconde qui m'a paru interminable et m'a dit d'une voix morte : "On passe à la boulangerie chercher un gâteau avant." Elle ne m'a pas adressé la parole jusqu'au soir et nous nous sommes couchés comme ça. Dos à dos. Je n'ai pas fermé l'œil de la nuit. Le lendemain, je suis parti. Je suis monté dans un train et j'ai tout quitté. »

78

Elle baisse la vitre et fait un signe de la main à l'intention de Paul. Elle reviendra chercher la table, il faut juste qu'elle demande à Francis de lui prêter son camion. Dans le rétroviseur, elle observe cet homme avec qui elle vient de passer plus d'une heure. Elle se dit que si Paul était un objet, il serait un miroir. Quand elle le regarde, c'est elle qu'elle voit.

79

Toutes les chambres de l'hôtel sont à présent restaurées et ouvertes à la réservation. Marie fait le tour du village pour annoncer la nouvelle et déposer des petites affiches dans les commerces. Tout le monde l'accueille à bras ouverts. Francis lui touche même l'épaule lorsqu'elle lui présente le flyer. « Il faudra fêter ça », lui dit-il en relâchant ce qui pourrait être qualifié d'étreinte à l'échelle d'une personnalité telle que la sienne.

Marie a l'impression de faire partie d'un ensemble. Tout le monde la connaît et elle connaît tout le monde. Cette proximité lui tient chaud dans cette vie solitaire. Chaque visage qu'elle croise raconte une histoire. Chaque sourire, chaque regard, chaque ride signifient quelque chose. Elle ne pourra plus jamais être abandonnée. Si elle tombe, ils sont des dizaines à pouvoir la rattraper. Le soir, lorsqu'elle souffle sur la bougie avant de s'endormir, elle a ce sentiment de liberté qui l'enveloppe. Une plénitude qu'elle n'a jamais connue auparavant et qui la berce. Elle est à sa place.

Il y a dans les petits villages cette impossibilité de passer inaperçu tout en vivant dans l'ombre de tout un pays. Personne ne pense à elle, pourtant tout le monde pense à elle.

Ce soir, un couple originaire de Caen arrive pour passer trois nuits à l'hôtel. Cette idée de voyager à travers les autres la comble. Elle n'a jamais aimé partir ailleurs. Elle n'aime pas le temps d'adaptation lorsqu'elle arrive dans un lieu. L'inconfort des mauvais gestes : savoir comment faire jouer la clé dans une serrure, maîtriser les appareils en suivant une notice, se glisser sur un matelas aux formes inconnues. Et régler la température d'une douche. Elle ne veut plus jamais se brûler, se geler, attendre dans un coin que le typhon se calme. Ce qu'elle veut maintenant, c'est que la vie la berce. À droite, à gauche, à droite à gauche. Elle aime les répétitions, et les répétitions, c'est de l'habitude : recommencer tous les jours les choses que l'on aime.

* *
*

Février 2005

Bien sûr, Pierre connaît mon histoire. Il n'en parle jamais sauf si j'en parle. Nous n'en parlons donc jamais. Ce n'est pas un tabou, c'est juste une souffrance. Quelque chose d'enfoui et pourtant, toujours à la surface. À fleur de peau, comme on dit. Ma fleur à moi est fanée, mais elle ne mourra jamais.

Mes enfants ne savent rien. Je sais que ce n'est pas ce qu'il faut faire. Je sais que les secrets de famille sont des tares qui traversent la descendance, allant jusqu'à modifier des personnalités. J'ai lu ce livre de cette psychothérapeute française née à Moscou. Ce livre parle de répétition intergénérationnelle jusqu'à la délivrance qui n'a lieu que lorsque le secret est révélé. Mais je ne peux pas en parler. La seule fois où j'ai essayé, une angine m'a bloqué la gorge pendant une semaine.

Ce soir nous sommes tous les quatre sur le canapé du salon. À 20 h 50 le film du samedi soir doit commencer, mais en attendant, le journal télévisé est en fond sonore. Claire Chazal fixe le prompteur comme elle le fait depuis plus de quinze ans. Elle nous regarde droit dans les yeux et nous explique le monde. Les inondations, les guerres, les manifestations, les lois qui passent et celles qui ne passent pas. Cette femme est un visage familier pour des millions de Français. Pour certains peut-être, elle est comme une mère.

Les enfants se disputent pour avoir la télécommande. Les piles ont été retirées afin d'éviter les apparitions de chalutiers en plein milieu d'un western mais ça leur est égal. Ils veulent tous les deux tenir cet objet inutile, avoir l'impression de commander. Pierre intervient, il supprime la télécommande. Ma fille hurle, mon fils pleure, mais tout s'arrête quand Pierre hausse le ton. C'est ça, ou le lit direct. Alors le calme revient.

Claire Chazal reprend la parole. « Du nouveau dans l'affaire du Distilbène, ce médicament prescrit aux femmes entre 1940 et 1977 pour prévenir les fausses couches. Il était à l'origine – rappelez-vous – de malformations génitales chez les filles des patientes. On apprend aujourd'hui qu'il aurait aussi un impact chez les petites-filles de ces femmes et même, les petits garçons. Reportage. » Claire Chazal disparaît et on atterrit dans le salon de Françoise, trente-sept ans. Une voix en fond raconte l'histoire de cette femme en train de fouiller dans son carnet de santé. « Après une première fausse couche, la mère de Françoise s'est vu prescrire en 1968 du Distilbène, cette molécule censé aider les mères ayant du mal à aller au bout de leur grossesse. En 1969, Françoise naît en bonne santé. Mais lorsqu'elle décide à son tour d'avoir un enfant, les choses se compliquent. » Françoise prend la parole. « J'ai fait trois grossesses extra-utérines. Déjà, une grossesse extra-utérine, c'est dangereux, et pas non plus très fréquent… mais trois… alors ils m'ont parlé de ce médicament car dans les années 1980, les cas comme moi commençaient à se multiplier. C'était un grand sujet d'actualité, ils faisaient vite le rapprochement. Ils m'ont fait une radio et ils ont vu que j'avais un utérus en forme de T. — Ce qui n'est pas normal ? demande la journaliste. — Ce qui n'est pas normal, effectivement », acquiesce Françoise. Elle poursuit. « Une des grossesses s'était placée dans une trompe, ce qui l'a beaucoup endommagée. Il a fallu la retirer. Assez rapidement on m'a informée que je ne pourrais jamais avoir d'enfant. » La voix off reprend : « Françoise s'est rapprochée d'un groupe de parole et d'une association qui se bat pour mettre en lumière ce scandale sanitaire qui a touché des milliers de femmes. Surtout, cette association se bat pour l'information, car les dégâts ne s'arrêteraient pas à cette deuxième génération, "les filles D.E.S. – comprendre l'hormone de synthèse en cause – dont Françoise fait partie". » La caméra est face à une autre femme, Pauline, qui tient une petite fille de trois ans sur ses genoux. « Vous êtes inquiète ? demande le journaliste. — Oui je suis inquiète. Inquiète et en colère. Je sais que ma mère a pris du Distilbène pendant sa grossesse. Je sais que je suis une fille D.E.S. Maintenant je dois attendre de savoir si ma fille, née en 2003, est une "petite-fille D.E.S." qui présentera des anomalies. Aujourd'hui, on est informés, on peut prendre en charge une malformation génitale en amont, mais tout de même. Qui souhaite que son enfant ait cette épée de Damoclès au-dessus de la tête ? Ce risque de cancer du vagin ou du col utérin bien supérieur à la moyenne nationale ? En France, il a fallu attendre 1977 pour que soit interdit un médicament supprimé en 1971 aux États-Unis. Je ne comprends pas. » Une troisième femme apparaît à l'écran. Il s'agit de la présidente de l'association. « Il y a eu des cas catastrophiques. Rares, certes, mais tout de même. Des hystérectomies chez de très jeunes patientes, à la suite de complications qui n'ont pas pu être maîtrisées… »

La voix de ma fille me tire de mon hypnose.

« Maman… pourquoi tu pleures, maman ? »

80

Michel le facteur dépose le courrier sur le comptoir de Marie. Comme à son habitude, un jour sur deux, il s'arrête un peu plus longuement pour discuter avec elle. Les jours pairs, il les consacre aux hommes, et les jours impairs, aux femmes. Il a mis en place ce système en partant du principe qu'un homme sur deux était une femme, ce qui n'est pas vraiment le cas, surtout en zone rurale. Disons qu'il y a trente ans, cette théorie fonctionnait davantage. Mais Michel vieillit et la population aussi. Après tout, peu importe. Michel aime les choses simples. Les choses simples, et prendre un petit verre aux heures ambiguës de la matinée. Quand sa montre affiche dix heures cinquante-neuf, il jubile. Dix heures cinquante-neuf, quel doux mélange de début et de fin. C'est son moment préféré de la journée. La bascule, comme il l'appelle, en jetant sa tête et son coude en arrière.

Le cœur de Michel n'a pas pris une ride, mais son foie, c'est une autre histoire. Il s'en moque car depuis quatre ans son vélo est électrique, alors il a plus de temps pour discuter. Son métier a lentement glissé vers une répartition des tâches moins égale. La plupart du temps, il prend l'apéro, et parfois, il distribue le courrier.

Il aime bien discuter avec Marie. Ils ont un point commun qui le ravit : elle est jeune et il l'a été. Alors il parle, il parle, il parle, et il n'y a plus de limite entre 1958 et 1985. Même si Marie lui répète à chaque fois que cette année-là non plus, elle n'était pas née. « Bop bop bop », dit-il. Et il reprend une gorgée.

Ce matin Michel dépose le journal mais il laisse sa main dessus. Marie ne comprend pas tout de suite qu'il fait ce geste particulier pour attirer son attention. Mais comme il sourit d'un air étrange, elle pose son thé et le regarde en fronçant les sourcils.

« Qu'est-ce qu'il se passe Michel ? »

Il ne répond pas mais ses yeux font des vagues en direction du journal.

« Page 6 », dit-il en se reculant sur son tabouret.

Marie ouvre le journal, tourne les pages jusqu'à la sixième et tombe nez à nez avec une photo d'un hôtel. Son hôtel.

81

Au même moment, un homme passe la porte de l'hôtel. Marie lève la tête et le reconnaît aussitôt. C'est Paul. En voyant le visage de la jeune femme se figer, Michel tourne le cou dans un angle qu'il n'avait sûrement pas tenté depuis plusieurs années.

« Oh bordel ! » lâche-t-il lorsque, sous le poids de la douleur, son tabouret oscille.

Avec précaution, il pose un pied à terre et remet la sacoche sur son épaule. Sa tête est bloquée à quatre-vingt-dix degrés et ses yeux tentent de regarder autour de lui en se collant à ses orbites.

« Je ferais mieux d'y aller. Marie, je te laisse *La Dépêche* ? Allez, on se voit dans deux jours. »

Michel s'appuie une dernière fois au bar, tapote le journal avec quinze centimètres de décalage par rapport à sa cible et passe la porte tel un hiéroglyphe. Il ne fait aucun doute qu'aujourd'hui seuls les numéros impairs recevront leur courrier.

Paul n'a pas bougé de la porte. Il attend une autorisation et Marie se demande si c'est pour entrer dans son hôtel ou bien dans sa vie. Elle sourit, et même si ce n'est pas vraiment un laissez-passer, il avance vers elle. Il pose un pot de miel sur le comptoir et lui demande comment elle va. Il est content de la revoir et il le lui dit. Marie ne dit pas qu'elle l'est aussi. Elle l'est aussi un peu, c'est vrai, mais elle ne le dit pas. Il remarque cette légère tension dans sa manière d'être. Son dos droit, son menton relevé, alors il dit qu'il doit y aller, qu'il ne faisait que passer.

« Je n'avais plus de sel », ajoute-t-il.

Il ne sait pas pourquoi il a dit ça. Il trouve que c'est une précision assez idiote. Quel sel ? Celui de la vie ? Parce que pour ce qui est de l'autre, il a ce qu'il faut. Pour trois ans. Il se sent obligé d'aller en acheter à présent. Il n'a jamais menti. Il est lâche, ça, il le sait bien, il a tout quitté pour ne pas affronter la souffrance des autres face au vide de ses émotions, mais ce n'est pas un menteur. Il est sur le point de franchir la porte, il lance une main en l'air en guise d'au revoir et tourne le dos. Marie hésite mais elle finit par dire ces mots.

« On peut se voir jeudi. Juste jeudi. »

Elle a l'impression qu'en choisissant ce jour, c'est elle qui décide. Le jeudi, c'est elle qui le dit.

82

« Tu comptes faire quoi pour le nom de l'hôtel ?

— Je vais le garder.

— Ah oui ? Alors c'est définitif ?

— Oui. »

Juliette observe Marie qui range les guides touristiques sur les étagères situées dans le coin salon de la salle principale.

« Tu as raison. C'est un très joli nom, Gaïa.

— Tu savais que c'est du grec ancien ? demande Marie sans se détourner de ce qu'elle est en train de faire.

— Oui, j'avais fait quelques recherches. Gaïa. La terre. Je trouvais que c'était un bel hommage à l'agriculteur qu'était mon père. Il aurait beaucoup souffert de voir ses terres vendues aussi rapidement après sa mort. »

Marie ne dit rien. Gaïa, c'est ancien et c'est vrai, c'est la terre. Ou plutôt, la Terre. Gaïa, c'est la déesse mère, née du chaos, qui enfanta sans mâle. Marie est là, au cœur de cette bâtisse, propriétaire de cet hôtel au nom qui sonne comme une répétition. Elle est issue de cette lignée à la fois verticale et horizontale de femmes qui ont fait un enfant toutes seules. Ces femmes abandonnées, mal accompagnées. Ces femmes qui, en réalité, n'ont jamais eu besoin de personne.

Elle repense à Sylvie, sa mère, qu'elle a toujours trouvée soumise et effacée. Cette femme à qui elle a toujours eu si peur de ressembler. À présent, sa personnalité lui paraît insaisissable. Que sait-elle de son histoire ? Elle a tant de visages, tant de facettes… Est-il seulement possible de ressembler à quelqu'un ? Peut-on dire que deux tableaux sont identiques, simplement parce que tous deux sont peints sur une même toile ?

Marie a le sentiment d'être née une seconde fois. Toute seule. À partir de cette vie qu'elle s'est construite. Elle est sa propre Terre. Et elle tourne. Elle tourne. Elle tourne. Personne ne pourra jamais l'arrêter.

83

Juliette lui a annoncé qu'elle souhaitait partir. Elle a fait sa valise, l'a posée sur le comptoir d'accueil et a juste dit : « Je pars. » Ce n'est pas agressif, pas triste, pas un sujet à débattre non plus. C'est Juliette. Juliette et sa vie qui l'attend ailleurs, là maintenant, tout de suite. Juliette qui se fiche du fonctionnement de l'administration française et du Code du travail. Aussi.

Elle se tient droite, la tête haute, la nuque dégagée. Elle a toujours son immense paire de lunettes posée sur son nez, ses cheveux blanc mauve et son rouge à lèvres carmin.

« De toute façon, tu n'as plus besoin de moi, dit-elle dans un grand sourire. Les travaux sont finis, l'agenda est plein jusqu'en septembre et Francis t'a touché l'épaule ! »

Marie sourit. Elle est un peu triste de voir Juliette partir, mais son départ, c'est aussi le signe de sa réussite.

« Qu'est-ce que tu vas faire ?

— Je ne sais pas trop. Du piano peut-être.

— Du piano ?

— Oui, ou alors contrôleuse de train. »

Marie ne peut retenir un rire sonore.

« J'ai envie de voyager. Mais je ne sais pas encore par quel moyen.

— Tu sais jouer du piano ?

— Non et toi ? » dit-elle avec une pointe d'excitation.

Elle secoue la tête de gauche à droite.

« Tu sais, nous ne sommes que de passage. Je ne crois pas qu'il faille s'accrocher avec ferveur à son identité. On ne sait pas jusqu'au jour où on sait. Et une fois qu'on sait, on n'est forcément déjà plus la même personne. »

84

Marie prend son carnet sur l'étagère. Sa main effleure un papier à la fois léger et gras. C'est un journal, celui que Michel lui a apporté quelques jours plus tôt. Elle l'a lu avant de le ranger dans sa chambre avec tout un tas d'affaires dont une enveloppe qu'elle enverrait un jour. Peut-être. À l'intérieur de cette enveloppe se trouve une photo, celle qu'elle a prise chez Danielle, dans l'ancienne maison de sa grand-mère. Une photo de sa main et de la poupée au prénom qui ne semble pas tenir en entier sur la plante du pied. "Julie". Marie s'assoit sur le lit, déplie le quotidien jusqu'à la page six et relit l'article pour la deuxième fois.

La Dépêche du Midi article du 15 juin 2021
« Partir près » par Laurence Mercier

En plein cœur de l'Aveyron, dans un petit village niché entre deux vallées se trouve un hôtel. L'hôtel Gaïa. L'hôtel Gaïa existe depuis toujours, ou du moins depuis ce qui semble l'être : une éternité. Mais pendant des années, il s'est appelé Gaillard, du nom de la famille qui en était propriétaire. Faute de repreneur, l'hôtel a failli disparaître... Mais Marie Gauthier est arrivée pour lui offrir une seconde vie. La jeune femme, d'une trentaine d'années, s'est occupée de chaque chambre l'une après l'autre pour donner à ce bâtiment des années 1920 une nouvelle identité. « Elle a tenu à faire les travaux elle-même, explique Juliette, son employée. Si elle avait pu, elle l'aurait sans doute construit. Mais parfois les choses existent et c'est encore plus beau de les arranger. »

Marie est une femme discrète. Dans les rues du village, il faut se contenter de la voir passer avec son air décidé accroché quelque part au-dessus de son pas rapide. Francis, le propriétaire du restaurant du village, raconte à quel point il est agréable de voir des jeunes s'installer dans la région. « Elle est arrivée une après-midi de mars et c'était comme si elle avait toujours été là. Il y a des gens comme ça, qui ont le ton juste. » Pour l'instant, Marie Gauthier doit s'occuper de faire connaître son hôtel et de maintenir un taux de remplissage suffisant pour vivre de son activité. Le logement est la pierre angulaire du tourisme, lui-même point central de la survie des petits villages de France. « Il y a l'économie en circuit fermé, ajoute Francis, le restaurateur. Mais bon, si c'était suffisant, ça se saurait. Alors les touristes, c'est un vrai coup de pouce pour nous. »

Il est vrai que la région est magnifique et qu'elle regorge d'activités en tout genre pour les vacanciers. Les eaux du Tarn, les randonnées dans la nature, le terroir, les marchés locaux, la proximité de superbes endroits tels qu'Albi, Cordes-sur-Ciel, Saint-Cirq-Lapopie et tant d'autres.

La tendance, depuis qu'un billet d'avion coûte moins cher que trois paquets de pâtes, c'est de s'envoler vers des contrées lointaines à la découverte d'un monde qui nous dépayse. Et si l'on inversait les choses ? Si l'on commençait par connaître notre région avant de partir découvrir l'ailleurs ? Prendre une voiture, s'arrêter à l'hôtel Gaïa, passer manger au restaurant convivial de Francis et profiter du temps plus doux dans les plus beaux villages de France. Partir, partir près.

« La suite ? Je ne sais pas, explique Juliette. C'est Marie qui l'écrira. Moi j'ai fait ma part, on va dire. Je peux quitter le village sereinement. Ma grand-mère vivait ici. Elle est décédée il y a dix ans. Elle avait une dernière volonté que j'ai un peu tardé à réaliser… » dit-elle en souriant. Avant de nous quitter, la jeune femme conclut : « La vie parfois, c'est aussi celle que l'on s'invente. »

* *
*

Avril 2008

Le 3 avril 2008, jour des dix-huit ans de Claire, je referme l'enveloppe dans laquelle je glisse ce carnet. Je l'adresse à Sylvie, la femme qui a élevé ma fille. Elle en fera ce qu'elle veut, même si je doute qu'elle le transmette un jour à Claire. Je ne lui en veux pas. À sa place, je ne l'aurais pas fait.

Il m'arrive parfois de douter que tout cela ait existé. De me dire que cette histoire n'est pas mon histoire mais le scénario d'un film ou d'un livre écrit par quelqu'un d'autre. Et c'est peut-être le cas en fin de compte. Qui connaît la vérité ? Qui voudrait la révéler ? Après tout, c'est un récit dans lequel je n'existe nulle part.

Il n'y a pas un jour où je ne pense pas à Claire. J'y pense quand je croise le regard de ma fille, quand j'entends la voix de mon fils. J'y pense dans le bruit des retrouvailles et dans le vide de leur absence. J'y pense, aussi, avec beaucoup de curiosité. Que fait-elle aujourd'hui ? À quoi ressemble-t-elle ? Quel est son caractère ? De quoi a-t-elle peur et de quoi est-elle fière ? Le silence de mes réponses est l'ultime punition de ce choix que j'ai fait un jour. Alors, pour combler le vide, je l'imagine. Et dans la réalité de ma vie, ma fille, ma première fille, est devenue un personnage.

85

Assise à son bureau, à la lueur d'une minuscule bougie sur le point de s'éteindre, Marie tourne l'ultime page du carnet. Elle relit pour la énième fois la dernière phrase. « Et dans la réalité de ma vie, ma fille, ma première fille, est devenue un personnage. » Elle se lève, fait quelques pas dans sa chambre et jette un œil autour d'elle. Sa valise est entrouverte sur le lit, l'appareil photo est posé sur l'étagère. Elle ne saura sans doute jamais qui est ce mystérieux photographe qui l'a menée ici. Elle n'a trouvé aucun Didier dans la liste des instituteurs de l'école. Mais cela n'a pas beaucoup d'importance. Le hasard, parfois. Le hasard suffit.

Après tout, elle peut bien s'expliquer les choses comme elle le souhaite. Elle sait bien que la manière dont les personnes racontent leur vie est en soi déjà révélatrice de leur vie. Elle sait aussi qu'écrire, c'est donner naissance aux personnages que l'on n'a pas su être. On crée des identités que l'on n'a pas osé incarner. Écrire, c'est une revanche sur tout ce dont on a manqué. Surtout, écrire n'est jamais que le brouillon d'une vie que l'on n'a pas vécue. Celle que l'on aurait pu vivre.

Elle pense à tout cela en posant son stylo sur le bureau. Elle caresse du bout des doigts la couverture du carnet qu'elle vient de refermer et le fixe quelques secondes en se demandant s'il est possible de récrire sa vie. D'écrire soi-même les réponses aux questions que l'on se pose. Cela fait plusieurs semaines que Marie a tranché sur le sujet. Elle a décidé que oui.

Sur la fine étagère en bois située au-dessus de sa tête, il y a le carnet en cuir brun, celui qu'elle a trouvé dans la chambre de sa mère et qu'elle n'a plus ouvert depuis ses premiers jours ici. Que faire d'une histoire lorsqu'elle n'est pas achevée ?

Marie s'assoit et prend une grande inspiration. Ses doigts glissent sur son carnet, ils parcourent la couverture en tissu vert jusqu'aux deux initiales gravées en bas à droite. M. G. Marie Gauthier. Elle se dit que c'est un joli nom pour une écrivaine. Elle retire le capuchon de son stylo et sur l'une des dernières pages, après toutes ces lignes qu'elle a écrites, tous ces mots qu'elle a minutieusement choisis, elle en ajoute un dernier, un ultime, un définitif.

Fin.

Elle referme son carnet et se dit que cette fois, ça y est, son passé est derrière elle. Et avec lui, les mille souvenirs qui auraient pu exister.

Remerciements

Claire Gohin, qui m'a aidée, encouragée et donné mille idées dont plusieurs figurent dans ce livre. Il faudrait plus d'une ligne pour remercier l'amie qu'elle est. Bon, le prénom du personnage principal, c'est déjà pas mal, non ?

Clotilde Hénon, ma belle-sœur sage-femme qui est tout cela en même temps, dans cet ordre et dans un autre, ensemble et séparément. Merci d'avoir répondu à toutes mes questions : celles qui ne voulaient rien dire, celles qui ne menaient nulle part et celles que je ne comprenais pas moi-même.

Clarisse Payen, Ombline Simon et Lucie Mora, qui m'ont aidée sur les questions médicales de ce récit grâce à la magie des réseaux sociaux. Merci pour votre temps, votre gentillesse et votre expertise.

Dany Bousseau, pour le si joli nom inventé du village de Marelle. Ce nom m'est apparu comme une évidence dès que je l'ai lu. Merci.

Louise Danou, mon éditrice qui m'écoute, m'accompagne, canalise mes doutes et mes éparpillements.

Les Bruits du souvenir

Amélie Pascal et Marie Foache, ces deux femmes extraordinaires qui m'ont pris la main chez J'ai Lu.

Mes parents, que je remercierai à chaque livre et pour qui j'aimerais remplir une bibliothèque.

Nicolas, pour les souvenirs, leurs bruits et tout le reste à venir.

Retrouvez-moi sur Instagram
@sophieastrabie

NORD COMPO
multimédia

Composition et mise en pages
Nord Compo à Villeneuve-d'Ascq

CET OUVRAGE
A ÉTÉ ACHEVÉ D'IMPRIMER
SUR ROTO-PAGE
PAR L'IMPRIMERIE FLOCH
À MAYENNE EN JANVIER 2022

N° d'édition : L.01ELIN000596.N001. N° d'impression : 99671
Dépôt légal : février 2022
(Imprimé en France)